1000多萬人都受用
【附測試題＋口說音檔】

重新打好
英語根基

山田暢彥——著

陳靖涵——譯

給大家的話

感謝你從眾多重新學習英文的書中,選擇了本書。

我在這本參考書中最重視的事情,就是「<u>希望讓人變得有辦法實際運用英文</u>」;說出自己想說的話的快樂和傳達時的喜悅;透過英文拓展自己的世界的感覺,以及單純產生興趣或上進心,覺得「我想要學更多!」。

靠自己變得會使用英文後,與過去以背誦和閱讀理解為主的學習方式相比,英文帶來的樂趣將會大幅增加。這種「興奮感」才是學習外語純粹的美妙之處。

當然,既然是學英文,就離不開考試或成績。因此本書網羅了國中會學到的所有文法,是能完美對應學校教的英文,可以放心使用的參考書。

同時,不論是文法規則的解說,還是練習題的例句內容,抑或是可用智慧型手機聆聽的口說訓練用語音,本書自始至終都聚焦在「實際運用英文」上,也就是各位會用到英文的情境上。

本書是一本以替英文初學者**打造實用的英文基礎為目標**的書。請你好好享受母語是英文、且是日英雙語使用者的我,在長年的教學經驗下鑽研出來的「實用英文」課。相信你學完這一本後,會擁有能在全世界說英文的穩固基礎。

「我終於搞懂了!」
「好好玩!」
「有學英文真是太好了!」

如果能因為這本書,讓多一個人這麼想,這就是我最高興的事。
Good luck. You can do it!

監修　山田暢彥(NOBU)

本書的使用方式

「填空、聆聽、開口說」學習法!

1. 請閱讀左頁的說明,並搭配右頁的填空式 Exercise(練習題)使用。為了方便填寫,本書為易於攤開的裝訂方式。
   在「快速開口說!」的題目,你可以利用以第一人稱視角畫出的插圖,進行「在這樣的場面要怎麼表達?」的實用英文會話練習。
2. 請使用獨立附錄的解答範例對答案。
3. 對完答案後,請跟著語音朗讀英文句子。

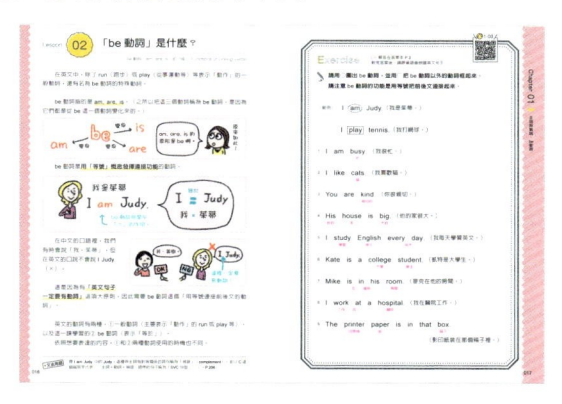

掃描 QR Code 聽音檔

你可以掃描本頁或每一頁的 QR Code,利用有連上網路的智慧型手機或平板播放。

本書是將專為國中生設計的參考書《輕鬆搞懂國一英文》、《輕鬆搞懂國二英文》、《輕鬆搞懂國三英文》三本的內容統整成一本,經過增添內容和修正,重編成重新學習用的參考書。三本書的主要變更處如下:
- 把學習項目重編成重新學習用的版本
- 新增題目除了增加練習量,也針對成人變更了部分的英文句子。
- 新增了專為成人設計的專欄,如左頁下方(「文法用語」等),或是「打好基礎後,更進一步」等。

003

學習英文的建議

☺ 請不要勉強自己學習覺得困難的內容。

挑戰稍微超出實力且剛剛好的難度,效果是最好的。本書涵蓋的範圍從 I'm ... 等最基礎的內容,到可以用來與母語人士對話的高難度表現方式都有,讓我們一點一滴累積實力,穩紮穩打地好好學會英文吧。

重新學習不是比賽,請你要重視自己的步調和感受。

☺ 請多多開口,並大量地書寫英文。

學習英文在對完答案「後」,才真正地進入重頭戲。如果你已經用頭腦理解了文法,接下來請多使用自己的耳朵和嘴巴,用聲音來記憶。同時請你動筆寫下來,努力讓文法烙印在腦中。關鍵在於聲音和文字的練習要平均分配。

此外,以具體的參考標準來說,當你進入**手機可以聽的口說練習用語音,一聽到中文就能馬上輕鬆說出英文的狀態時**,即可學習下一課。

☺ 請一定要想像會話的場景。

本書提供了許多會話可以直接使用的實用例句,請仔細聆聽範本的語音,盡可能地模仿語音的抑揚頓挫和強弱,進行對話的練習。

不過請注意,練習時不要只是「重複語音」,訣竅在於**想像會話的場景,假裝要對眼前的對象說話**。舉例來說,如果是提出邀約的場景,應該會用自然且比較親切的語氣。透過想像例句的場景或用意,就能做到非常務實且有效的練習。

OK, let's do it!
Remember, one by one.
Practice should always be fun!

(那麼,讓我們開始吧!記得要懷抱「一個接著一個」累積的心情,練習應該充滿樂趣!)

To Teachers

給英文老師們──本書的目標

This is a simple grammar book for basic-level adult learners who wish to improve their practical English skills. Our aim has been to create a unique textbook that not only teaches the rules of grammar, but also offers tips and training that will help them actually use those expressions effectively in conversation. The book is comprehensive, easy-to-understand, and practical.

For many years, in Japanese classrooms, students have been forced to learn English passively. They spend long hours listening to teachers' explanations, memorizing long lists of rules and words, and translating English sentences into Japanese. Focus was rarely on the student. It was on the teacher, and on the textbook.

However, with this book, we'd like to put the focus back on the student. We believe language is a personal experience, and it can become personal only when we use it. Here, that means less time making students memorize detailed grammar points, and more time actually having them practice and speak the English they have learned. As they say, however, old habits die hard. In the classroom, many adult Japanese learners will still hesitate to speak up. They will instinctively be afraid to make mistakes because mistakes always meant being a bad student. We were never taught that mistakes are actually a vital part in the exciting process of learning a new language.

With this book, we hope you can help us change this old tradition. Let's encourage our highly motivated, but slightly anxious, Japanese students to enjoy using English—including those inevitable and invaluable mistakes! And let's help them feel safe stepping out, for, as we teachers all know, that is when our students shine the brightest.

Thank you for placing your trust in this book, and cheers to your students' new journey!

CONTENTS

給大家的話…………………………………………………………… 002
本書的使用方式………………………………………………………… 003
學習英文的建議………………………………………………………… 004
To Teachers 給英文老師們…………………………………………… 005
字母、單字和英文的寫法……………………………………………… 012

Chapter 01　主詞與動詞、be 動詞

01　「主詞」與「動詞」是什麼？……………………………… 014
　　英文句子的結構 / Subjects & Verbs

02　「be 動詞」是什麼？………………………………………… 016
　　be 動詞（am, are, is）的功能 / Functions of Linking Verbs

03　am, are, is 的用法①………………………………………… 018
　　be 動詞的句子（主詞是 I, you 的時候）/ "I am ..." & "You are..."

04　am, are, is 的用法②………………………………………… 020
　　be 動詞的句子（主詞是單數的時候）/ Singular "is"

05　am, are, is 的用法③………………………………………… 022
　　be 動詞的句子（主詞是複數的時候）/ Plural "are"

06　am, are, is 的總整理………………………………………… 024
　　根據主詞決定 be 動詞的變化（統整）/ "am / are / is"（Review）

　　　　　　　　　　　　　　　　　　　　　　☕ 複習時間　026

Chapter 02　一般動詞

07　「一般動詞」是什麼？………………………………………… 028
　　一般動詞的句子（主詞是 I, you 的時候）/ Functions of General Verbs

08　「第三人稱」是什麼？………………………………………… 030
　　主詞的「人稱代名詞」概念 / What is the Third Person?

09　動詞型態的用法①……………………………………………… 032
　　一般動詞的句子（主詞為第三人稱單數時）/ Third-Person Singular Present

10　「三單現」容易犯的錯誤……………………………………… 034
　　需要注意三單現變化的動詞 / Spellings of Third-Person Forms

11　動詞型態的用法②……………………………………………… 036
　　一般動詞的句子（主詞是複數時）/ Plural Subjects

12　動詞型態的總整理……………………………………………… 038
　　一般動詞根據主詞產生的變化（統整）/ Simple Present Verb Forms (Review)

　　　　　　　　　　　　　　　　　　　　　　☕ 複習時間　040

Chapter 03　詞性的基礎

13　「代名詞」是什麼？…………………………………………… 042
　　代名詞（主格）/ Subject Pronouns

14　「他的」、「我們的」等……………………………………… 044
　　代名詞（所有格）/ Possessive Pronouns

15　「形容詞」是什麼？…………………………………………… 046
　　形容詞的功能 / Functions of Adjectives

16　「副詞」是什麼？……………………………………………… 048
　　副詞的功能 / Functions of Adverbs

17　「介係詞」是什麼？…………………………………………… 050
　　以介係詞開頭的句子 / Phrases Starting with Prepositions

　　　　　　　　　　　　　　　　　　　　　　☕ 複習時間　052

☺ 打好基礎後，更進一步　　了解英文的「詞性」…………………… 054

Chapter 04 否定句的基礎	18	如何組成否定句① ………………………………… 056 be 動詞的否定句 / Negative Sentences Using "am / are / is not"	
	19	如何組成否定句② ………………………………… 058 一般動詞的否定句（主詞是 I, you 時）/ Negative Sentences Using "do not"	
	20	如何組成否定句③ ………………………………… 060 一般動詞的否定句（主詞是第三人稱單數時）/ Negative Sentences Using "does not"	
	21	isn't 和 don't 的總整理 ………………………… 062 be 動詞、一般動詞否定句的統整 / Simple Present Negative (Review)	
		☕ 複習時間 064	
Chapter 05 疑問句的基礎	22	如何組成疑問句① ………………………………… 066 be 動詞的疑問句 / "Are / Is...?" Questions	
	23	Are you...? 這類句子的回答方式 ……………… 068 回答 be 動詞疑問句的方法 / Short Answers to "Are / Is...?"	
	24	如何組成疑問句② ………………………………… 070 一般動詞的疑問句（主詞是 you 的時候）/ "Do you...?" Questions	
	25	如何組成疑問句③ ………………………………… 072 一般動詞的疑問句（主詞是第三人稱單數時）/ "Does...?" Questions	
	26	Are you...? 和 Do you...? 的總整理 ………… 074 be 動詞、一般動詞疑問句的統整 / Simple Present Questions (Review)	
		☕ 複習時間 076	
Chapter 06 疑問詞	27	What 的疑問句① ………………………………… 078 What 的疑問句（be 動詞）/ "What is...?" Questions	
	28	時間、星期幾的問法 ……………………………… 080 What time...?, What day...? / Questions about the Time and the Day	
	29	What 的疑問句② ………………………………… 082 What 的疑問句（一般動詞）/ "What do / does...?" Questions	
	30	各式各樣的疑問句 ………………………………… 084 Who, Where 等疑問句 / Other Wh- Questions	
	31	How 的疑問句 …………………………………… 086 How 的疑問句 / "How is / do...?" Questions	
		☕ 複習時間 088	
Chapter 07 複數形、 祈使句、 代名詞	32	「複數形」是什麼？ ……………………………… 090 名詞的複數形 / Singular & Plural Nouns	
	33	複數形容易犯的錯誤 ……………………………… 092 需要注意複數形變化的名詞 / Spellings of Plural Forms	
	34	詢問數字的方式 …………………………………… 094 How many...? / How old...? 等 / Questions about Numbers	
	35	「祈使句」是什麼？ ……………………………… 096 祈使句 / Imperative "Do..."	
	36	「不要……」、「我們做……吧」 ……………… 098 "Don't...", "Let's..."	
	37	「我」、「他」等 ………………………………… 100 代名詞（受格）/ Object Pronouns	
		☕ 複習時間 102	

☺ 打好基礎後，更進一步　　「無法計算數量的名詞」是什麼？………………………… 104
　　　　　　　　　　　　　　學會 a 和 the 的用法 …………………………………… 105

Chapter 08
現在進行式

38	「現在進行式」是什麼？	106
	現在進行式的意義與句型 / *What is the Present Progressive?*	
39	ing 形式容易犯的錯誤	108
	需要注意 ing 形式變化的動詞 / *Spellings of "-ing" Forms*	
40	進行式的否定句、疑問句	110
	現在進行式（否定句、疑問句）/ *Present Progressive Questions*	
41	「現在在做什麼？」	112
	現在進行式（用疑問詞開頭的疑問句）/ *Present Progressive Wh- Questions*	
	☕ 複習時間	114

Chapter 09
過去式、過去進行式

42	「過去式」是什麼？	116
	一般動詞過去式的句子 / *Past Tense (General Verbs)*	
43	過去式容易犯的錯誤	118
	需要注意過去式變化的動詞、不規則動詞 / *Spellings of Past Tense & Irregular Verbs*	
44	過去式的否定句	120
	一般動詞過去式的否定句 / *Past Negative "didn't"*	
45	過去式的疑問句	122
	一般動詞過去式的疑問句 / *Past Questions "Did...?"*	
46	「做了什麼？」	124
	用疑問詞開頭的過去式疑問句 / *Past Questions "What did...?"*	
47	was 和 were	126
	be 動詞過去式的句子 / *"was / were"*	
48	「過去進行式」是什麼？	128
	過去進行式的句型與意義 / *Past Progressive*	
49	過去式句子的總整理	130
	一般動詞、be 動詞過去式的句子（統整）/ *Past Tense （Review）*	
	☕ 複習時間	132

⏱ 打好基礎後，更進一步　　學會介係詞的用法 ……………………………… 134

Chapter 10
未來的說法

50	「be going to」是什麼？	136
	表示未來的句子 / *"be going to"*	
51	be going to 的否定句和疑問句	138
	未來式的否定句、疑問句 / *"be going to" Questions*	
52	「你要做什麼？」	140
	用疑問詞開頭的未來式疑問句 / *"be going to" Questions with What & How*	
53	「will」是什麼？	142
	表示未來的句子 / *"will"*	
54	will 的否定句和疑問句	144
	未來式的否定句、疑問句 / *"Will...?" Questions*	
	☕ 複習時間	146

Chapter 11
助動詞、have to 等

55	「會……」的 can	148
	助動詞 can、can 的否定句 / *"can"*	
56	「會……嗎？」	150
	can 的疑問句 / *"Can...?" Questions*	
57	「我可以……嗎？」、「你可以……嗎？」	152
	Can I...?, Can you...? / *Casual Requests*	
58	「您可以……嗎？」	154
	Could you...? / *Polite Requests*	

	59	表示請求的 Will you...? 等表達方式 …………… 156 "Will/Would you...?", "May I...?"	
	60	「要做……嗎？」 ……………………………… 158 "Shall I...?", "Shall we...?"	
	61	「必須……」① ……………………………… 160 "have to...", "has to..."	
	62	have to 的否定句和疑問句 …………………… 162 have[has] to... 的疑問句、否定句 / "have to" Questions	
	63	「必須……」② ……………………………… 164 "must"	
		☕ 複習時間 166	

Chapter 12
不定詞（基礎）、動名詞

64	「不定詞」是什麼？ …………………………… 168 不定詞的句型和用法 / How to Use the Infinitive "to do"	
65	「為了……」 …………………………………… 170 不定詞（副詞的用法）/ "to do" Adverb Phrases	
66	「做某件事」 …………………………………… 172 不定詞（名詞的用法）/ "to do" Noun Phrases	
67	「可以用來……的」 …………………………… 174 不定詞（形容詞的用法）/ "to do" Adjective Phrases	
68	「動名詞」是什麼？ …………………………… 176 動名詞的句型與意義 / What Are Gerunds?	
69	禮貌地表達請求的說法 ………………………… 178 "I'd like (to) ..."	
70	詢問對方需求的方式 …………………………… 180 "Would you like (to) ...?"	
	☕ 複習時間 182	

Chapter 13
連接詞

71	連接詞 that 是什麼？ ………………………… 184 連接詞 that 的用法 / Conjunction "that"	
72	連接詞 when 是什麼？ ………………………… 186 表示「時間」的連接詞 / Conjunction "when"	
73	連接詞 if, because ……………………………… 188 表示「條件」、「理由」的連接詞 / Conjunction "if / because"	
	☕ 複習時間 190	

Chapter 14
各式各樣的句型

74	「有……」 ……………………………………… 192 "There is / are...."	
75	「有……嗎？」 ………………………………… 194 There is / are 的疑問句與回答方式 / "Is / Are there...?" Questions	
76	「成為……」、「看起來……」等 ………… 196 使用 become, look 等的句型（SVC）/ "look" & "become" as Linking Verbs	
77	「給……」、「讓人看……」等 …………… 198 使用 give, show 等的句型（SVOO）/ "give / show / tell someone something"	
78	「稱呼 A 為 B」、「使 A 變成 B」 ………… 200 call, name, make 的句型（SVOC）/ "call / name / make A B" (A=B)	
79	tell me that... 等的句型 ……………………… 202 tell / show 人 that... / "tell / show someone that..."	
	☕ 複習時間 204	

☕ 打好基礎後，更進一步　　學會英文的「五大句型」　　206

Chapter 15 比較級

- 80 「比較級」是什麼？ ……… 208
  比較級的句子 / What is "Comparative"?
- 81 「最高級」是什麼？ ……… 210
  最高級的句子 / What is "Superlative"?
- 82 比較級變化容易犯的錯誤 ……… 212
  比較級、最高級變化的注意事項 / Spellings of Comparatives & Superlatives
- 83 使用 more, most 進行比較 ……… 214
  使用 more, most 的比較級、最高級 / "more / most" Forms
- 84 使用 as 進行比較 ……… 216
  "as...as..." / "not as...as..."
- 85 比較級句型的總整理 ……… 218
  比較級 / 最高級 / as...as... / Comparative & Superlative (Review)
  - ☕ 複習時間 220

Chapter 16 被動式

- 86 「被動式」是什麼？ ……… 222
  被動式（被動語態）的意義與句型 / What is "Passive"?
- 87 「過去分詞」是什麼？ ……… 224
  過去分詞 / Past Participles
- 88 被動式的否定句、疑問句 ……… 226
  被動式（被動語態）的否定句、疑問句 / Passive Questions
- 89 被動式與一般句子的總整理 ……… 228
  被動式（被動語態）的統整 / Passive (Review)
  - ☕ 複習時間 230

Chapter 17 現在完成式

- 90 「現在完成式」是什麼？ ……… 232
  現在完成式的基本意義 / What is "Present Perfect"?
- 91 「表示持續」的現在完成式是什麼？ ……… 234
  表示持續的句子 / Present Perfect — Continuing Actions
- 92 「表示持續」的否定句、疑問句 ……… 236
  現在完成式（表示持續）的否定句、疑問句 / Present Perfect Questions
- 93 「表示經驗」的現在完成式是什麼？ ……… 238
  表示經驗的句子 / Present Perfect — Experience
- 94 「表示經驗」的否定句、疑問句 ……… 240
  現在完成式（表示經驗）的否定句、疑問句 / Present Perfect Questions
- 95 「表示完成」的現在完成式是什麼？ ……… 242
  表示完成的句子 / Present Perfect — Finished Actions
- 96 現在完成式的總整理 ……… 244
  現在完成式的統整 / Present Perfect (Review)
- 97 「現在完成進行式」是什麼？ ……… 246
  現在完成進行式的意義與句型 / Present Perfect Progressive
  - ☕ 複習時間 248

Chapter 18 不定詞（未來發展）

- 98 「做這件事是……」 ……… 250
  "It is...to..."
- 99 「怎麼做……」 ……… 252
  "how to..."
- 100 「該怎麼……」 ……… 254
  "what to...", "where to..."
- 101 「希望某人做……」 ……… 256
  want 人 to... / "want someone to do"

		102	「告訴某人做……」	258
			tell /ask 人 to... / "tell / ask someone to do"	
		103	let 等的用法	260
			原形不定詞 / "let / help someone do"	
			☕ 複習時間	262
	Chapter 19 後置修飾	104	「桌上的書」之類的用法	264
			修飾名詞的介係詞片語 / Noun-Modifying Prepositional Phrases	
		105	「正在彈鋼琴的女孩」之類的用法	266
			修飾名詞的 ing 形式 / Noun-Modifying "-ing" Phrases	
		106	「10 年前拍的照片」之類的用法	268
			修飾名詞的過去分詞 / Noun-Modifying Past-Participle Phrases	
		107	「我昨天讀的書」之類的用法	270
			修飾名詞的〈主詞+動詞〉 / Noun-Modifying Clauses	
			☕ 複習時間	272
	Chapter 20 關係代名詞	108	「關係代名詞」是什麼？①	274
			關係代名詞（主格 who）/ Relative Pronoun "who"	
		109	「關係代名詞」是什麼？②	276
			關係代名詞（主格 that, which）/ Relative Pronouns "that / which" (Subject)	
		110	「關係代名詞」是什麼？③	278
			關係代名詞（受格 that, which）/ Relative Pronouns "that / which" (Object)	
		111	關係代名詞的總整理	280
			關係代名詞的注意事項 / Relative Pronouns (Review)	
			☕ 複習時間	282
	Chapter 21 間接問句、 假設語氣	112	句子中的疑問句	284
			間接問句 / Indirect Questions	
		113	「假設語氣」是什麼？	286
			假設語氣表達的意思 / What is "Subjunctive"?	
		114	「要是……就好了」	288
			假設語氣 / Subjunctive "I wish..."	
		115	「如果我是你……」	290
			假設語氣 / Subjunctive "If I were you, I would..."	
		116	「如果我……我會……」	292
			假設語氣 / Subjunctive "If I had ..., I would..."	
			☕ 複習時間	294
☕ 打好基礎後，更進一步		好用的「附加問句」		296
		學會簡單的「感嘆句」		297
		數字的說法		298
		星期的說法 / 月份的說法		299
		動詞型態變化一覽表		300
		用語索引		304

為方便確認答案，「解答範例與解說」為獨立附錄，請拆下來使用。

字母的寫法、讀法

- 英文字母共有 26 個，每個字母都有**大寫**和**小寫**。
- 請在手寫字體範例的右側，把每個字母寫 2～3 次，並聆聽語音確認讀法。

這裡示範的字體是典型的範例，字母的字體可能會因教科書而有所不同。

↓印刷用的字體
大寫　小寫

(1) A a
↓手寫用的字體（正楷）
A a

(2) B b
B b

(3) C c
C c

(4) D d
D d

(5) E e
E e

(6) F f
F f

(7) G g
G g

(8) H h
H h

(9) I i
I i

(10) J j
J j

(11) K k
K k

(12) L l
L l

(13) M m
M m

(14) N n
N n

(15) O o
O o

(16) P p
P p

(17) Q q
Q q

(18) R r
R r

(19) S s
S s

(20) T t
T t

012

(21) U u

(22) V v

(23) W w

(24) X x

(25) Y y

(26) Z z

單字的寫法

● 寫單字時，字母之間不要隔得太開，也不要貼得太近。

○ apple　　×　a p p l e　　×　apple
　　　　　　　↑字母之間隔得太開　　↑字母之間貼得太近

● 人名、地名、星期、月份的第一個字一律大寫。

東京 Tokyo　　星期一 Monday　　四月 April

英文的寫法

● **句首第一個字母要大寫**，句尾要加上**句號**（.）。
● 單字與單字之間不要緊連在一起，要空出大約一個字母的**空格**。

↑句首第一個字母要大寫
Good morning.
　↑空格　　↑句尾要有句號

● 寫疑問句（提出問題的句子）時，要把句號換成**問號**（？）。

Are you Miki?
　　　　　↑問號

● Yes 或 No 之後要加上**逗號**（,）。
● 是「我」的 I 即使不在句首，也**一律要大寫**。

　　　　↑一律大寫
Yes, I am.
　↑逗號

1-01

013

Lesson 01 「主詞」與「動詞」是什麼？

英文句子的結構 / Subjects & Verbs

「<u>主詞</u>」和「<u>動詞</u>」是骨幹，除去部分的特例，所有的英文句子都必須有「主詞」和「動詞」。

所謂的「主詞」就像「我」、「你」、「健太」一樣，用來代表文章的主角。

```
代表主角的
就是主詞！     中文  我打網球
這很重要!!     英文  I play tennis.
                    我   打   網球
                   主詞      動詞
```

上圖英文的 play 是表示「從事」運動的「動詞」。

所謂的動詞，如同「走路」、「跑步」、「說話」、「聽」、「喜歡」、「吃」、「學習」，是用來表現「動作」的詞彙。

在本次的學習中，還不需要記住動詞，只需要知道<u>英文的句子一定要有主詞和動詞即可</u>。

請看右頁的英文句子，確認看看哪個是主詞、哪個是動詞。

●文法用語　「主詞」的英文是 subject，因此在打基礎的學習書上都取它的字首，用 S 這個縮寫來代表主詞。「動詞」是 verb，所以用 V 來代表。

014

Exercise

→ 解答在答案本 P.2
對完答案後,請跟著語音朗讀英文句子。

請找出主詞並圈起來。

(範例) (I) play tennis.(我打網球。)
　　　 我　 打　　網球

1 You run fast.(你快速地奔跑 [你跑得很快]。)
　 你　 跑步　快

2 Nick likes baseball.(尼克喜歡棒球。)
　 尼克　喜歡　　棒球

3 We speak Japanese.(我們說日文。)
　 我們　 說　　日文

請找出動詞並圈起來。

(範例) I (play) tennis.(我打網球。)
　　　 我　 打　　網球

4 You work hard.(你很認真工作〔你工作得很認真〕。)
　 你　 工作　認真

5 I like Italian food.(我喜歡義大利料理。)
　 我　喜歡　義大利的　食物

6 I have a younger sister.(我有一個妹妹。)
　 我　 有　　　年紀較小的　姊、妹

7 We live in an apartment.(我們住在公寓。)
　 我們　住　……在　　　公寓

Lesson 02 「be 動詞」是什麼？

be 動詞（am, are, is）的功能 / Functions of Linking Verbs

在英文中，除了 run（跑步）或 play（從事運動等）等表示「動作」的一般動詞，還有名為 be 動詞的特殊動詞。

be 動詞指的是 am, are, is。（之所以把這三個動詞稱為 be 動詞，是因為它們都是從 be 這一個動詞變化來的。）

am ← 變身 — be — 變身 → is
         變身 ↓
         are

am, are, is 的原形是 be 啊。

原來如此～

be 動詞是用「等號」概念發揮連接功能的動詞。

我是茱蒂
I am Judy.
↑ be 動詞相當於「＝」的作用。

等於
I ＝ Judy
我 ＝ 茱蒂

在中文的口語裡，我們有時會說「我，茱蒂」，但在英文的口說不會說 I Judy.（×）。

我，美樹。 OK
I Judy. NG ✗
這裡一定要有動詞！

這是因為有「英文句子一定要有動詞」這項大原則，因此需要 be 動詞這個「用等號連接前後文的動詞」。

英文的動詞有兩種，①一般動詞（主要表示「動作」的 run 或 play 等），以及這一課學習的② be 動詞（表示「等於」）。

依照想要表達的內容，①和②兩種動詞使用的時機也不同。

• 文法用語　像 I am Judy. 中的 Judy，這種與主詞有對等關係的詞句稱為「補語」（complement），並以 C 這個縮寫來代表。〈主詞＋動詞＋補語〉語序的句子稱為「SVC 句型」。〈→ P.206〉

Exercise

→ 解答在答案本 P.2
對完答案後,請跟著語音朗讀英文句子。

請用○圈出 be 動詞,並用□把 be 動詞以外的動詞框起來。
請注意 be 動詞的功能是用等號把前後文連接起來。

(範例)　I ⟨am⟩ Judy.(我是茱蒂。)

　　　　I [play] tennis.(我打網球。)

1　I ⟨am⟩ busy.(我很忙。)
　　　　　忙

2　I [like] cats.(我喜歡貓。)
　　　　　　　貓

3　You ⟨are⟩ kind.(你很親切。)
　　　　　　　　親切的

4　His house ⟨is⟩ big.(他的家很大。)
　　他的　家　　　　大的

5　I [study] English every day.(我每天學習英文。)
　　　學習　　英文　　　每天

6　Kate ⟨is⟩ a college student.(凱特是大學生。)
　　　　　　　大學　　學生

7　Mike ⟨is⟩ in his room.(麥克在他的房間。)
　　　　　　在……裡面　房間

8　I [work] at a hospital.(我在醫院工作。)
　　　工作　在……　醫院

9　The printer paper ⟨is⟩ in that box.
　　　印表機　　紙　　　　　　　箱子

(影印紙裝在那個箱子裡。)

Lesson 03 am, are, is 的用法①

be 動詞的句子（主詞是 I, you 的時候） / "I am..." & "You are..."

這一課我們要學習的是 be 動詞三種型態的用法，要使用 am, are 還是 is，取決於句子的主詞。

主詞是 I（我）的時候，be 動詞使用 **am**，不會說 I is...（×）。

I 要使用 am
I am Miki.
我是美樹

主詞是 you（你）的時候，be 動詞使用 **are**，You is...（×）是錯誤的說法。

You are tall.
你身高很高
You 要使用 are

遇到 I 就使用 am，遇到 you 就使用 are，規則很簡單。

I am 和 You are 都是常用的片語，因此為了方便發音，也有縮短成 **I'm/you're** 的縮寫形式，**會話時常會用到這樣的縮寫形式**。

I am 縮寫 → I'm
You are 縮寫 → You're

「'」名為「撇號」，是表示省略的符號。

下一課我們要學習 is 的用法。

•補充說明　you 也有「你們」的意思，想誇獎對方「好厲害！」時，不論對方是一個人還是兩個人，都可以說 You're great!

Exercise

→ 解答在答案本 P.2
對完答案後,請跟著語音朗讀英文句子。

請將以下的句子翻譯成英文,並寫出①不使用縮寫,以及②使用縮寫(I'm / you're)的兩種形式。

(範例) 我是艾莉卡。
① I am Erika. ② I'm Erika.

1. 我肚子餓了。
   ①
   ②

   肚子餓:hungry

2. 你身高很高。
   ①
   ②

   身高很高:tall

3. 我 18 歲。
   ①
   ②

   18 歲:eighteen

4. 你遲到了。
   ①
   ②

   遲到:late

快速開口說!
請以對圖中人物說話的心情,用英文表達對話框中的內容。

你要誇獎鋼琴彈得很好的朋友。

你真棒!

假設你要對這個人物說話!

請用 you 作為主詞。 真棒:good

Lesson 04　am, are, is 的用法②

be 動詞的句子（主詞是單數的時候）/ Singular "is"

be 動詞在主詞是 I 時用 am，you 時用 are。
使用 is 的時機，是在主詞不是 I 也不是 you 的情況。

主詞<u>不是 I 也不是 you</u>，且是「一個人」的時候，就要用 <u>is</u>。
Kenta（健太）、my mother（我的母親）、he（他）、she（她）……
諸如此類，使用 is 的主詞不計其數，I 和 you 以外的主詞都是用 is。

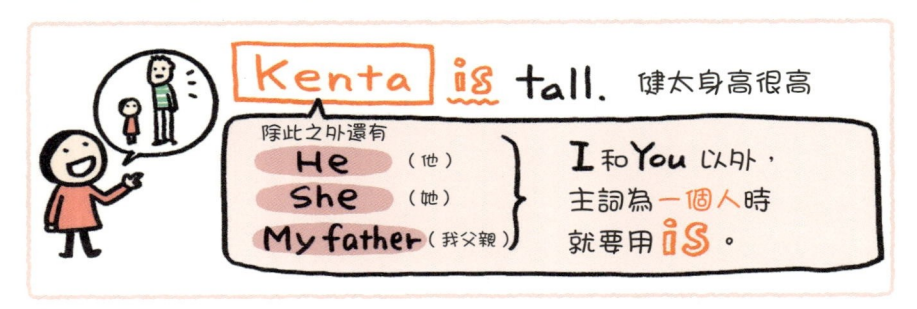

he is 和 she is 有 he is → <u>he's</u> 和 she is → <u>she's</u> 的縮寫形式。

主詞為「一個物品」的時候也使用 is。
this（這個）、that（那個）、that house（那棟房子）、my cat（我的貓）
等，這種類型的主詞也非常多。

that is 的縮寫是 <u>that's</u>。（請注意 this is 沒有縮寫形式。）

總結來說，主詞是「一個人」或「一個物品」的時候，都用 is 即可（只有 I 和 you 是例外）。

•補充說明　this 可以像 This is my book.（這是我的書。）一樣，用來指稱「這項物品」，也可以像 This house is big.（這棟房子很大。）一樣，放在名詞的前面表示「這個～」。that 同樣可以這麼用。

Exercise

解答在答案本 P.2
對完答案後，請跟著語音朗讀英文句子。

請在 am, are, is 中選擇適當的型態，並填入（　）。

1. 瓊斯先生身高很高。
   Mr.Jones (　　　) tall.
   先生（用於男性）

2. 那棟房子很大。
   That house (　　　) big.

3. 我來自東京。
   I (　　　) from Tokyo.

4. 你是對的。
   You (　　　) right.
   　　　　　對的

5. 你的點子很有趣。
   Your idea (　　　) interesting.
   你的　點子　　　　　很有趣

6. 我的姊姊是護士。
   My sister (　　　) a nurse.
   姊、妹　　　　　護士

7. 我最喜歡的顏色是橘色。
   My favorite color (　　　) orange.
   最喜歡的

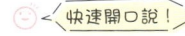

快速開口說！ 請用英文表達對話框中的內容。

你要發表對別人請你吃的食物的感想。

這個很好吃！

假設你要對這個人物說話！

好吃的：delicious

Lesson 05　am, are, is 的用法③

be 動詞的句子（主詞是複數的時候）/ Plural "are"

　　上一課我們學習了 I 和 you 以外的「一個人」、「一個物品」要用 is。其實在兩個人或兩個物品為主詞時，不能使用 is。

　　「一個人」或「一個物品」是單數，「兩個人〔兩個物品〕」或更多則為複數。

一個人、一個⋯是單數　　這個區分在英文裡很重要　　兩人以上、兩個以上是複數

Kenta　　Kenta and Daiki

　　英文很重視單數和複數的區分，需要根據主詞是單數還是複數，分別使用不同的動詞型態。

　　<u>be 動詞**在主詞是複數時使用 are**</u>。
　　像「健太和大樹⋯⋯」這種主詞是複數的情況，不會使用 is，而是會使用 are，也就是 Kenta and Daiki are...

單數　　　　　　　　　複數
Kenta **is** tall.　　　　Kenta and Daiki **are** tall.
健太身高很高　　　　　　健太和大樹身高很高
單數使用 **is**　　　　　　複數使用 **are**

　　these books（這些書）或 my dogs（我的小狗們）等複數型態（加上 s 的型態）作為主詞的時候，be 動詞也使用 are，這部分會在 P.90 學到更詳細的內容。

●補充說明　　be 動詞的後面也可能會接 at home（在家）、in Tokyo（在東京）、here（在這裡）等表示地點的詞句，在這種情況，be 動詞會變成「在⋯⋯」的意思。

# Exercise

→ 解答在答案本 P.2
對完答案後，請跟著語音朗讀英文句子。

請在 am, are, is 中選擇適當的型態，並填入（　）。

1. 瓊斯先生身高很高。
   Mr.Jones (　　　) tall.

2. 瓊斯先生和史密斯先生身高很高。
   Mr.Jones and Mr.Smith (　　　) tall.

3. 他來自澳洲。
   He (　　　) from Australia.

4. 他們來自澳洲。
   They (　　　) from Australia.
   他們（表示複數）

5. 梅格和我現在在京都。
   Meg and I (　　　) in Kyoto now.
   　　　　　　　　　　　現在

6. 我們現在在京都。
   We (　　　) in Kyoto now.
   我們（表示複數）

7. 我們很興奮。
   We (　　　) excited.
   　　　　　興奮

快速開口說！ 請用英文表達對話框中的內容。

你在旅行的晚上走出去，看到整片燦爛的星空。

星星好漂亮！

假設你要對這個人物說話！

星星：the stars　漂亮：beautiful

Chapter 01　主詞與動詞、be 動詞

Lesson 06 am, are, is 的總整理

根據主詞決定 be 動詞的變化（統整） / "am / are / is"（Review）

我們來再次確認前面學過的 be 動詞用法。

be 動詞是把主詞和 be 動詞後方的句子，**用「等號」連接起來的動詞**。

Kenta 健太	is =	busy. 忙碌的	健太很忙。
		a soccer fan. 足球迷	健太是足球迷。
		in the kitchen. 在廚房裡	健太在廚房裡。
		from Tokyo. 來自東京	健太來自東京。

be 動詞有 **am, are, is 三種型態**。
根據主詞不同，am, are, is 個別的用法如下。

	主詞	be 動詞		縮寫形式
單數	I	am	~.	I'm ~.
	You	are		You're ~.
	Kenta	is		—
	That house			—
	He			He's ~.
	She			She's ~.
	This			—
	That			That's ~.
複數	Kenta and Daiki	are		—
	We			We're ~.
	They			They're ~.

●英文會話　I'm... 不只可以介紹自己，還可以用來表達自己的狀態或所在地點。此外，You're... 也可以用來稱讚對方。be 動詞是第一個學習的文法，所以往往容易被忽視，但它其實是很實用的表達方式，在對話中的用途十分廣泛。

Exercise

解答在答案本 P.2
對完答案後，請跟著語音朗讀英文句子。

請在 am, are, is 中選擇適當的型態，並填入（　）。

1. 愛麗絲 25 歲。
   Alice (　　　) twenty-five.

2. 我是足球迷。
   I (　　　) a soccer fan.

3. 你很會唱歌。
   You (　　　) a good singer.

4. 他們來自加拿大。
   They (　　　) from Canada.

5. 這支智慧型手機很不錯！
   This smartphone (　　　) nice!

6. 你的外套放在衣櫃裡。
   Your jacket (　　　) in the closet.

7. 傑克和我從大學就是朋友。
   Jack and I (　　　) friends from college.

快速開口說！ 請用英文表達對話框中的內容。

你和朋友去健行，你想要稍微休息一下。

我累了。

假設你要對這個人物說話！

累了：tired

複習時間

Chapter 01　主詞與動詞、be 動詞

1　請從（　）內選出適當的答案，並用○圈起來。

① （She / She's）is a kind teacher.（她是溫柔的老師。）

② （You / You're）late.（你遲到了。）

③ We（am / are / is）busy.（我們很忙。）

④ Your bag（am / are / is）on the desk.（你的包包在書桌上。）

⑤ Emily and Bob（am / are / is）in the living room.
　（艾蜜莉和鮑伯在客廳。）

2　請將以下的句子翻譯成英文。

① 這是他的電話。

他的電話：his phone

② 那是我的車。

我的車：my car

③ 他們來自澳洲。

他們：they　　澳洲：Australia

④ 她的房間很棒。

她的房間：her room　　很棒的：nice

⑤ 我的同事們非常親切。

我的同事們：my colleagues　　非常：very　　親切的：kind

3 請假設你是下圖的人物,把①~④的內容翻譯成英文。

Erika

Hi. I'm Erika.
① 我來自東京。
② 我 19 歲。
③ 我是大學生。
④ 我主修心理學。

①
_____

②
_____
19 歲:nineteen

③
_____
大學生:a college student

④
_____
我的主修:my major　心理學:psychology

Coffee Break — 自我介紹常用的說法

● **出身**

「我來自……」的說法是 "I'm from..."。(from 有「從……來」、「來自……」的意思。)
請注意地名或國名的第一個字母要大寫。
- I'm from Japan.(我來自日本。)
- I'm from Hokaido.(我來自北海道。)

● **年齡**

「我……歲」只要在 I'm 之後用數字表明年紀即可。(數字的說法→ P.298)
也可以在年齡之後加上 years old(歲)。
- I'm eighteen. / I'm eighteen years old.(我 18 歲。)

● **職業**

職業也可以用 I'm... 來說明。
- I'm a high school student.(我是高中生。)
- I'm a nurse.(我是護士。)
- I'm a homemaker.(我是家庭主婦〔主夫〕。)

要表達「我在……(公司)工作」的時候,會使用一般動詞 work。
- I work for a car company.(我在汽車公司工作。)

Lesson 07 「一般動詞」是什麼？

一般動詞的句子（主詞是 I, you 的時候）/ Functions of General Verbs

英文的動詞有兩種，be 動詞以及 be 動詞以外的動詞。接下來要學習的是 be 動詞以外的動詞。

be 動詞以外的動詞，全都稱為一般動詞。（意即非 be 動詞的「普通動詞」。）

「一般動詞」有很多
- play 從事〈運動等〉
- like 喜歡
- have 擁有
- study 學習
- watch 看〈電視等〉

諸如此類……

使用這些動詞的時候，需要留意英文的語序。

英文的規則通常是以「誰[什麼]（主詞）」→「做什麼（動詞）」→「動作對象」的順序組成句子。

英文　　I　play　soccer.
　　　 主詞　動詞

一般動詞的句子中最常見的錯誤，就是把「我喜歡音樂」說成 I am like music.（×）。

英文的句子雖然需要動詞，但**有一個動詞就好。既然使用了動詞 like（喜歡），就不需要 am 這個動詞（be 動詞）了。**

常見的錯誤　我喜歡音樂

✗ I am like music.

○ I like music.

既然使用了一般動詞（這裡指的是 like），就不需要 be 動詞！

← 一個句子裡只要有一個動詞即可！

●文法用語　就如同 I play soccer. 的 soccer，接在動詞後面代表「動作對象」的詞句，即是「動詞的受詞」。受詞（object）用 O 來表示，〈主詞＋動詞＋受詞〉的句子結構稱為「SVO 句型」。〈→ P.206〉

Exercise

解答在答案本 P.2
對完答案後，請跟著語音朗讀英文句子。

請將適當的動詞填入（　　）。

1. 我打高爾夫。
   I (　　　　) golf.
   高爾夫

2. 我的包包裡有一支手機。
   I (　　　　) a smartphone in my bag.
   包包

3. 我喜歡籃球。
   I (　　　　) basketball.

4. 我每天在 YouTube 上看影片。
   I (　　　　) videos on YouTube every day.
   影片

請將以下的句子翻譯成英文。

5. 我彈吉他。

   _____

   「彈」和「從事（運動等）」使用同樣的動詞。　吉他：the guitar

6. 我每天學習英文。

   _____ every day.

   英文：English

7. 我說日文。

   _____

   說：speak　日文：Japanese

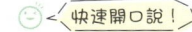

快速開口說！ 請用英文表達對話框中的內容。

你看電視時，聽到了喜歡的歌。

我喜歡這首歌。

請寫出有主詞和動詞的句子。　這首歌：this song

Chapter 02　一般動詞

Lesson 08 「第三人稱」是什麼？

主詞的「人稱代名詞」概念 / What is the Third Person?

英文學到更深入後，會遇到「第三人稱主詞」這類的說明，儘管這不是日常生活中會用到的詞彙，在學習英文等外語時卻是不可或缺的思考方式，這一課會進行簡單的說明。

「人稱代名詞」有「第一人稱」、「第二人稱」、「第三人稱」這三種。
（這裡的「一」、「二」、「三」與人數無關，請想成只是把它們加上①②③的編號。）

指稱自己的名詞，也就是 I（我），稱為「第一人稱」。（we（我們）也是第一人稱→P.42）

第一人稱
自己（我、我們）

指稱對方的名詞，也就是 you（你、你們），稱為「第二人稱」。

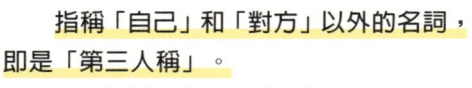

第二人稱
對方（你、你們）

指稱「自己」和「對方」以外的名詞，即是「第三人稱」。
He（他）或 she（她），以及 Ken（健）等都是第三人稱。

第三人稱
自己和對方以外

自己（I）和對方（you）以外皆是第三人稱，因此不只是人，物品和動物也全都是第三人稱。

自己（I）和對方（you）以外全部都是第三人稱

my cat 我的貓
my father 我的父親
this book 這本書
that house 那棟房子

●補充說明　第一人稱、第二人稱、第三人稱都有分「單數」和「複數」。第一人稱的單數是 I（我），第一人稱的複數是 we（我們）。第二人稱不論單數（你），還是複數（你們）都是 you。

Exercise

→ 解答在答案本 P.2
對完答案後，請跟著語音朗讀英文句子。

選出主詞（畫底線的部分）是第三人稱的英文句子，並在（　）裡填上○。

1 <u>Ms.Brown</u> is a teacher.　　　　　　　（　　）
   小姐（用於女性）
   （布朗小姐是老師。）

2 <u>I</u> like baseball.　　　　　　　　　　　（　　）
   （我喜歡棒球。）

3 <u>My father</u> is an engineer.　　　　　　（　　）
   　　　　　　　　工程師、技師
   （我的父親是一名工程師。）

4 <u>You</u> are a great cook!　　　　　　　　（　　）
   　　　　　　優秀的　　廚師
   （你是位優秀的廚師！）

5 <u>This</u> is my notebook.　　　　　　　　（　　）
   　　　　　　　筆記本
   （這是我的筆記本。）

6 <u>Your dog</u> is really cute!　　　　　　　（　　）
   　　　　　　　真的　　可愛
   （你的狗真的很可愛！）

7 <u>She</u> is from Australia.　　　　　　　　（　　）
   （她來自澳洲。）

8 <u>That house</u> is big.　　　　　　　　　（　　）
   （那棟房子很大。）

9 <u>Your English</u> is very good.　　　　　　（　　）
   （你的英文很好。）

Chapter 02 　一般動詞

031

Lesson 09 動詞型態的用法①

一般動詞的句子（主詞為第三人稱單數時）／ Third-Person Singular Present

英文的動詞會根據主詞變化型態，以 be 動詞來說，會分別使用 am, are, is，那一般動詞要怎麼使用呢？

主詞是 I 或 you 的時候，一般動詞的型態不會變化。換句話說，就是直接使用原形。

> I play the guitar.
> You play the guitar.
>
> 如果主詞是 I 或 You，動詞用原本的型態即可！
>
> 輕輕鬆鬆

不過，主詞不是 I（第一人稱）也不是 you（第二人稱），也就是**第三人稱時，動詞要加 s**。（主詞為複數的情形是例外。→ P.36）

例如要表達「他在彈吉他」，就會是 He plays the guitar.，**不會說** He play the guitar.（×）。

> 主詞是 I, You 以外 動詞要加 S！（複數是例外）
>
> 健太 Kenta plays the guitar.
> 他 He plays the guitar.
>
> 自己和對方以外，全都是第三人稱。
>
> My father plays ~.

如上圖所述，一般動詞分成「原形」以及「加上 s 的型態」兩種用法。

「我」、「你」以外的單數主詞，稱為第三人稱單數主詞，而動詞需要加 s 的規則稱為「**三單現**（第三人稱單數現在式）」。

• 補充說明　三單現的 s 基本上發 [z] 的音，但在 s 前面的音（動詞原形字尾的發音）是 [p]、[k]、[f]、[t] 的時候，則發 [s] 的音。不是加上 s，而是 es 的單字〈→ P.34〉，es 通常發 [iz] 的音。

Exercise

解答在答案本 P.2
對完答案後，請跟著語音朗讀英文句子。

請選出適當的動詞填入（　　），必要時請改變動詞的型態。
同一個動詞可以使用兩次以上。

> like　play　come　live　speak　walk　want

1. 我打網球，我的母親也打網球。
   I（　　　　）tennis. My mother（　　　　）tennis, too.
   也……

2. 我彈鋼琴，瓊斯先生彈吉他。
   I（　　　　）the piano. Mr.Jones（　　　　）the guitar.
   鋼琴

3. 我喜歡貓，尼克喜歡狗。
   I（　　　　）cats. Nick（　　　　）dogs.

4. 我住在東京，我的哥哥住在京都。
   I（　　　　）in Tokyo. My brother（　　　　）in Kyoto.
   兄、弟

5. 艾力克斯每天走路到工作地點（走路上班）。
   Alex（　　　　）to work every day.
   工作地點

6. 我的母親 6 點回家。
   My mother（　　　　）home at six.
   到家

7. 他中文說得很好。
   He（　　　　）Chinese well.
   中文

8. 她想要一支新的智慧型手機。
   She（　　　　）a new smartphone.

Chapter 02　一般動詞

033

Lesson 10 「三單現」容易犯的錯誤

需要注意三單現變化的動詞 / Spellings of Third-Person Forms

主詞為第三人稱單數時，動詞的最後要加上「三單現的 s」。

大部分的動詞都是直接加上 s 就好，例如 come → comes、like → likes，但也有少部分動詞是例外。

have（擁有）的三單現是特殊變化形 has。

不是 haves（×），請特別留意。

① 會變成特殊型態的動詞

have（擁有） ➡ has 三單現

go（去）不是加 s，而是加 es 變 goes。

teach（教）、watch（看）、wash（洗）也不是加 s，而是加 es。

② 加 es 的動詞

三單現
go（去） ➡ goes
teach（教） ➡ teaches
watch（看電視等） ➡ watches
wash（洗） ➡ washes

study（學習）要把最後的 y 改成 i，然後加上 es，變成 studies。

③ y → ies 的動詞

study（學習） ➡ studies 三單現

•補充說明　嚴格來說，要加 es 的是「o, s, x, ch, sh」結尾的動詞（do → does、pass → passes、catch → catches 等），y → ies 的是以「a, i, u, e, o 以外的字母 + y」結尾的動詞（carry → carries、try → tries 等）。

Exercise

→ 解答在答案本 P.2
對完答案後，請跟著語音朗讀英文句子。

請選出適當的動詞填入（　　），必要時請改變動詞的型態。
同一個動詞可以使用兩次以上。

> study　teach　watch　go　have

1. 我養了一隻貓，吉姆養了一隻狗。
   I (　　　　) a cat. Jim (　　　　　) a dog.
   「飼養」和「擁有」使用同樣的動詞。

2. 我有一個哥哥，艾瑪有一個姊姊。
   I (　　　　) a brother. Emma (　　　　　) a sister.
   「有（兄弟姊妹）」也和「擁有」使用同樣的動詞。
   順道一提，英文通常都說 brother, sister，不會區分兄弟姊妹的年紀大小，
   只有在需要區別時，會說 older（年紀較大的）brother 或 younger（年紀較小的）sister。

3. 威廉斯老師在教音樂。
   Mr. Williams (　　　　) music.

4. 她每天看電視。
   She (　　　　) TV every day.

5. 艾莉卡努力地學英文。
   Erika (　　　　) English hard.
   　　　　　　　　　努力地

6. 瓊斯小姐每年都會去夏威夷。
   Ms. Jones (　　　　) to Hawaii every year.
   　　　　　　　　　　　　　　　每年

快速開口說！ 請用英文表達對話框中的內容。

有人問你哪輛電車會開往東京。

那輛電車開往東京。

那輛電車：that train

Chapter 02 ― 一般動詞

035

Lesson 11 **動詞型態的用法②**

一般動詞的句子（主詞是複數時）/ Plural Subjects

　　一般動詞會根據主詞分成兩種型態，主詞是 I 或 you 時使用「原形」，是其他的單數（第三人稱單數）時使用「加 s 的型態」。

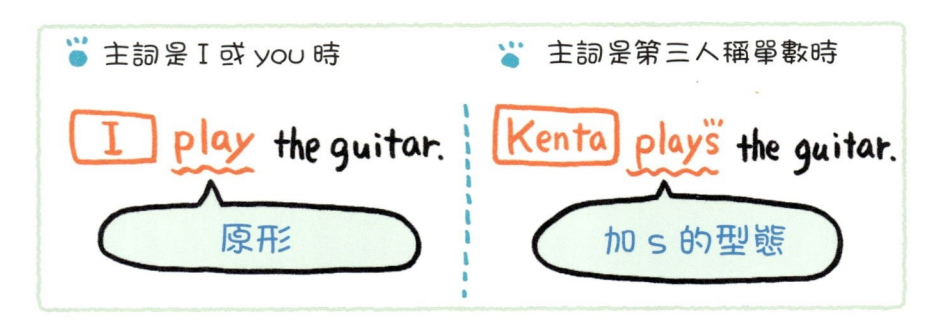

> 🐾 主詞是 I 或 you 時
>
> [I] play the guitar.
>
> 原形
>
> 🐾 主詞是第三人稱單數時
>
> [Kenta] plays the guitar.
>
> 加 s 的型態

　　那麼，當主詞像 Kenta and Daiki（健太和大樹）這樣是兩個人，也就是複數的時候，動詞要用哪種型態呢？

　　主詞是複數的時候，動詞使用不加 s 的**「原形」**。

> 第三人稱單數　[Kenta] plays the guitar.
>
> 複數　[Kenta and Daiki] play the guitar.
>
> 如果是複數，動詞使用原形。
>
> 沒有加 s 喔！

　　如上圖，一般動詞**只有在主詞是第三人稱單數時使用「加 s 的型態」**，其他時候都是使用「原形」，請牢牢記住這項區別。

• 補充說明　複數的主詞除了 Kenta and Daiki 這種 A and B 的形式外，還有 cats（貓咪們）、these books（這些書）等複數形〈→ P.90〉，以及代名詞的 we（我們）、they（他們、她們、它們）等。

036

Exercise

解答在答案本 P.3
對完答案後，請跟著語音朗讀英文句子。

請把動詞 play 填入（　），必要時請改變型態。

1. 我彈吉他。
   I (　　　) the guitar.

2. 尼克彈吉他。
   Nick (　　　) the guitar.

3. 尼克和雷彈吉他。
   Nick and Ray (　　　) the guitar.

4. 我們彈吉他。
   We (　　　) the guitar.
   我們（複數）

請選出適當的動詞填入（　），必要時請改變動詞的型態。

> live　study　speak　like　get　go

5. 艾莉卡每天學英文。
   Erika (　　　) English every day.

6. 麥克和克里斯住在紐約。
   Mike and Chris (　　　) in New York.
   紐約

7. 吉姆和他的妹妹一起去學校。
   Jim and his sister (　　　) to school together.
   一起

8. 我的父母起得很早。
   My parents (　　　) up early.
   父母　　　　　很早

9. 他們說西班牙文。
   They (　　　) Spanish.
   他們（複數）　西班牙文

10. 貓咪們喜歡魚。
    Cats (　　　) fish.
    貓咪們（複數）

Lesson 12 動詞型態的總整理

一般動詞根據主詞產生的變化（統整）/ *Simple Present Verb Forms (Review)*

be 動詞以外的動詞，全都稱為「一般動詞」，一般動詞的數量非常多，這一課讓我們再次確認有哪些基本的一般動詞吧。

基本的一般動詞
- ☐ play（從事〈運動或比賽〉、演奏〈樂器〉）
- ☐ like（喜歡）
- ☐ watch（看〈電視等〉）
- ☐ live（居住）
- ☐ have（擁有）
- ☐ speak（說）
- ☐ want（想要）
- ☐ go（去）
- ☐ study（學習）
- ☐ walk（走路）
- ☐ come（來）
- ☐ teach（教）
- ☐ wash（洗）

be 動詞根據主詞，分別使用 am, are, is 三種型態。

一般動詞根據主詞分別使用**「原形（沒有加 s 的型態）」**，以及**「有加 s 的型態（第三人稱單數現在式）」**兩種型態。

主詞	一般動詞的型態	
I（第一人稱）	play	
You（第二人稱）	play	
Kenta / My father / He / She 等**第三人稱單數**	play**s**	~.
Kenta and Daiki / We / They 等**複數**	play	

由上表可以得知，只有在主詞**不是 I 或 you 的單數**（第三人稱單數）時，動時會用「加 s 的型態」。請注意，have 的第三人稱單數現在式是 has。

主詞是 I, you 或複數時，動詞維持原形即可。

•重新學習 一般動詞現在式必須加 s 的情況，是主詞為「I 和 you 以外全部的單數（一個人、一個物品）」時，這些同樣是在 be 動詞句子中要使用 is 的主詞。

Exercise

解答在答案本 P.3
對完答案後，請跟著語音朗讀英文句子。

請將適當的動詞填入（　），並記得在必要時加上 s。

1. 我住在京都。
   I (　　　) in Kyoto.

2. 我的母親喜歡狗。
   My mother (　　　) dogs.

3. 他們說日文。
   They (　　　) Japanese.

4. 我想要一部新的腳踏車。
   I (　　　) a new bike.

5. 蘇菲亞和艾蜜莉每個週末都會打網球。
   Sophia and Emily (　　　) tennis every weekend.

6. 我的哥哥有一輛車。
   My brother (　　　) a car.

7. 我下班後會去健身房。
   I (　　　) to the gym after work.

8. 她睡覺前會看電視。
   She (　　　) TV before bed.

9. 史密斯老師搭公車來學校。
   Mr. Smith (　　　) to school by bus.

10. 他們努力地學日文。
    They (　　　) Japanese very hard.

複習時間

Chapter 02　一般動詞

1　請從（　）內選出適當的答案，並用○圈起來。

① Emily（is like / like / likes）soccer.
（艾蜜莉喜歡足球。）

② You（are speak / speak / speaks）good English, Kyoko.
（京子，你的英文說得很好。）

③ Emma and Meg（is go / go / goes）to school together.
（艾瑪和梅格一起去學校。）

④ We（are live / live / lives）in Tokyo.
（我們住在東京。）

2　請從右邊選出適當的動詞填入（　），必要時請改變動詞的型態。

① 米勒老師教理科。
Mr. Miller（　　　）science.

② 我每天練習吉他。
I（　　　）the guitar every day.

③ 我的父親 7 點回家。
My father（　　　）home at seven.

④ 肯每晚睡 8 小時。
Ken（　　　）eight hours every night.

come

teach

practice

sleep

3 請將以下的中文句子翻譯成英文。

① 我喜歡籃球。

籃球：basketball

② 艾咪（Amy）彈鋼琴。

鋼琴：the piano

③ 我的姊姊有一輛車。

我的姊姊：my sister　一輛車：a car

④ 我在吃完晚餐後看電視。

--- after dinner.

⑤ 布朗小姐（Ms. Brown）說中文。

中文：Chinese

⑥ 安迪（Andy）每天去健身房。

--- every day.

健身房：the gym

Coffee Break

have 的各種意思

have 是最常用到的一般動詞之一，它有很多種意思。
- ◆「擁有……」（have 基本的意思）
  - I have a camera in my bag.（我的包包裡有一台相機。）
- ◆「有（兄弟姊妹）」
  - She has a sister.（她有一個姊姊［妹妹］。）
- ◆「飼養（動物）」
  - I have a cat.（我養了一隻貓。）
- ◆「吃、用餐」
  - I have rice for breakfast.（我早餐吃米飯。）
- ◆「有（行程）」
  - We have a meeting today.（我們今天有一場會議。）

041

Lesson 13 「代名詞」是什麼？

代名詞（主格）/ Subject Pronouns

「健太」、「美樹」、「哥哥」、「老師」、「書」、「蘋果」、「花」、「貓」……這些用來代表人或物品名稱的詞彙都稱為「名詞」。

「代名詞」是用來**代替**這些**具體名詞的詞彙**，例如 he（他）、she（她）皆是代名詞。

只要使用代名詞，就不需要一再重複同樣的詞，很方便呢。
想要指稱在**談話中提及過的人或物品**，通常會使用代名詞。

> This is my brother.
> 第二次開始使用代名詞！
> He is in Osaka.
> He likes soccer.

我們先來看看下列這些在句子中，作為主詞使用的代名詞。

| I 我 | you 你 / 你們 | he 他（一名男性） | she 她（一名女性） |
| it 它（一個物品） | we 我們 | they 他們、她們（複數的人） | they 它們（複數的物品） |

指稱近處物品的 this（這個），以及指稱遠處物品的 that（那個）也是代名詞。

這些不只可以用在物品，也可以在**介紹人的時候**使用。

> This is my brother.
> 這是我的哥哥
> 好高！

遇到複數的情況，不使用 this/that，而是使用 these（這些）/those（那些）。

● 文法用語　I, you, he, she, it, we, they 這七個叫做「人稱代名詞」，它們作為句子的主詞時稱為「主格」。this, that, these, those 用來直接指稱物品等，因此稱為「指示代名詞」。

042

Exercise

解答在答案本 P.3
對完答案後，請跟著語音朗讀英文句子。

請將適當的代名詞填入（　　）。

1. 這是我的智慧型手機，它是新的。
   This is my smartphone. (　　) is new.
   ↑指稱 my smartphone

2. 我的母親喜歡音樂，她彈鋼琴。
   My mother likes music, (　　) plays the piano.
   ↑指稱 my mother

3. 蘇和凱特是朋友，她們都是美術社的。
   Sue and Kate are friends. (　　) are in the art club.
   朋友　　↑指稱 Sue and Kate　　　　美術
   社團

4. 布朗先生是英文老師，他來自加拿大。
   Mr. Brown is an English teacher. (　　) is from Canada.
   ↑指稱 Mr. Brown

5. 我有一隻狗和一隻貓，他們都非常可愛。
   I have a dog and a cat. (　　) are really cute.
   ↑指稱 a dog and a cat　非常　可愛的

6. 我們在同個部門工作。
   (　　) work in the same department.
   相同的　　部門

快速開口說！ 請用英文表達對話框中的內容。

請你介紹自己的朋友。

這是我的朋友 Aya。

假設你要對這個人物說話！　　　　　　我的朋友 Aya：my friend Aya

043

Lesson 14 「他的」、「我們的」等

代名詞（所有格）／ Possessive Pronouns

「你的名字」在英文是 your name，這個 your 是從代名詞 you 變化來的型態。

英文會像這樣改變代名詞的型態，來表示「某人的……」。

- my name 我的 名字
- his cat 他的 貓
- her book 她的 書
- your bag 你的／你們的 包包
- our school 我們的 學校
- their house 他們的／她們的 家

請注意，這些詞只能用在名詞的前面。
此外，**使用這些詞的時候，名詞不能加上 a 或 the。**

○ This is my bike. ←名詞
我的腳踏車

這樣是錯誤的
✗ This is my. （後面沒有名詞！）
✗ This is a my bike. （不能加 a 或 the）

想要說出具體的人名，不使用代名詞，例如「健太的腳踏車」時，只要在人名的後方加上 's 就可以了。

Kenta's bike
健太的　腳踏車

my father's car
我的　父親的　車

● 文法用語　表示「某人的……」的型態稱為「所有格」，一般用在名詞的前面。順道一提，it（它）也有所有格 its（它的），與 it's（it is 的縮寫）的不同之處在於沒有撇號。

Exercise

解答在答案本 P.3
對完答案後，請跟著語音朗讀英文句子。

請將適當的代名詞彙填入（　　）。

1. 我最喜歡的食物是披薩。
   (　　　　　) favorite food is pizza.
   　　　　　　最喜歡的　　食物

2. 我們的理科老師是布朗老師。
   (　　　　　) science teacher is Mr. Brown.

3. 你的日文非常好。
   (　　　　　) Japanese is very good.
   　　　　　　日文　　　　非常

4. 我的哥哥打網球，這是他的球拍。
   My brother plays tennis. This is (　　　　) racket.
   　　　　　　　　　　　　　　　　　　　　球拍

5. 他們加入了足球隊，他們的隊伍很強。
   They're on the soccer team. (　　　　) team is strong.
   　　　　　　　　　　隊伍　　　　　　　　　　　強大的

6. 米勒小姐說日文，她的母親是日本人。
   Ms. Miller speaks Japanese. (　　　　) mother is Japanese.
   日本人（的）

7. 蒂娜和麗莎是姊妹，她們的父親是醫生。
   Tina and Lisa are sisters. (　　　　) father is a doctor.
   醫生

8. 露西（Lucy）的哥哥喜歡棒球，他最喜歡的隊伍是洋基隊。
   (　　　　) brother likes baseball. (　　　　) favorite team is the Yankees.

045

Lesson 15 「形容詞」是什麼？

形容詞的功能 / Functions of Adjectives

「蘋果」、「貓」、「花」、「書」、「車」、「朋友」……這些用來代表物品或人的詞彙稱為「名詞」。

「<u>大的</u>蘋果」、「<u>白色的</u>貓」、「<u>美麗的</u>花」、「<u>有趣的</u>書」、「<u>新的</u>車」、「<u>很棒的</u>朋友」……**為名詞增添資訊的詞彙**稱為「形容詞」。

- a **big** apple （大的）
- a **white** cat （白色的）
- a **beautiful** flower （美麗的）
- an **interesting** book （有趣的）
- a **new** car （新的）
- a **good** friend （好的）

替名詞加上形容詞時，形容詞要<mark>緊接在名詞之前</mark>。

- ○ a **big** dog　　○ my **new** car
- ✗ **big** a dog　　✗ **new** my car

形容詞不僅可以放在名詞前面，也可以放在 <mark>be 動詞（am, are, is）的後面</mark>。

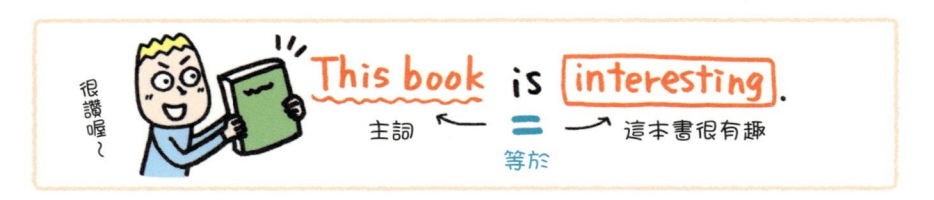

This book is **interesting**.
主詞 ＝ 這本書很有趣
　　　等於

「英文的句子一定要有動詞」，所以不能說 This book interesting.（✗），請務必記得加上 be 動詞這個用等號連接前後文的動詞。

> **•文法用語**　像 a big dog 這種修飾後方名詞的用法，稱為形容詞的「限定用法」。而像 This dog is big. 這樣放在 be 動詞後面來形容主詞的用法，稱為形容詞的「敘述用法」。

046

Exercise

解答在答案本 P.3
對完答案後，請跟著語音朗讀英文句子。

請重新排列（　）內的詞語，完成英文句子。

1. 她有一隻大狗。（dog / has / big / a）
   She _____.

   大的：big

2. 我想要一部新的筆電。（new / a / laptop / want）
   I _____.

   新的：new　筆記型電腦：laptop

3. 這首是我最喜歡的歌。（song / my / favorite）
   This is _____.

   最喜歡的：favorite

4. 這個問題很簡單。（question / easy / is）
   This _____.

   問題：question　簡單的：easy

5. 我有個好點子。（a / have / idea / good）
   I _____.

   好的：good　點子：idea

6. 他們住在老舊的房子。（in / live / an / house / old）
   They _____.

   老舊的：old

快速開口說！ 請用英文表達對話框中的內容。

請你向家人推薦找到的影片。

這個影片很有趣喔。

影片：video　有趣：interesting

Lesson 16 「副詞」是什麼？

副詞的功能 / Functions of Adverbs

「我很忙」的英文是 I'm busy.。

想要說明得更詳細，例如「我**現在**很忙」、「我**今天**很忙」的時候，只要在句子的最後加上 now（現在）或 today（今天）即可。

I'm busy now. 現在
I'm busy today. 今天

像這樣為句子增添意義的詞彙稱為「副詞」，可以加上**時間、地點、狀態**等各式各樣的資訊。

He plays the guitar ___．可以加上各式各樣的資訊
他彈吉他
時間　every day　每天
地點　here　在這裡
狀態　well　彈得很好

請注意，表示「總是」、「有時」等的四個副詞，通常**放在一般動詞的前面**，而不是放在句尾。

一般動詞的前面
I ___ walk to school.
我走路去學校。
總是　always　　高↑下雨也一定走去
通常　usually　　頻率
常常　often　　　↓平常都搭公車
有時　sometimes　低

附帶一提，often 的 t 通常不發音。

補充說明　形容詞是修飾名詞，副詞是修飾名詞以外的詞（動詞或形容詞）。always 等用來表示頻率的副詞，通常會放在一般動詞的前面，或者是 be 動詞的後面。

048

Exercise

解答在答案本 P.3
對完答案後，請跟著語音朗讀英文句子。

請使用下列詞語改寫以下的英文句子，增添畫底線的資訊。

> now　often　usually　here　hard
> well　sometimes　every day

（範例）I'm busy. →我**現在**很忙。
　　　I'm busy now.

1　Nick plays the piano. →尼克鋼琴彈得**很好**。

2　I walk to work. →我**通常**走路去上班。

　　　　　　　　　　　　　　　　　　　工作地點、職場：work

3　Erika studies English. →艾莉卡**努力地**學習英文。

4　I watch the news. →我**每天**看新聞。

5　Mr. Smith goes to Tokyo. →史密斯先生**常常**去東京。

6　We play tennis. →我們**在這裡**打網球。

7　I order food online. →我**有時**會用網路訂購食物（外送）。

　　　　　　　　　　　　　訂購：order　食物：food　用網路：online

Chapter 03　詞性的基礎

049

Lesson 17 「介係詞」是什麼？

以介係詞開頭的句子 / Phrases Starting with Prepositions

上一課我們學到了用 He plays the guitar here.（他在這裡彈吉他。）的方式，增添資訊的說法。

如果把 here 換成 in the park，就會變成「在公園」的意思。

像 in 這樣放在**名詞**（這裡指的是 the park）**前的詞彙**，稱為「介係詞」。使用介係詞，可以增添各種資訊。

I play badminton ___.
- in the park 在公園
- after school 放學後
- with Miki 與美樹

增添資訊！

記住基本的介係詞後，表達的豐富程度將會大幅提升。

- in the box 在箱子裡
- in winter 在冬天
- on the table 在桌上
- at ten 在十點
- to school 去學校
- from school 從學校
- before lunch 午餐前
- after lunch 午餐後

・重新學習 on 不一定是「在……上方」，它是表示接觸狀態的介係詞，所以也會有 a picture on the wall 這樣的用法。關於各種介係詞的用法，請參考 P.134。

Exercise

解答在答案本 P.3
對完答案後，請跟著語音朗讀英文句子。

請將適當的介係詞填入（　　）。

1. 我的叔叔住在加拿大。
   My uncle lives (　　　　) Canada.
   叔叔

2. 你的眼鏡在桌上。
   Your glasses are (　　　　) the table.
   桌子

3. 這輛公車開往東京車站。
   This bus goes (　　　　) Tokyo Station.
   車站

4. 我在吃早餐前沖澡。
   I take a shower (　　　　) breakfast．
   沖澡　　　　　　　　　　　早餐

請改寫以下的英文句子，增添畫底線的資訊。

5. I go to school.　→我**和哥哥**去學校。

   我的哥哥：my brother

6. I have a meeting.　→我**在 10 點**有場會議。

   會議：meeting

7. I have an umbrella.　→我有一把雨傘放**在背包裡**。

   雨傘：umbrella　我的背包：my backpack

8. I study English.　→我**在晚餐後**學英文。

   晚餐：dinner

9. She teaches English.　→她**在日本**教英文。

複習時間

🔊 1-21
解答在答案本 P.3
對完答案後，
請跟著語音朗讀英文句子。

Chapter 03　詞性的基礎

1　請從（　）內選出適當的答案，並用○圈起來。

① Ms. Smith lives（in / on / to）New York.
（史密斯小姐住在紐約。）

② My mother watches TV（before / after / from）dinner.
（我的母親在晚餐後看電視。）

③ She plays the guitar（well / good / hard）.
（她彈吉他彈得很好。）

④ My brother（well /very / often）goes to the library.
（我的哥哥常常去圖書館。）

⑤ This is（your / our / my）English teacher.
（這位是我們的英文老師。）

2　請重新排列下方（　）內的單字，組成英文句子。

① Mr. Brown（red / a / car / has）.
Mr. Brown _____.
red：紅色的

② This（interesting / is / book）.
This _____.
interesting：有趣的

③ That（lady / Sarah / tall / is）.
That _____.
把句子重組成「那個身高很高的女人是莎拉」。

④ She（every / here / day / comes）.
She _____.

3 請將以下的中文句子翻譯成英文。

① 我們常常打網球。

---

② 這是我們的新房子。

房子：house

③ 這個問題很簡單。

問題：question

④ 他們的公司非常有名。

公司：company　非常：very　有名的：famous

⑤ 她在自己的房間裡有一部電視。

電視：TV　她的房間：her room

⑥ 我通常和梅格（Meg）一起吃午餐。

Coffee Break　各式各樣的形容詞

以下收集了成對的形容詞，請以兩個為一組的方式記憶。

good（好的）	⇔ bad（壞的）	big, large（大的）	⇔ small（小的）
new（新的）	⇔ old（舊的）	young（年輕的）	⇔ old（年長的）
high（高的）	⇔ low（矮的）	long（長的）	⇔ short（短的）
glad（開心的）	⇔ sad（悲傷的）	easy（簡單的）	⇔ difficult, hard（困難的）
warm（溫暖的）	⇔ cool（涼爽的）	hot（熱的）	⇔ cold（冷的）
white（白色的）	⇔ black（黑色的）	right（正確的）	⇔ wrong（錯誤的）
light（明亮的）	⇔ dark（黑暗的）	light（輕的）	⇔ heavy（重的）
busy（忙碌的）	⇔ free（空閒的）	*the same（同樣的）	⇔ different（不同的）

*same（同樣的）使用時一定要加上 the。
・We work in the same department.（我們在同樣的部門工作。）
・Emily and I are in the same class.（艾蜜莉和我同班。）

053

打好基礎後，更進一步

😃 了解英文的「詞性」

English Parts of Speech

英文單字可以分成十種類型，這些分類稱為「詞性」。詞性是依照單字在句子中的功能進行分類。

一個單字可能會有多種詞性，比方 Japanese 這個單字不僅會作為意思是「日本的」的形容詞使用，也被用來當作表示「日文」的名詞。

詞性	例子	功能
名詞	cat（貓） water（水） music（音樂） Japan（日本） Tom（湯姆） ……	表示物品或名稱的詞語。 有可以計算數量的名詞（可數名詞），以及無法計算數量的名詞（不可數名詞）〈→ P.104〉。 像地名 Japan，或是 Tom 這樣的人名都稱為專有名詞。
代名詞	he（他） she（她） it（它） this（這個） something（某個） ……	用來代替名詞的詞語。 I, you, he, she, it, we, they 這 7 個叫做人稱代名詞，會有 he – his – him 這樣的變化。〈→ P.100〉 this（這個）或 that（那個）是指示代名詞，mine（我的東西）或 yours（你的東西）稱為所有格代名詞。
動詞	am, are, is go（去） run（跑） like（喜歡） have（擁有） ……	表示動作或狀態的詞語，例如「做出……」、「描述狀態的動詞」等。分為 be 動詞和一般動詞，有自動詞和他動詞之分〈→ P.206~207〉。是作為英文句子骨幹的重要詞性。 I play tennis.（我打網球。）

054

助動詞	will（將會……） can（能……） may（可以……） should（應該……） ……	為動詞增添各種意思的詞語，主要表示說話者的判斷。〈→ P.142~145,148~165〉 I <u>can</u> play the piano.（我能彈鋼琴。）
形容詞	good（好的） big（大的） happy（開心的） new（新的） all（所有的） ……	表示人或物的樣子或狀態的詞語，修飾名詞。〈→ P.46〉 This is a <u>new</u> book.（這是本新的書。） This book is <u>new</u>.（這本書是新的。）
副詞	now（現在） here（在這裡） well（很好地） always（總是） ……	修飾名詞、代名詞以外的詞語。 主要用來修飾動詞或形容詞。〈→ P.48〉 He runs <u>fast</u>.（他跑得很快。）
介係詞	in（在……裡面） to（前往……） with（和……一起） before（在……之前） ……	放在名詞或代名詞前面的詞語。 用〈介係詞＋名詞〉的形式表示時間、地點、方向、方式等。〈→ P.134〉 <u>at</u> nine（在 9 點） <u>to</u> the station（前往車站）
連接詞	and（和……、而且） but（可是） when（當……時） ……	連結單字與單字，或是片語與片語的詞。〈→ P.184~189〉 Ken <u>and</u> David（肯與大衛）
冠詞	a, an, the	放在名詞的前面。 a 和 an 稱為不定冠詞，the 稱為定冠詞。 〈→ P.105〉
感嘆詞	oh, hi, wow 等	表示驚訝或喜悅等情緒，或是用來喚起注意的詞語，在句子中是獨立的。

Lesson 18 如何組成否定句①

be 動詞的否定句 / Negative Sentences Using "am / are / is not"

「我<u>不</u>餓」、「我<u>不</u>看電視」等表示否定意思的句子，稱為「否定句」。

在英文中，be 動詞的句子和一般動詞的句子在組成否定句時，會有很大的差異。這一課我們先來看看 be 動詞的句子。

be 動詞的句子，只要在 be 動詞（am, are, is）的後面，<u>加上</u>表示「不……」的 not，就會變成否定句。

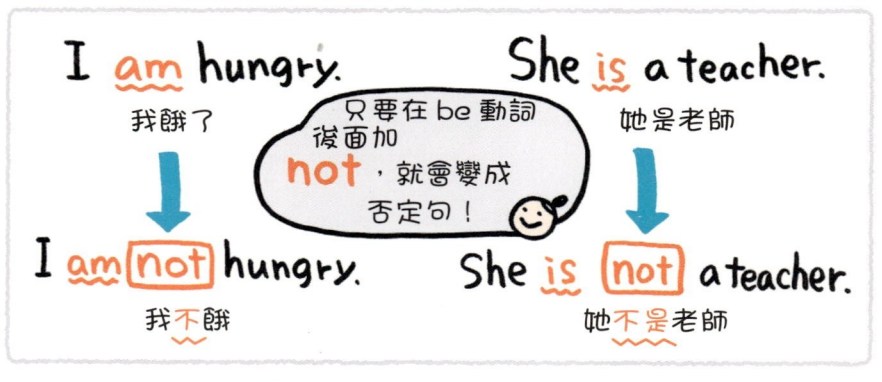

```
I am hungry.              She is a teacher.
   我餓了                    她是老師

        只要在 be 動詞
        後面加
          not，就會變成
          否定句！

I am not hungry.          She is not a teacher.
   我不餓                    她不是老師
```

也可以使用縮寫，說 <u>I'm</u> not hungry. / <u>She's</u> not a teacher.。

此外，也有 is not → <u>isn't</u>，are not → <u>aren't</u> 的縮寫形式，所以上圖右邊的例句也可以改成 She isn't a teacher.。

```
is not  →  isn't
are not →  aren't

She is not ~.
  有時會縮寫      有時會縮寫
  這裡，變成      這裡，變成
  She's not ~.   She isn't ~.
```

不過 <u>am not 沒有縮寫形式</u>，請注意不能說 I amn't hungry.（✗）。

•文法用語　相對於否定句，不是否定的句子稱為「肯定句」。另外，相對於疑問句，不是疑問句（而且也不是祈使句）的句子稱為「敘述句」。

Exercise

> 解答在答案本 P.4
> 對完答案後，請跟著語音朗讀英文句子。

✎ **請將以下的句子改寫成否定句。**

（範例）She is a teacher. →她不是老師。
→ She isn't a teacher.

1 This is my phone. →這不是我的電話。

phone：電話

2 I'm a good singer. →我歌唱得不好。

a good singer：厲害的歌手、歌唱得很好的人

3 Amy is a college student. →艾咪不是大學生。

a college student：大學生

4 They are from the U.S. →他們不是來自美國。

the U.S.：美國

5 I'm ready. →我沒有準備好。

ready：準備好的

6 My brother is married. →我的哥哥沒有結婚。

married：已婚的

😊 ＜快速開口說！＞ **請用英文表達對話框中的內容。**

對方問你「要吃嗎？」，可是你不餓。

謝謝你，但我不餓。

請用 Thanks, but... 開頭。 肚子餓：hungry

Lesson 19 如何組成否定句②

一般動詞的否定句（主詞是 I, you 時） / Negative Sentences Using "do not"

這一課我們來看看一般動詞的否定句。組成一般動詞否定句的方式，與組成 be 動詞否定句的差異很大。

be 動詞的句子，只要在 be 動詞後面加上 not 就會變成否定句。

可是一般動詞的句子就算在動詞後面加上了 not，例如 I play not tennis.（×），也不會變成否定句。

一般動詞的否定句，是在**動詞前面加上 do not**。（do not 通常會用縮寫形式的 don't。）

請確實掌握一般動詞否定句與 be 動詞否定句的差別。

I like dogs.
我喜歡狗

↓

I do not like dogs.
或用縮寫 don't　我不喜歡狗

一般動詞的否定句是在動詞的前面加上 do not。

主詞是 You 以及主詞是複數的情況，同樣使用 don't。

You don't like dogs.
They don't like dogs.

主詞是 You 或主詞是複數的時候 do not (= don't)

否定句的主詞是第三人稱單數時，形式會不太一樣。關於這個部分，我們會在下一課學到。

●英文會話　don't 是 do not 的縮寫，但日常會話中通常是說 don't，如果不使用縮寫而說 do not，聽起來像要刻意強烈且明確地表示否定，還請多加留意。

Exercise

解答在答案本 P.4
對完答案後，請跟著語音朗讀英文句子。

✏️ **請將以下的句子改寫成否定句。**

(範例) I like dogs. →我不喜歡狗。
→ I don't like dogs.

1. I play tennis. →我不打網球。

2. I know his name. →我不知道他的名字。

know：知道　name：名字

3. They use this room. →他們不使用這間房間。

use：使用　room：房間

4. We live here. →我們不住在這。

live：居住

5. I drink milk. →我不喝牛奶。

drink：喝　milk：牛奶

6. I like my new job. →我不喜歡新的工作。

job：工作

快速開口說！ 請用英文表達對話框中的內容。

對方表示「我們來交換聯絡方式」，可是你沒有智慧型手機。

我沒有智慧型手機。

智慧型手機：a smartphone

Lesson 20 如何組成否定句③

一般動詞的否定句（主詞是第三人稱單數時）/
Negative Sentences Using "does not"

　　一般動詞的否定句，是在動詞前面加上 do not（縮寫為 don't），但只有在主詞是第三人稱單數（He, She, Ken 等）時，形式會不太一樣。

　　主詞是第三人稱單數的情況，加在動詞前**不是 do not，而是 does not**。（通常會用縮寫形式的 doesn't。）

- 主詞是 I，You 的時候
  I do not ~．
  縮寫為 don't

- 主詞是第三人稱單數的時候
  She does not ~．
  縮寫為 doesn't

這時有一點需要注意。

　　主詞是第三人稱單數時，一般動詞會變成「加 s 的型態」〈→ P.32〉，然而在否定句中，does not 後面的動詞使用**不加 s 的「原本型態」**。（這個型態稱為「原形」。）

- 第三人稱單數要注意這一點！
  - 一般句子的情況：She play**s** tennis.　動詞加上 s
  - 否定句的情況：She does not play tennis.
    使用 does……　動詞不加 s！

一般動詞的否定句有以下兩個重點，請仔細確認。

①根據主詞分別使用 do not（縮寫為 don't）與 does not（縮寫為 doesn't）。
②動詞一定要用不加 s 的原本型態（原形）。

・重新學習　構成否定句的 do not / does not 的 do 和 does 和 can 一樣，被分類在「助動詞」，因此後方接的動詞一律是原形。

Exercise

解答在答案本 P.4
對完答案後，請跟著語音朗讀英文句子。

請將以下的句子改寫成否定句。

（範例）She plays tennis. →她<u>不</u>打網球。
→ She doesn't play tennis.

1. Mike lives in Tokyo. →麥克<u>不</u>住在東京。

2. Alex likes sushi. →艾力克斯<u>不</u>喜歡壽司。

sushi：壽司

3. My mother drinks coffee. →我的母親<u>不</u>喝咖啡。

drink：喝　coffee：咖啡

4. My grandfather watches TV. →我的爺爺<u>不</u>看電視。

grandfather：爺爺

5. Mr. Smith speaks Japanese. →史密斯先生<u>不</u>說日文。

6. Ms. Miller has a smartphone. →米勒小姐<u>沒有</u>智慧型手機。

smartphone：智慧型手機

快速開口說！ 請用英文表達對話框中的內容。

對方問你「這班車會停靠東站（Higashi Station）嗎？」。

這班電車不會停靠東站。

電車：train　停靠：stop at~

Lesson 21 isn't 和 don't 的總整理

be 動詞、一般動詞否定句的統整 / Simple Present Negative (Review)

be 動詞（am, are, is）的句子和一般動詞的句子，組成否定句的方式會不一樣，讓我們再確認一次差異。

<u>be 動詞</u>的否定句，是在 be 動詞（am, are, is）的後方加上 not。

			縮寫(1)		縮寫(2)	
I	am		I'm		— —	
You / We / They / 其他複數主詞	are	not ~ .	You're / We're / They're	not ~ .	You / We / They	aren't ~ .
He / She / It / 其他單數主詞	is		He's / She's / It's		He / She / It	isn't ~ .

（縮寫時使用(1)或(2)的形式都可以。）

<u>一般動詞</u>的否定句，是在動詞前面加上 do not 或 does not，請注意<u>動詞一律使用原形</u>。

I / You / We / They / 其他複數主詞	do not [don't]	play 等動詞原形	~ .
He / She / It / 其他單數主詞	does not [doesn't]		

補充說明 一般動詞的否定句使用 don't 或 doesn't，不使用 be 動詞。不會寫成 I'm don't play...（✗）或 He isn't play...（✗），請小心不要搞混。

Exercise

解答在答案本 P.4
對完答案後，請跟著語音朗讀英文句子。

**請從 [ ] 內選出適當的詞語，並填入 (　　)。
請注意題目是 be 動詞的句子，還是一般動詞的句子。**

1. 我網球打得不好。
   I (　　) not a good tennis player.　　[am / do]

2. 我不喝咖啡。
   I (　　) not drink coffee.　　[am / do]

3. 我不是高中生。
   I (　　) not a high school student.　　[am / do]

4. 約翰不打高爾夫。
   John (　　) not play golf.　　[is / does]

5. 約翰現在不在這裡。
   John (　　) not here now.　　[is / does]

**請從 [ ] 內選出適當的詞語，並填入 (　　)。
請注意要依照主詞選擇對應的用法。**

6. 我不知道密碼。
   I (　　) know the password.　　[don't / doesn't]

7. 我哥哥不開車。
   My brother (　　) drive a car.　　[don't / doesn't]

8. 我們家沒有印表機。
   We (　　) have a printer at home.　　[don't / doesn't]

Chapter 04　否定句的基礎

複習時間

Chapter 04 否定句的基礎

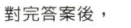

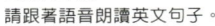

1 請從（　）內選出適當的答案，並用〇圈起來。

① Emily（isn't / don't / doesn't）like coffee.

② I（isn't / don't / am not）live in Tokyo.

③ My sister（isn't / don't / doesn't）a soccer fan.

④ They（aren't / don't / doesn't）from Osaka.

⑤ That（isn't / don't / doesn't）my house.

2 請將以下的句子改寫成否定句。

① I'm at home now.

　---

　at home：在家

② I like science.

　---

　science：理科

③ My grandmother watches TV.

　---

　grandmother：奶奶

④ Lucy speaks Japanese at home.

　---

　at home：在家

⑤ Emma and I are on the same team.

　---

　the same：同樣的　team：隊伍

3　請將以下的中文句子翻譯成英文。

① 我不知道她的電子郵件地址。

知道：know　電子郵件地址：e-mail address

② 史密斯先生（Mr. Smith）星期日不做早餐。

做早餐：make breakfast　在星期日：on Sundays

③ 我的叔叔沒有電視。

叔叔：uncle　電視：TV

④ 米勒小姐（Ms. Miller）不是英文老師。

英文老師：an English teacher

⑤ 約翰和珊蒂（John and Sandy）現在不在這裡。

在這裡：here　現在：now

Coffee Break　建議記住的動詞①

以下整理了本書到目前為止出現過的動詞，由於這些全都是基本的動詞，請確實掌握它們的意思。

- ☐ play 從事（運動或遊戲）、演奏（樂器）
- ☐ have 擁有、有（兄弟姊妹等）、飼養（動物）、用餐
- ☐ like 喜歡
- ☐ go 去
- ☐ walk 走路
- ☐ speak 說話
- ☐ study 學習
- ☐ eat 吃
- ☐ live 居住
- ☐ come 來
- ☐ run 跑步
- ☐ use 使用
- ☐ teach 教導
- ☐ drink 喝
- ☐ know 知道
- ☐ want 想要
- ☐ drive 駕駛
- ☐ watch 看（電視等）
- ☐ make 做
- ☐ wash 清洗

065

Lesson 22　如何組成疑問句 ①

be 動詞的疑問句 / "Are / Is...?" Questions

相對於「你肚子餓了」這種一般的句子，像「你肚子餓了嗎？」這樣提出疑問的句子，稱為「疑問句」。

在英文中，當句子變成疑問句，句子的形式（主要是語序）會與一般的句子不一樣。此外，句尾不是用句號（.），而是用問號（?）。

疑問句的組成方式，會因為是 be 動詞（am, are, is）的句子，還是一般動詞的句子而有很大的不同。讓我們先從 be 動詞的疑問句開始學起。

be 動詞的疑問句，用 be 動詞開頭。
舉例來說，假如主語是 you，就會是用 Are 開頭的 Are you...?。

| 一般的句子 | You are hungry. | 你肚子餓了 |
| 疑問句 | Are you hungry? | 你肚子餓了嗎？ |

句子用 be 動詞開頭……　　主詞接在後面！

假如主詞是第三人稱單數（he, she, this 等），句子就用 Is 開頭。

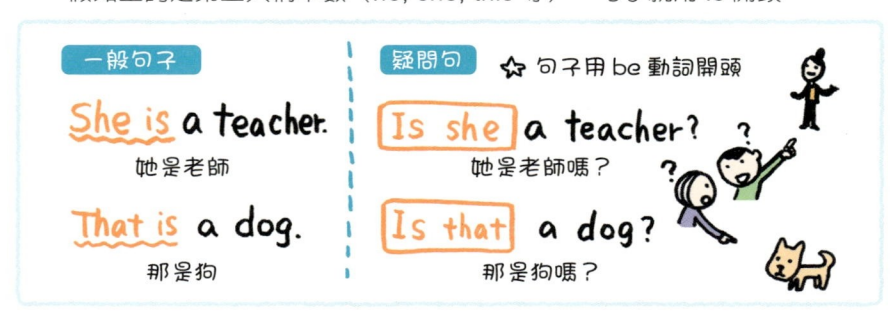

一般句子	疑問句 ☆ 句子用 be 動詞開頭
She is a teacher. 她是老師	Is she a teacher? 她是老師嗎？
That is a dog. 那是狗	Is that a dog? 那是狗嗎？

雖然不常用，但 I am... 也有疑問句。假如句子是用 Am 開頭，說 Am I late?，意思就是「我遲到了嗎？」。

● 英文會話　可以用 Yes / No 回答的疑問句，基本上在說的時候語尾語調要上揚，例如 Are you hungry?（ ♪ ）。

Exercise

解答在答案本 P.4
對完答案後，請跟著語音朗讀英文句子。

✎ **請將以下的句子改寫成疑問句。**

(範例) You are hungry. →你肚子餓了嗎？
　→　Are you hungry?

1　That is Mt.Fuji. →那是富士山嗎？

Mt：～山

2　This is your jacket. →這是你的外套嗎？

jacket：外套

3　They're in the same class. →他們同班嗎？

the same：相同的　class：班級

4　She's a professional tennis player. →她是專業的網球球員嗎？

professional：專業的　player：球員、選手

5　Kate is there. →凱特在那裡嗎？

there：在那裡

6　You are from China. →你來自中國嗎？

China：中國

〈快速開口說！〉 **請用英文表達對話框中的內容。**

你打電話給朋友，有事情想要跟她說。

你現在在忙嗎？

忙碌的：busy　現在：right now

Chapter 05

疑問句的基礎

067

Lesson 23　Are you...? 這類句子的回答方式

回答 be 動詞疑問句的方法 / Short Answers to "Are / Is...?"

　　be 動詞的疑問句會用 be 動詞開頭，改成 Are you...? 或 Is he...? 的形式。對於這種疑問句，要用 Yes（是）或 No（不是）來回答。

　　Are you...?（你……嗎？）要用 Yes, I am. / No, I am not.（或是使用縮寫的 No, I'm not.）回答。

> Are you ~?
> 是　Yes, I am.
> 不是　No, I am not.

　　用 Yes 回答疑問句時，不能使用縮寫的形式，<u>Yes, I'm.</u> **是錯誤的用法。**（×）

　　Is...? 的疑問句，依照主詞不同，有三種回答方式。

①主詞如果是男性，使用 <u>he</u>，並回答 Yes, he is. / No, he is not.。（縮寫為 No, he isn't. / No, he's not.）

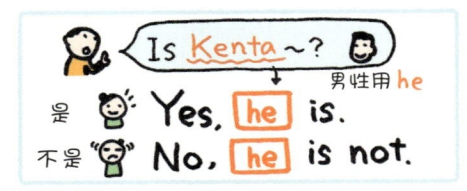

> Is Kenta ~?　男性用 he
> 是　Yes, he is.
> 不是　No, he is not.

②主詞如果是女性，使用 <u>she</u>。（縮寫為 No, she isn't. / No, she's not.）

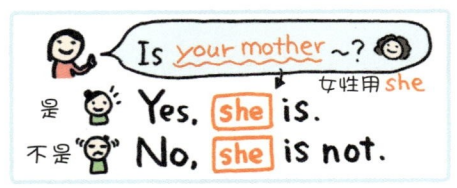

> Is your mother ~?　女性用 she
> 是　Yes, she is.
> 不是　No, she is not.

③主詞如果是物品，使用 <u>it</u>。（縮寫為 No, it isn't. / No, it's not.）

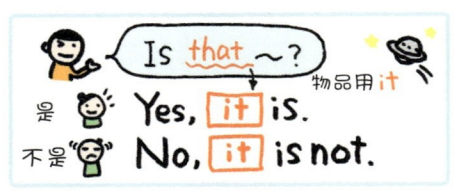

> Is that ~?　物品用 it
> 是　Yes, it is.
> 不是　No, it is not.

　　主詞是**複數時，不論人或物品都用** they（他們、她們、它們），並回答 Yes, they are. / No, they are not.。（縮寫為 No, they aren't. / No, they're not）

• **英文會話**　回答 No 時，如果增加了對方想知道的資訊，就能讓對話順利地進行下去。比方有人問你 Are you from Tokyo?，假設你要回答 No，請不要只回答 No, I'm not.，而是要接著說出 I'm from Taipei.，用這樣的方式延續話題。

Exercise

解答在答案本 P.4
對完答案後，請跟著語音朗讀英文句子。

請用英文回答以下的問題，並在①寫出回答「是」的答案，在②寫出回答「不是」的答案。

(範例) Are you Erika?（你是艾莉卡嗎？）
① Yes, I am.　　② No, I'm not.

1. Is Mr. Smith from Canada?（史密斯先生來自加拿大嗎？）
① 　　②

2. Is your sister in Japan?（你的姊姊在日本嗎？）
① 　　②

3. Are you a college student?（你是大學生嗎？）
① 　　②

college：大學　student：學生

4. Is that Mt. Fuji?（那是富士山嗎？）
① 　　②

Mt.：～山

5. Is this your jacket?（這是你的外套嗎？）
① 　　②

jacket：外套

6. Are your parents busy?（你的父母很忙嗎？）
① 　　②

parents：（複數形）父母

7. Is your brother married?（你的哥哥結婚了嗎？）
① 　　②

married：已婚的

8. Are they in a meeting?（他們在開會嗎？）
① 　　②

meeting：會議

Chapter 05 疑問句的基礎

069

Lesson 24 如何組成疑問句②

一般動詞的疑問句（主詞是 you 的時候） / "Do you...?" Questions

在前兩課，我們學習了 be 動詞的疑問句，這一課讓我們來學習 play 或 like 等一般動詞的疑問句。

be 動詞的疑問句，只要用 be 動詞開頭即可，但一般動詞即使用動詞開頭，說出 Like you cats?（✗），也沒辦法變成疑問句。

如果是一般動詞，在組成疑問句時需要靠 Do 的幫助，（do 在組成否定句時也有登場過。〈→ P.58〉），**要把 Do 直接放在句首。**

一般的句子：You like cats. 你喜歡貓
嘿！
疑問句：Do you like cats? 你喜歡貓嗎？
只需要在句子的開頭加上 Do！後面是一樣的

不能把「你喜歡貓嗎？」，說成 Are you like cats?（✗），**如果使用了 like 這個動詞（一般動詞），就不能用 Are 這個動詞（be 動詞）。**

常見的錯誤：
✗ Are you like cats? 不能用 be 動詞！
○ Do you like cats? 一般動詞的句子要用 Do！

Do...? 的疑問句，要用 Yes 或 No 來回答。假如答案是 Yes，就要用 do；假如答案是 No，就要用 do not。（通常會用縮寫的 don't。）

Do you ~?
是 Yes, I do.
不是 No, I do not.
回答的句子也用 do。
No, I don't. 也可以說 這是縮寫

• 文法用語　用來回答 Do you like cats? 的句子是 Yes, I do.，其中的 do 稱為「代動詞」。Do 被用來取代 Yes, I like cats. 中畫底線的部分。此外，請注意回答時不會只說 Yes, I like.（✗）。

Exercise

解答在答案本 P.5
對完答案後，請跟著語音朗讀英文句子。

請將以下的句子改寫成疑問句。

1 You like soccer. →你喜歡足球嗎？

2 You live near here. →你住在這附近嗎？

near：附近 here：這裡

3 You use this app. →你在用這個 app 嗎？

請將以下的句子翻譯成英文，然後用①「是」和②「不是」來回答問題。

（範例）你喜歡貓嗎？

　　　　Do you like cats?

　→ ① Yes, I do.　　　② No, I don't.

4 你說英文嗎？

説：speak

→ ①　　　　　　　　　②

5 你每天去健身房嗎？

健身房：the gym　每天：every day

→ ①　　　　　　　　　②

6 你知道她的名字嗎？

知道：know

→ ①　　　　　　　　　②

7 你週末要工作嗎？

上班、工作：work　週末：on weekends

→ ①　　　　　　　　　②

Lesson 25 如何組成疑問句③

一般動詞的疑問句（主詞是第三人稱單數時）／ "Does...?" Questions

請回想一下一般動詞的否定句〈→ P.60〉，依照主詞的不同，會分別使用 do not 和 does not 對吧？疑問句也是一樣，會分別使用 Do 和 Does。

主詞是第三人單數時，**不使用 Do，而是使用 Does**。

- 主詞是 I, you、複數的時候
  Do you ～？
  使用 Do

- 主詞是第三人稱單數的時候
  Does she ～？
  使用 Does

在疑問句中，動詞要使用**沒有加 s 的「原本型態」**（原形）。

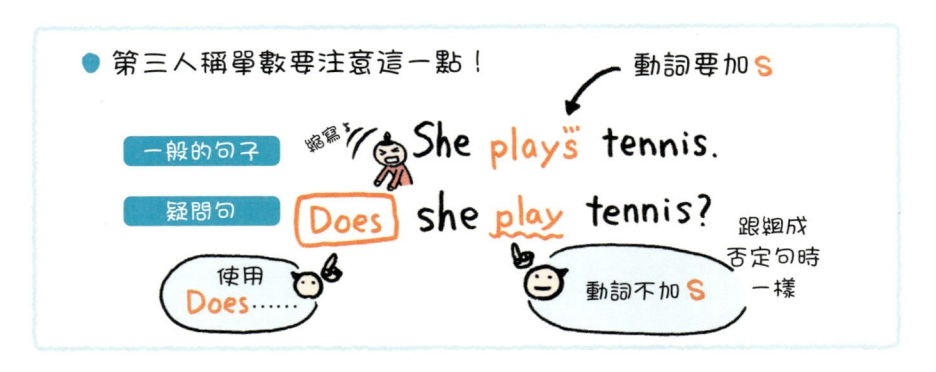

- 第三人稱單數要注意這一點！

  一般的句子　She plays tennis.　動詞要加 s
  疑問句　　　Does she play tennis?
  使用 Does......　動詞不加 s　跟變成否定句時一樣

一般動詞疑問句的重點和否定句一樣，也就是
① 依照主詞使用 Do 和 Does　② 動詞一定使用原形。

如同 Do...? 要用 do 回答，Does...? 要用 does 回答。

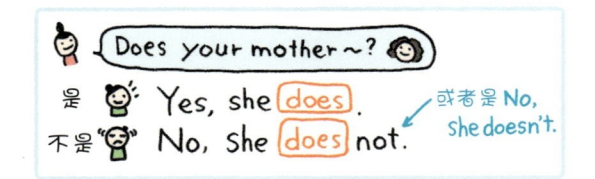

Does your mother ～?
是　　Yes, she does.
不是　No, she does not.　或者是 No, she doesn't.

• 重新學習　組成疑問句的 Do／Does 和 can 與 will 同樣被分類在「助動詞」，因此後方接的動詞一律是原形。

Exercise

解答在答案本 P.5
對完答案後，請跟著語音朗讀英文句子。

請將以下的句子改寫成疑問句。

1 She plays tennis. →她打網球嗎？

2 He lives in London. →他住在倫敦嗎？

London：倫敦

3 The store closes at eight. →那家店 8 點打烊嗎？

store：商店　close：打烊

請將以下的句子翻譯成英文，然後用①「是」和②「不是」來回答問題。

（範例）安迪喜歡貓嗎？

　　　　Does Andy like cats?

　→ ① 　Yes, he does.　　② 　No, he doesn't.

4 米勒小姐（Ms. Miller）說西班牙文嗎？

西班牙文：Spanish

→ ①　　　　　　　　　　②

5 蒂娜（Tina）有養任何寵物嗎？

任何：any　寵物：pet（any 之後接複數形）　這裡的 Tina 是女性的名字。

→ ①　　　　　　　　　　②

6 這輛公車開往東京車站（Tokyo Station）嗎？

公車：bus

→ ①　　　　　　　　　　②

7 關於這件事，史密斯先生（Mr. Smith）知情嗎？

知道：know　關於這件事：about this

→ ①　　　　　　　　　　②

Lesson 26 Are you...? 和 Do you...? 的總整理

be 動詞、一般動詞疑問句的統整 / Simple Present Questions (Review)

疑問句的組成方式，會因為是 be 動詞（am, are, is）的句子，還是一般動詞的句子而有所不同，讓我們再確認一次差異。

be 動詞的疑問句，用 **be 動詞（am, are, is）** 開頭。

Am	I	
Are	you / we / they / 所有其他的複數主詞	～？
Is	he / she / it / 所有其他的單數主詞	

回答方式

Are you ～？
→ Yes, I am. / No, I'm not.

Is Ken ～？
→ Yes, he is. / No, he isn't.

Is this ～？
→ Yes, it is. / No, it isn't.

回答的句子主詞使用 I / he / she / it / we / they 等代名詞。

一般動詞的疑問句，是在句首放上 **Do 或 Does**，請注意**動詞一律要用原形**。

Do	I / you / we / they / 所有其他的複數主詞	play 等動詞原形	～？
Does	he / she / it / 所有其他的單數主詞		

回答方式

Do you ～？
→ Yes, I do. / No, I don't.

Does Ken ～？
→ Yes, he does. / No, he doesn't.

回答的句子主詞使用 I / he / she / it / we / they 等代名詞。

● 補充說明　you 除了「你」之外，也有「你們（複數）」的意思，不僅可以用 Are you...? 詢問「你們……」，對於這樣的問題，也可以用 we 回答，如 Yes, we are. / No, we aren't。

Exercise

解答在答案本 P.5
對完答案後，請跟著語音朗讀英文句子。

請從 [ ] 內選出適當的詞語，並填入 (　)。
請注意題目是 be 動詞的句子，還是一般動詞的句子。

1. 你是足球迷嗎？
   (　　　) you a soccer fan?　　　　[Are / Do]

2. 你喜歡咖啡嗎？
   (　　　) you like coffee?　　　　[Are / Do]

3. 你現在在忙嗎？
   (　　　) you busy now?　　　　[Are / Do]

4. 艾瑪打高爾夫嗎？
   (　　　) Emma play golf?　　　　[Is / Does]

5. 艾瑪在那裡嗎？
   (　　　) Emma there?　　　　[Is / Does]

請從 [ ] 內選出適當的詞語，並填入 (　)。
請注意要依照主詞選擇對應的用法。

6. 你認識布朗先生嗎？
   (　　　) you know Mr. Brown?　　　　[Do / Does]

7. 他們常常去旅行嗎？
   (　　　) they travel a lot?　　　　[Do / Does]
   　　　　　　旅行

8. 你的母親在家工作嗎？
   (　　　) your mother work from home?
   　　　　　　　　　　　　　　　　　　[Do / Does]

複習時間

Chapter 05　疑問句的基礎

1　請從（　）內選出適當的答案，並用○圈起來。

① （Is / Do / Does）she a good singer?
　　　　　　　　　　　　歌手
② （Are / Do / Does）you get up early every day?
　　　　　　　　　　　　　　　早的
③ （Is / Do / Does）that your room?
④ （Is / Do / Does）your uncle live in Tokyo?
　　　　　　　　　　　叔叔

2　請將以下的句子改寫成疑問句。

① She's busy today.

_____

② Meg likes science.

_____

science：理科

3　請用（　）裡的內容寫下英文的答案，回答以下的問題。

① Is that your computer?　　　　（是）

_____

② Do you walk to school?　　　　（不是）

_____

③ Does Mr. Johnson drive a car?　（是）

_____

drive：駕駛　car：車

④ Are they at the park?　　　　（不是）

_____

076

4 請將以下的中文句子翻譯成英文。

① 你喜歡棒球嗎?

棒球：baseball

② 愛麗絲（Alice）彈琴嗎?

鋼琴：the piano

③ 你搭電車去上班嗎?

去上班：go to work　搭電車：by train

④ 史密斯先生（Mr. Smith）是數學老師嗎?

數學老師：a math teacher

⑤ 麥克（Mike）來自澳洲嗎?

澳洲：Australia

⑥ 麥克和鮑伯（Bob）說日文嗎?——不，他們不說。

Coffee Break

建議記住的動詞②

以下整理了建議現階段要記起來的基本一般動詞，請不要心急，慢慢地把它們學會吧。另外，書末 P.300 統整了動詞的型態變化，請多加活用。

- ☐ get 獲得
- ☐ see 看見、見面
- ☐ cook 烹調
- ☐ open 打開
- ☐ wait 等待
- ☐ take 拿、搭乘（交通工具）、花費（時間）
- ☐ read 閱讀
- ☐ hear 聽

- ☐ help 幫忙、協助
- ☐ close 關閉
- ☐ look 看、望向
- ☐ write 寫
- ☐ talk 說話、談話
- ☐ swim 游泳
- ☐ leave 離開、出發
- ☐ listen 聆聽、傾聽

077

Lesson 27　What 的疑問句①

What 的疑問句（be 動詞） / *"What is...?" Questions*

　　疑問句大致分為兩種類型，分別是①詢問 Yes / No 的疑問句，以及②詢問具體資訊的疑問句，這部分和中文是一樣的。

　　左邊的人物在問那是不是學校，也就是說他只想知道①「Yes 或 No」，相較之下，右邊的人物想知道的是②「這是什麼」的具體資訊。

　　前面學到的疑問句，其實全部都是類型①。從這一課開始，我們要來學習類型②的疑問句，只要掌握類型②的疑問句，就能用英文詢問各種問題。

　　首先，我們從詢問「什麼？」的疑問句開始學起。
　　詢問「什麼？」時，要用 What 作為句子的開頭。「⋯⋯是什麼？」的英文問法是 What is...?（縮寫為 What's...?）。

　　對於 What is...? 的問句，要用 It is....（縮寫為 It's...）的形式回答「那是⋯⋯」。被問到 What's this? 或 What's that? 時，基本上也是回答 It's...，而不是 This is... 或 That is...。

> **●英文會話**　What 這類的詞彙為「疑問詞」，用疑問詞開頭的疑問句（無法用 Yes / No 回答的疑問句），基本上說的時候語尾語調要下降，例如 What's this?（↘）。

Exercise

> 解答在答案本 P.5
> 對完答案後，請跟著語音朗讀英文句子。

請將以下的句子翻譯成英文。

1 這是什麼？

2 那是什麼？

3 你的電子郵件地址是什麼？

電子郵件地址：e-mail address

4 你最喜歡的運動是什麼？

最喜歡：favorite　運動：sport

5 這個箱子裡面有什麼？

這個箱子裡面：in this box

請用英文回答以下的問題，並用（　）內的內容作答。

6 What's this?（→這是火腿三明治。）

火腿三明治：a ham sandwich

7 What's this dish?（→這是用油炸的豆腐。）
菜餚

用油炸的：fried　豆腐：tofu

8 What's that building?（→那是美術館。）
建築物

美術館：an art museum

Lesson 28 時間、星期幾的問法

What time...?, What day...? / Questions about the Time and the Day

What 除了用來問「什麼東西」之外，也有詢問「什麼……」的意思。

舉例來說，如果使用了表示「時間」的 time 變成 What time...?，就會變成「什麼時間」，可以用來詢問「**幾點？**」。

What time is it? 是「（現在）幾點？」的意思，一般會用 It's... 的句型來回答這個問題。〈數字的說法→ P.298〉

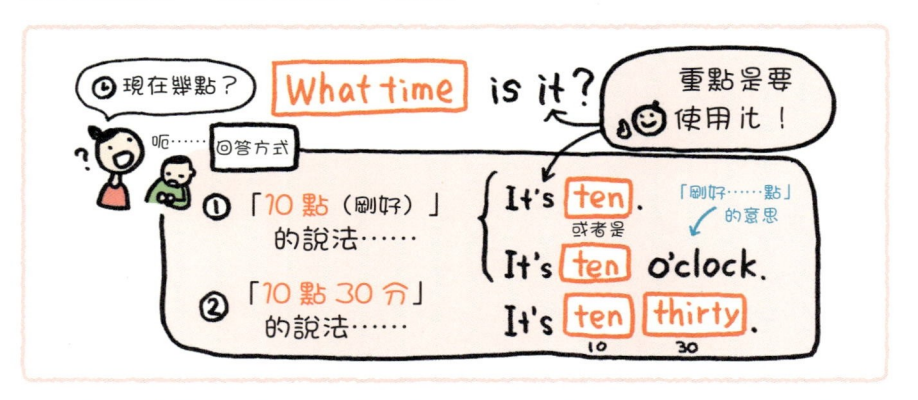

```
①現在幾點？
What time is it?             重點是要使用 it！
呃……
回答方式
① 「10 點（剛好）」         It's ten.            「剛好……點」
   的說法……                 或者是                 的意思
                             It's ten o'clock.
② 「10 點 30 分」
   的說法……                 It's ten thirty.
                              10    30
```

另外，如果使用意思是「天、星期」的 day 變成 What day...?，就會變成「什麼星期」，可以用來詢問「**星期幾？**」。

What day is it today? 是「今天星期幾？」的意思，這個問題也同樣會用 It's... 的句型來回答。〈星期的說法→ P.299〉

```
今天星期幾？
What day is it today?        星期也是用 it
呃……
回答方式
「今天是星期一。」→ It's Monday.
                   ※ 星期的第一個字母要大寫！
```

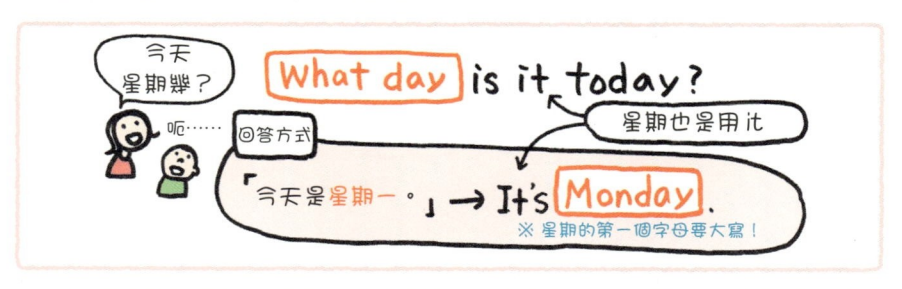

表示時間或星期的句子，主詞使用 it。這個時候的 it 不是指稱某個物品，所以不會翻譯成「它」。

> **補充說明**　時間也可以用 What's the time? / Do you have the time? 等方式詢問，日期的問法則是 What's the date today?（今天幾號？），並且要用序數〈→ P.298〉來回答，例如 It's May 5（讀音為 fifth）。

Exercise

→ 解答在答案本 P.5
對完答案後，請跟著語音朗讀英文句子。

請將以下的句子翻譯成英文。

1 現在幾點？

2 今天是星期幾？

今天：today

3 紐約現在幾點？

在紐約：in New York

請用英文回答以下的問題，並依照①～④的情況分別寫下答案。（可以參考 P.298~299 的「數字的說法」、「星期的說法」。）

4 What time is it?
   ① 5:00
   ② 6:30
   ③ 8:20
   ④ 11:15

5 What day is it today?
   ① 星期日
   ② 星期一
   ③ 星期三
   ④ 星期六

Chapter 06

疑問詞

081

Lesson 29　What 的疑問句②

What 的疑問句（一般動詞）/ "What do / does...?" Questions

　　前面我們學習了 What is...? 的 be 動詞疑問句。在這一課，讓我們來看看「你有什麼？（have）」、「你喜歡什麼？（like）」這種一般動詞的疑問句。只要知道「句子用 What 開頭」，以及使用 do, does 組成一般動詞疑問句的方法，就很簡單了。

　　我們先從「你有什麼？」這個有 have 的句子來思考看看。
　　首先用 What 作為句子的開頭，然後在後面接上「你有嗎？」這句一般動詞的疑問句（do you have?）即可。

```
你……
有 筆 嗎？  →  Do you have a pen ?
有 什麼 ？  →  What do you have ?
                What 放在句子的最前面！
```
上面的句子是可以用 Yes / No 回答的疑問句。

　　遇到這樣的問題，用 I have… 的句型回答就可以了。
　　接著，我們來確認「你喜歡什麼運動？」這句有 like 的句子。
　　首先用 What 作為句子的開頭，由於是問「什麼運動」，所以要說 What sports，然後在後面接上「你喜歡嗎？」這句一般動詞的疑問句（do you like?）即可。

```
你……
喜歡 足球 嗎？     →  Do you like soccer ?
喜歡 什麼運動 ？   →  What sports do you like ?
                      What 放在句子的最前面！
```

　　請注意，當主詞是第三人稱單數時，不是使用 do，而是要用 does。

●補充說明　要問「什麼類型……」時，會用 What kind of...? 來詢問，What kind of music do you like?（你喜歡什麼類型的音樂？）/ What kind of work does he do?（他在做什麼類型的工作？）

Exercise

→ 解答在答案本 P.5
對完答案後，請跟著語音朗讀英文句子。

請將以下的句子翻譯成英文。

1　你早餐吃什麼？

　　　　　　　　　　　　　　　　　for breakfast?

　　　　　　　　　　　　　　　　　　　　　吃：have

2　你空閒的時候喜歡做什麼？

　　　　　　　　　　　　　　　in your free time?

　　　　　　　　　　　　　　　做：do　空閒的：free

3　你的父親空閒的時候喜歡做什麼？

　　　　　　　　　　　　　　　in his free time?

4　她喜歡什麼運動？

　　　　　　　　　　　　　運動：sport（這裡使用複數形）

5　你早上幾點起床？

　　　　　　　　　　　　　　　　in the morning?

　　　　　　　　　　　　　　　　　　起床：get up

6　你通常都幾點睡覺？

　　　　　　　　　　　通常：usually　就寢：go to bed

7　你喜歡什麼類型的電影？

　　　　什麼類型的～：what kind of~　電影：movie（這裡使用複數形）

快速開口說！　請用英文表達對話框中的內容。

你對朋友的隨身物品感到好奇，請問問她。

你的包包裡面有什麼？

你的包包：your bag

Lesson 30 各式各樣的疑問句

Who. Where 等疑問句 / Other Wh- Questions

詢問「什麼？」時，句子是用 What 開頭。

這個 What 稱為「疑問詞」，除了 What 以外，還有另外幾種疑問詞。
只要記住它們，就能用英文提出各式各樣的問題。

各式各樣的疑問詞

- **Who** 誰 — Who is ~? 誰是……？
- **When** 何時 — When is ~? 什麼時候……？
- **Where** 哪裡 — Where is ~? ……在哪裡？
- **Which** 哪個 — Which is ~? 哪個是……？

Where is my cat? 我的貓在哪裡？

Which is your cat? 哪隻是你的貓？

疑問詞的規則是**一律要放在句子的開頭**，請記住這一點。

也可以不使用 is，使用一般動詞進行詢問。（和前面學習到的 What 相同。）

假如你想使用一般動詞的 live 詢問「你住在哪裡？」，句子要用疑問詞 Where（哪裡），然後在後面接上「你住……嗎？」的一般動詞疑問句（do you live?）即可。

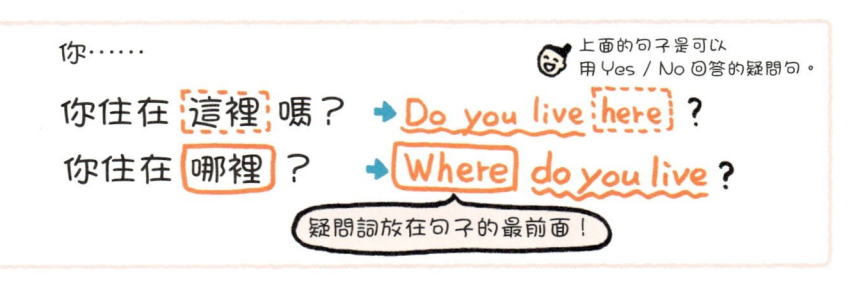

你……

你住在 這裡 嗎？ → Do you live here?（上面的句子是可以用 Yes / No 回答的疑問句。）

你住在 哪裡 ？ → Where do you live?

疑問詞放在句子的最前面！

● 文法用語　嚴格來說，「疑問詞」分成三種詞性。表示「什麼東西」的 what、表示「哪個」的 which，以及 who 是疑問代名詞。表示「什麼……」的 what、表示「哪個……」的 which 是疑問限定詞，when、where、why、how 基本上是疑問副詞。

084

Exercise

解答在答案本 P.6
對完答案後，請跟著語音朗讀英文句子。

請將適當的疑問詞填入（　　）。

1. 哪支是你的球拍？
   (　　　　) is your racket?
   球拍

2. 你來自哪裡？
   (　　　　) are you from?

3. 你最喜歡的歌手是誰？
   (　　　　) is your favorite singer?
   最喜歡的

4. 音樂會是什麼時候？
   (　　　　) is the concert?

請將以下的句子翻譯成英文。

5. 海倫（Helen）是誰？

6. 你住在哪裡？

   居住：live

7. 你的生日是什麼時候？

   生日：birthday

8. 艾咪（Amy）在哪裡？

9. 下一場會議是什麼時候？

   下一場：the next　會議：meeting

10. 你想要哪一種口味？

    風味、味道：flavor　想要：want

Lesson 31 How 的疑問句

How 的疑問句 / "How is / do...?" Questions

我們學習了 What, Who, Where, When, Which 這幾個疑問詞,除了這些之外,還有 How 這個重要的疑問詞。

How 是提出「怎麼樣?」來詢問狀態和感想時使用的詞。

<u>「……怎麼樣?」</u>是用 How is...? 的句型進行詢問。(縮寫為 How's...?)

How 如何
How is ~?
……怎麼樣?

How's Kenta? 他過得好嗎?
He's busy. 他很忙
He's good. 他很好

日常的寒暄中有一句話是 How are you?(你好嗎?),這句話如同字面上的意思,是詢問「你(的狀態、情況)怎麼樣?」的疑問句。

詢問「天氣怎麼樣?」時,也是使用 How is...?。

How is the weather? 天氣怎麼樣?
It's sunny. 晴天
It's cloudy. 陰天
It's rainy. 雨天

詢問<u>「怎麼做?」</u>、<u>「用怎麼樣的方法?」</u>時也是用 How。

How do you come to school? 你是怎麼來學校的?
電車?公車?走路?
I take the bus. 我搭公車。

• 重新學習　如果是使用 be 動詞過去式的 How was...?,可以用來詢問感想,例如 How was the movie?(電影怎麼樣?)、How was the test?(考試考得怎麼樣?)。〈→ P.126〉

Exercise

> 解答在答案本 P.6
> 對完答案後，請跟著語音朗讀英文句子。

請將以下的句子翻譯成英文。

1. 你的母親過得怎麼樣？（你的母親還好嗎？）

2. 紐約的天氣怎麼樣？

   _____ in New York?

   天氣：the weather

3. 你怎麼去上班的？

   _____ to work?

4. 你的新工作怎麼樣？

   工作：job

請回答以下的問題，並依照 5~7 的情況填入答案。

How's the weather in Tokyo?

5. 晴天
6. 雨天
7. 陰天

快速開口說！ 請用英文表達對話框中的內容。

請你詢問正在吃新商品的朋友有什麼感想。

那個吃起來怎麼樣？

請使用 it。

複習時間

Chapter 06　疑問詞

解答在答案本 P.6
對完答案後，
請跟著語音朗讀英文句子。

1　請從右欄選出適合回答以下問題的答案，並在（　）填入代號。

① What do you usually do on Sundays?（　）

② Where is my dictionary?　　　　　　（　）
　　　　　字典

③ Who is Mr.Williams?　　　　　　　　（　）

④ What's that building?　　　　　　　（　）
　　　　　建築物

⑤ What do you have in your hand?　　（　）
　　　　　　　　　　　　　　手

⑥ How's your father?　　　　　　　　（　）

A　It's on the desk.
B　I play baseball.
C　He's our teacher.
D　He's fine.
E　I have a book.
F　It's a school.

2　請重新排列下方（　）內的詞語，組成正確的英文句子。

①（your / is / name / what / brother's）?

_____

②（you / sports / what / like / do）?

_____

③（weather / is / how / the / in / Sydney）?

_____

Sydney：雪梨

④（do / for breakfast / what / have / you）?

_____

for breakfast：當早餐

088

3 請將以下的中文句子翻譯成英文。

① 你的生日是什麼時候？

生日：birthday

② 你住在哪裡？

居住：live

③ 你喜歡什麼科目？

科目：subject

④ 現在幾點？

---

⑤ 今天是星期幾？

今天：today

Coffee Break

詢問「這是誰的？」的疑問句

詢問「這是誰的……？」時，使用的是 Whose（誰的）這個疑問詞。

・Whose notebook is this?（這是誰的筆記本？）
－ It's mine.（那是我的。）

回答的句子中的 mine，是用一個單字即可代表「我的物品」的代名詞，在上方的句子用來代替 my notebook。

〈一個單字即可代表「……的物品」的代名詞〉
☐ mine 我的物品　　☐ ours 我們的物品　　☐ yours 你［你們］的物品
☐ his 他的物品　　　☐ hers 她的物品　　　☐ theirs 他們［她們、它們］的物品

如果要用人名回答，例如「健太的」，會以 It's Kenta's 的方式使用加上「's」的句型。

Lesson 32 「複數形」是什麼？

名詞的複數形 / Singular & Plural Nouns

「書」、「狗」、「哥哥」、「蘋果」等用來表示物品或人名稱呼的詞語，稱作「名詞」。

在中文裡，不論是「一本書」還是「兩本書」，「書」的名詞型態都一樣。但在英文中，就如同 a book → two books，名詞的型態會因為是一個（單數），還是兩個以上（複數）而產生變化。

數量是一個（單數）的時候，通常會加上表示「一個」的 a。母音（a, e, i, o, u）開頭的單字會在前面加上 an，而不是 a。

不過在 my（我的）/ your（你的）/ Kenta's（健太的）等代表「某人的」的單字，或者是有加上 the 的情況，不會再加上 a / an，沒有 my a cat（×）或 a my cat（×）的用法。

數量是兩個以上（複數）的時候，名詞加上 s，這個型態稱為「複數形」。

接在 two（2個）、three（3個），或者是 some（一些）、a lot of（許多）、many（非常多）後面的名詞要使用複數形。

●補充說明　複數形的 s 基本上發 [z] 的音，但在前面（單數形的字尾）的發音是 [p]、[k]、[f] 時，則發 [s] 的音。-ts 的發音類似 [ㄘ]，加上 es 的單字〈→ P.92〉的 es 通常發 [iz] 的音。

Exercise

解答在答案本 P.6
對完答案後，請跟著語音朗讀英文句子。

將 [ ] 內的單字填入 ( )，必要時請改變單字的型態。

1. 我養了 2 隻狗。
   I have two (　　　). [dog]

2. 瓊斯先生是一位數學老師。
   Mr. Jones is a math (　　　). [teacher]

3. 請給我 3 個漢堡。
   Three (　　　), please. [hamburger]

4. 她擁有許多書。
   She has a lot of (　　　). [book]

5. 我有幾個問題。
   I have some (　　　). [question]

6. 他在日本有很多朋友嗎？
   Does he have a lot of (　　　) in Japan? [friend]

7. 強森先生有 3 輛車。
   Mr. Johnson has three (　　　). [car]

8. 我沒有任何姊妹。
   I don't have any (　　　). [sister]

9. 我喜歡貓。
   I like (　　　). [cat]

Lesson 33 複數形容易犯的錯誤

需要注意複數形變化的名詞 / Spellings of Plural Forms

數量是 2 個以上（複數）時，名詞要使用加上 s 的「複數形」。

大部分的名詞就像 book → books、dog → dogs 一樣，直接加上 s 即可，但也有少部分的名詞不是這樣。

class（課堂、班級）不是加 s，而是加 es。

box（箱子）也不是加 s，而是加 es。

① 加 es 的名詞
class（課堂、班級）➡ classes
box （箱子）➡ boxes

country（國家）是把字尾的 y 改成 i，再加上 es。

city（城市）和 family（家庭）也是一樣。

② y → ies 的名詞
country（國家）➡ countries
city （城市）➡ cities
family （家庭）➡ families

man（男性）、woman（女性）、child（孩子）則是**不規則變化**。

③ 不規則變化的名詞
man （男性）➡ men
woman（女性）➡ women
child （孩子）➡ children

除此之外，還有型態不會變化的名詞。

例如像 water（水）這種「從某處到另一處算成一個」，也就是無法分割的液體，沒辦法用「一個、兩個……」來計算。這種**「不可數的名詞」沒有複數形**。（也不會加表示「一個」的 a 和 an。）〈→ P.104〉

•補充說明　嚴格來說，名詞的字尾是「s, x, ch, sh」加 es，字尾是「a, i, u, e, o 以外的字母 + y」，則是 y → ies（bus → buses、dish → dishes、story → stories）。另外也有 leaf（葉子）→ leaves、life（生命）→ lives 這種類型的變化。

Exercise

→ 解答在答案本 P.6
對完答案後，請跟著語音朗讀英文句子。

✎ **請寫出下列名詞的複數形。**

1 city（城市）　　　　　　　　　　　　（　　　　　）

2 box（箱子）　　　　　　　　　　　　（　　　　　）

3 man（男性）　　　　　　　　　　　　（　　　　　）

4 woman（女性）　　　　　　　　　　　（　　　　　）

5 child（孩子）　　　　　　　　　　　　（　　　　　）

6 family（家庭）　　　　　　　　　　　（　　　　　）

✎ **請將（　）內的單字填入（　），必要時請改變單字的型態。**

7 我們星期二有 5 堂課。
   We have five (　　　　) on Tuesdays.　　（class）

8 瓊斯先生每年都會造訪非常多國家。
   Mr. Jones visits many (　　　　) every year.
   　　　　　　　　　造訪
   　　　　　　　　　　　　　　　　　　　　（country）

9 大象喝很多水。
   Elephants drink a lot of (　　　　).
   　大象　　　喝
   　　　　　　　　　　　　　　　　　　　　（water）

10 這個網站有許多有用的資訊。
   This website has a lot of useful (　　　　).
   　　　　網站　　　　　　　　　有用的
   　　　　　　　　　　　　　　　　　　　　（information）
   　　　　　　　　　　　　　　　　　　　　　　資訊

Chapter 07

複數形、祈使句、代名詞

Lesson 34 詢問數字的方式

How many…? / How old…? 等 / *Questions about Numbers*

詢問「怎麼樣？」、「怎麼做？」時要使用 How。
How 除了這些用法外，還有<u>「詢問程度」</u>的意思。

舉例來說，使用意思是「很多的、許多的」的 many 組合成 <u>How many…?</u>，會變成「詢問程度有多麼多……」，也就是<u>「有多少……」</u>的意思，可以用來詢問數字。

〈詢問程度〉〈很多的〉
How many ~?
有多少……
（詢問數量）

這裡要用名詞的複數形

How many cats do you have?
多少隻貓　　　　　你養了

I have ten.
我養了 10 隻

不只是 How many，How（詢問程度）和其他單字組成的疑問句有好幾種。

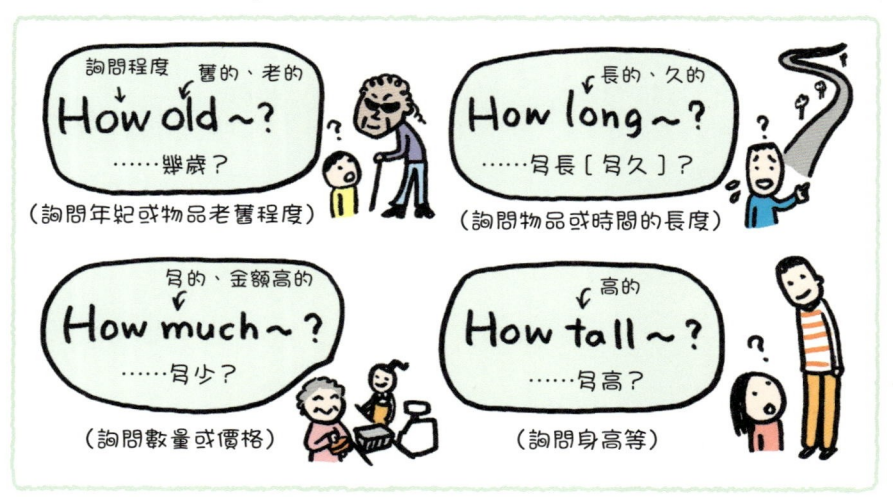

〈詢問程度〉〈舊的、老的〉
How old ~?
……幾歲？
（詢問年紀或物品老舊程度）

〈長的、久的〉
How long ~?
……多長〔多久〕？
（詢問物品或時間的長度）

〈多的、金額高的〉
How much ~?
……多少？
（詢問數量或價格）

〈高的〉
How tall ~?
……多高？
（詢問身高等）

• 補充說明　使用 How 的疑問句另有以下幾種，How far…?（……多遠？〈距離〉）、How often…?（……多頻繁？〈頻率〉）、How high…?（……多高？〈位置高度〉）。

Exercise

解答在答案本 P.6
對完答案後，請跟著語音朗讀英文句子。

請完成以下的英文句子。

1 你養了幾隻狗？

　　　　　　　　　　　　　　　　do you have?

2 這座橋有多長？

　　　　　　　　　　　　　　　　is this bridge?
　　　　　　　　　　　　　　　　　　橋梁

3 班，你幾歲？

　　　　　　　　　　　　　　　　are you, Ben?

4 他的身高多高？

　　　　　　　　　　　　　　　　is he?

5 這個多少錢？

　　　　　　　　　　　　　　　　is this?

請重新排列下方（　）內的單字，組成英文句子。

6 這部電影有多長？

（how / movie / this / long / is）？

電影：movie

7 這棟建築物有多老？

（building / old / is / this / how）？

建築物：building

8 你有幾本書？

（many / you / books / how / do / have）？

9 你有多少時間？

（much / how / have / you / time / do）？

Lesson 35　「祈使句」是什麼？

祈使句 / Imperative "Do..."

老師在上英文課時，會提出 Stand up.（起立），或者是 Sit down.（坐下）的指令，這樣的句子稱為「祈使句」。

組成祈使句的方式很簡單，只要不使用主詞，直接**用動詞作為句子的開頭就是祈使句**。（英文的句子要有「主詞」和「動詞」是大原則，但祈使句是沒有主詞的特殊句型。）

- 不需要主詞！
- Stand up. 站起來
- Open the door. 把門打開
- 用動詞作為句子的開頭即是祈使句

祈使句不只可以用來傳達「命令」，根據使用的場合和語氣，給人的感覺也會有很大的不同。

- Come here! 給我過來！（強）
- Come here. 過來這邊（弱）

使用 please 能夠緩和命令的語氣，please 是「請……」的意思。

- 可以放在句首！ Please stand up.
- 加上逗號 Stand up, please. 也可以放在最後！

•英文會話　祈使句也可以用來提出邀請或表示建議，例如 Have some tea.（請喝茶）。除此之外，也可以像 Go straight.（直走）這句這樣，用來替人指路，指路時不會加 please。

Exercise

→ 解答在答案本 P.6
對完答案後，請跟著語音朗讀英文句子。

請選出適當的單字填入（　）。

> wash　use　open　wait　take　stand　write

1 喬，站起來。
　（　　　　　） up, Joe.

2 請把門打開。
　Please （　　　　　） the door.
　　　　　　　　　　　　　　門

3 瑪莉，去洗手。
　（　　　　　） your hands, Mary.
　　　　　　　　　　　　手

4 請在這裡等候。
　Please （　　　　　） here.

5 請用我的鉛筆。
　（　　　　　） my pencil.
　　　　　　　　　　　鉛筆

6 請在這裡寫下你的名字。
　Please （　　　　　） your name here.

7 慢慢來。
　（　　　　　） your time.

快速開口說！　請用英文表達對話框中的內容。

請把座位讓給站在你面前的老人家。

請坐這裡。

這裡：here

Lesson 36 「不要……」、「我們做……吧」

"Don't...", "Let's..."

「做……」、「請……」的祈使句，只要用動詞作為句子的開頭即可。

相對的，要說「**不要做……**」、「**請不要……**」時，只要在祈使句的前面放上 Don't 就行了。

做…… → Open the door. 把門打開

不要做…… → Don't open the door. 不要把門打開

只要放上去就行了！

「不要做……」、「請不要……」和一般的祈使句一樣，也可以加上 please，說成 Please don't open the door.。

邀請對方「**我們做……吧**」，或是提議時使用 Let's。
Let's 的後面要接動詞。

我們做……吧 → Let's sing together. 我們一起唱歌吧。

「我們做……吧」的意思

Don't... 和 Let's... 有一個共同需要注意的事，那就是 Don't... 和 Let's... 的**後面一定要接動詞**。請記住，這裡的動詞一律使用不加 s 的「原本型態」（原形）。

✗ Let's soccer.　　必須有動詞
○ Let's **play** soccer.
　　我們去踢足球吧
✗ Let's dancing.
○ Let's **dance**.　　使用原形
　　我們去跳舞吧

● 重新學習

let's 是 let us 的縮寫，let 有「讓……做……」的意思〈→P.260〉，Let us... 原本是表示「讓我們做……吧」的意思。（要表達「我們做……吧」時，一律使用縮寫形式的 Let's...。）

Exercise

→ 解答在答案本 P.6
對完答案後，請跟著語音朗讀英文句子。

✎ **請將以下的句子翻譯成英文。**

1. 我們一起唱歌吧。

   _____

   唱歌：sing　一起：together

2. 不要放棄。

   _____

   放棄：give up

3. 不要走。

   _____

4. 我們回家吧。

   _____

   回家：go home

5. 不要打開這個箱子。

   _____

   打開：open　這個箱子：this box

6. 我們晚餐吃披薩吧。

   _____

   披薩：pizza　當晚餐：for dinner

7. 不要在這裡拍照。

   _____

   拍照：take pictures

〈快速開口說！〉 **請用英文表達對話框中的內容。**

請替焦慮的朋友加油打氣。

不要擔心。

擔心：worry

099

Lesson 37 「我」、「他」等

代名詞（受格） / Object Pronouns

我們在前面學習過，代表人的名詞有以下兩種型態。
① I, he, she，作為句子的主詞使用的型態。〈→ P.42〉
② my, his, her，用來表示「某人的……」的型態。〈→ P.44〉
這次我們要再學習另一個變化形。
代名詞表示「**接受動作的對象**」時，會變成以下的型態。

接受動作

我	me	你/你們	you
他	him	她	her
我們	us	他們、她們	them

I know **him**. （他）

注意
× I know **he**. 是錯誤用法！

接在**介係詞後面**時，也是用這個型態。

Come with **me**. （介係詞）
Don't look **at him**.

代表人的代名詞整理後，如以下表格。

〈單數〉

	主格	所有格	受格
我	I	my	me
你	you	your	you
他	he	his	him
她	she	her	her
它	it	its	it

〈複數〉

	主格	所有格	受格
我們	we	our	us
你們	you	your	you
他們	they	their	them
她們	they	their	them
它們	they	their	them

● 文法用語　人稱代名詞（I, you, he, she, it, we, they）會變化（格的變化）成三種型態（主格、所有格、受格）。這一頁學習的表示「接受動作的對象」型態，是作為動詞或介係詞的受詞時使用的型態，稱為「受格」。

Exercise

→ 解答在答案本 P.6
對完答案後,請跟著語音朗讀英文句子。

請將適當的代名詞填入 (　　)。

1. 你認識他嗎?
   Do you know (　　　　)?

2. 我愛你。
   I love (　　　　).

3. 請看我。
   Please look at (　　　　).

4. 我們幫忙他們吧。
   Let's help (　　　　).

5. 請仔細地聽她說話。
   Listen to (　　　　) carefully.

6. 請不要跟我說話。
   Please don't talk to (　　　　).

7. 他的照片很漂亮,我非常喜歡那些照片。
   His pictures are beautiful. I like (　　　　) a lot.

8. 請跟我來。
   Please come with (　　　　).

9. 布朗先生通常會和我們一起吃午餐。
   Mr. Brown usually has lunch with (　　　　).

複習時間

Chapter 07　複數形、祈使句、代名詞

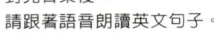

1　請將下列 [ ] 內的單字變化成適當的型態，並填入（　）。

① Please help（　　　）.　　　　　　　　　　[we]

② That tall girl is Meg. Do you know（　　　）?　[she]

③ I have a dog and two（　　　）.　　　　　　[cat]

④ I see some（　　　）over there.　　　　　　[child]
　　看見　　　　　　　在那裡

⑤ I don't have any（　　　）.　　　　　　　　[brother]

⑥ This song is popular in many（　　　）.　　　[country]
　　歌　　受歡迎的

2　請選出適合回答以下問題的答案，並將記號填入（　）。

① How old is your brother?　　　　　　　　（　　　）

② How much is this?　　　　　　　　　　　（　　　）

③ How long is English class?　　　　　　　　（　　　）

④ How many computers does Mr. Davis have?　（　　　）

　A It's 500 yen.　　　　B It's fifty minutes.
　　　　日圓
　C He has two.　　　　 D He's eighteen years old.

3 請將以下的中文句子翻譯成英文。

① 你有幾本漫畫？

漫畫：comic book

② 我很了解他們。

很：well

③ 請不要打開窗戶。

打開：open　窗戶：the window

④ 我們開始開會吧。

開始：start　會議：the meeting

⑤ 她有幾個小孩？

孩子：children（child 的複數形）

⑥ 這座寺廟有多古老？

寺廟：temple

Coffee Break

be 動詞的祈使句

一般動詞的祈使句就像 Wash your hands.（去洗手。）一樣，是用動詞作為句子的開頭。

be 動詞也一樣，只要用動詞原形作為句子的開頭，就會變成祈使句。be 動詞（am, are, is）的原形是 be。

- Be quiet.（安靜。）　　　quiet：安靜的（形容詞）
- Be careful.（小心。）　　careful：小心的（形容詞）

be 動詞祈使句的否定形式是 Don't be...。
- Don't be late.（不要遲到。）　late：遲到、晚的（形容詞）
- Don't be shy.（不要害羞。）　shy：害羞的（形容詞）

103

打好基礎後，更進一步

😊 「無法計算數量的名詞」是什麼？
What is "Countable" and "Uncountable"?

像 book（書）、apple（蘋果）這類可以計算「一個、兩個……」的名詞，稱為可數名詞。相對的，water（水）或 rain（雨）這類無法計算「一個、兩個……」的名詞，稱為不可數名詞。

不可數名詞不能加 a 和 an，也沒有複數形。

請注意在表達「很多錢」時，不要說成 a lot of moneys（✗）（正確的說法是 a lot of money）。

▼不可數名詞的例子

專有名詞 （地名、人名等）	Japan（日本） Mt. Yangming（陽明山）	Emma（艾瑪〈人名〉） Taipei Station（台北車站）
語言、科目、運動的名稱……	Japanese（日文） science（理科） music（音樂）	English（英文） math（數學） tennis（網球）
表示液體、素材或材料時（物質名詞）	water（水） tea（茶） paper（紙）	milk（牛奶） coffee（咖啡） rain（雨）
其他無法計算「一個、兩個……」，視為整體的事物	time（時間） homework（作業）	money（金錢） work（工作）

▼「很多……」等說法

	可數名詞…改為複數形	不可數名詞…不改為複數形
許多	a lot of books（很多書）	a lot of water（很多水）
	many books（許多書）	much water（大量的水）
一些	some books（一些書）	some water（一些水）
少許	a few books（幾本書）	a little water（一點水）

many 和 a few 用於可數名詞，much 和 a little 用於不可數名詞。

😊 學會 a 和 the 的用法

Differences between "a" and "the"

book, apple 等可數名詞，在句子中不能直接使用原本的型態，需要加上 a[an] 或 the，或者是改成複數形。（但如果前面是表示「所有格」的單字（如 my / your 等），或是 this / that，就可以直接使用原本的型態。）

沒有特定指哪一個，想指出「好幾個中的（任何）一個」時，會使用 a（開頭字母是母音的單字前面加 an），a 稱為不定冠詞。
- I want a new car.（〈所有新車中的任何一輛〉我想要一輛新車。）
- My mother is a teacher.（我的母親是〈世界上許多老師中的其中一位〉一位老師。）

前面提到過，「一定是在講那一個」的情況要用 the，the 有「那個」的意思，稱為定冠詞。
- I want the new car.（〈剛才提到過的那個，而不是其他的〉我想要那輛新車。）
- My mother is the teacher.（我的母親是〈剛才提到過的那一個〉那位老師。）

除了前面提過的，彼此如果能從狀況判斷「一定是在講那一個」的時候，也使用 the。
- Please open the door.（請打開〈你面前的那扇〉門。）
- My mother is in the kitchen.（我的母親在〈自己家的〉廚房。）

只有一個的事物也使用 the。
- the sun（太陽）・the first train（首班車）・the largest country（最大的國家）

用「這種……」統稱某個種類的全部內容時，使用複數形。
- I like cats.（我喜歡貓〈這種動物全部〉。）
- Elephants drink a lot of water.（大象〈這種動物全部〉喝很多的水。）

另外也有使用時不加 a 也不加 the 的固定用法。
- go to school（去學校〈上學〉）
- at home（在〈自己的〉家）
- by bus / train（〈交通方式〉搭公車 / 電車）
- watch TV（看電視〈節目〉）
- have breakfast / lunch / dinner（吃早餐 / 午餐 / 晚餐）

105

Lesson 38 「現在進行式」是什麼？

現在進行式的意義與句型 / What is the Present Progressive?

在學習「現在進行式」前，我們先來看看前面學過的一般動詞「現在式」的意義。

現在式的 I study English.（我學英文。）這個句子，嚴格來說是表示「我平時有學英文的習慣」的句子。請注意，這句話不是「我此刻正在學習英文」的意思。

I study English every day. 現在式（是喔，你好認真）

Kenta plays the piano. 現在式（是喔，好意外！）

上圖中的現在式句子，全都表示**「平常重複在做的事」**。

相較於現在式，「（現在）正在做……」這種表示**「此刻正在進行」**的句子，就是現在進行式。

I am studying English. 現在進行式（你在做什麼？／此刻正在念書）

Kenta is playing the piano. 現在進行式（哦～好厲害／此刻正在演奏中）

現在進行式的句子要使用 be 動詞（am, are, is），後面接動詞的 ing 形式（動詞原形加上 ing 的型態）。

現在進行式是 be 動詞 + ～ing

He is playing the piano.
依照主詞分別使用 am, are, is
像 play → playing 一樣，加上 ing 即可！

●重新學習　現在進行式的句子，可以理解為其中一種表示現在狀態的「be 動詞句子」。動詞的 ing 形式稱為「現在分詞」，功能如同表示狀態的形容詞。

Exercise

→ 解答在答案本 P.7
對完答案後，請跟著語音朗讀英文句子。

請將以下的句子翻譯成英文。

1. 雷（Ray）在彈鋼琴。

   鋼琴：the piano

2. 我在圖書館念書。

   念書：study　在圖書館：in the library

3. 他們在客廳看電視。

   看：watch　在客廳：in the living room

4. 我們在等公車。

   等待……：wait for~　公車：the bus

5. 麗莎（Lisa）和直美（Naomi）正在交談。

   交談、談話：talk

6. 正在下雨。

   形容天氣時用 it 當主詞。　下雨：rain

7. （你的）電話在響喔。

   你的電話：your phone　發出聲響：ring

快速開口說！　請用英文表達對話框中的內容。

朋友打電話來，請告訴他你正在用餐。

我現在正在吃晚餐。

吃：have　現在：right now

Lesson 39　ing 形式容易犯的錯誤

需要注意 ing 形式變化的動詞 / Spellings of "-ing" Forms

現在進行式的句子在 be 動詞之後，要接動詞的 ing 形式。

大部分動詞的 ing 形式都和 play → playing、study → studying 一樣，直接加上 ing 就行了，但也有少部分的動詞並非如此。

例如 write（寫）這類以 e 結尾的動詞，最後要**去掉 e 再加** ing。

① 去掉最後的 e 再加 ing
- write　寫　➜ writing
- make　做　➜ making
- use　使用　➜ using
- have　吃　➜ having

run（跑）則是要**重複最後一個字母**，變成 running。
sit（坐）和 swim（游泳）也是重複最後一個字母。

② 重複最後一個字母再加 ing
- run　跑　➜ running
- sit　坐　➜ sitting
- swim　游泳　➜ swimming

除此之外，也有**不能改成進行式的動詞**。

like（喜歡）、have（擁有）、know（知道）、want（想要）不是「動作」，是**表示「狀態」的動詞**，因此不能改為進行式。

不能改成進行式！

我認識他
✗ I am knowing him.
〇 I [know] him.

我養了1隻貓
✗ I am having a cat.
〇 I [have] a cat.

不過 have 有很多種意思，所以像 I'm having lunch.（我正在吃午餐。）這種表示「吃」的動作時，就可以改成進行式。

・補充說明　像 running 這樣要重複最後一個字母的，是原形字尾為〈短母音＋子音〉的動詞。除了 run、sit、swim 以外，還有 get → getting、begin → beginning、put → putting、cut → cutting、stop → stopping 等動詞。

Exercise

→ 解答在答案本 P.7
對完答案後，請跟著語音朗讀英文句子。

請寫出以下動詞的 ing 形式。

1 run（跑） (　　　　)

2 write（寫） (　　　　)

3 make（做） (　　　　)

4 sit（坐） (　　　　)

5 swim（游泳） (　　　　)

6 use（使用） (　　　　)

請將以下的句子翻譯成英文。

7 我認識他。

___

認識：know

8 我養了一隻貓。

___

一隻貓：a cat

9 他正在吃早餐。

___

吃：have　早餐：breakfast

10 她想要一支新手機。

___

一支新手機：a new smartphone

Chapter 08　現在進行式

Lesson 40 進行式的否定句、疑問句

現在進行式（否定句、疑問句）/ Present Progressive Questions

　　現在進行式是使用 be 動詞的句子，因此組成否定句、疑問句的方法，和之前學過的 be 動詞的否定句〈→ P.56〉、疑問句〈→ P.66〉一模一樣。

　　否定句的部分，只要在 be 動詞（am, are, is）的後面加上 not 即可，意思就會變成「**（現在）沒有在做……**」。

我沒有在看電視
I'm not watching TV.
在 be 動詞後面加上 not 就是否定句！

　　把 be 動詞放到句子的開頭，就會變成疑問句「**（現在）在做……嗎？**」。回答 be 動詞疑問句的方法和〈→ P.68〉相同，使用 be 動詞作答。

她在睡覺嗎？
Is she sleeping?
把 be 動詞放到句子的開頭就是疑問句！
回答方式
是 Yes, she is.
不是 No, she is not.

　　只要掌握之前學過的 be 動詞否定句、疑問句，就會很簡單。

　　現在進行式是**使用 be 動詞的句子，所以不會使用 do 和 does**。請注意不要把它和一般動詞現在式的否定句、疑問句搞混。

使用 be 動詞
○ Are you watching TV?
✗ Do you watching TV?
不使用 Do 和 Does！

●英文會話　「我住在台北。」通常是用現在式 I live in Taipei. 來表達，如果用現在進行式 I'm living in Taipei. 的說法，就會變成「我（現在暫時）住在台北」的意思。

Exercise

→ 解答在答案本 P.7
對完答案後，請跟著語音朗讀英文句子。

請將以下的句子翻譯成英文。

1 我沒有在看電視。

2 他們沒有在交談。

交談、談話：talk

3 喬（Joe）沒有在念書。

請將以下的句子翻譯成英文。
然後用①「是」和②「不是」來回答問題。

（範例）她在睡覺嗎？

Is she sleeping?

→ ① Yes, she is. ② No, she isn't.

4 你在等喬治（George）嗎？

等待……：wait for~

→ ① ②

5 正在下雨嗎？

下雨：rain

→ ① ②

6 吉姆（Jim）跟蒂娜（Tina）一起吃午餐嗎？

午餐：lunch 一起：together

→ ① ②

7 你有在聽我說話嗎？

聽我說話：listen to me

→ ① ②

Lesson 41 「現在在做什麼？」

現在進行式（用疑問詞開頭的疑問句）/ Present Progressive Wh- Questions

在前一課，我們學習了詢問「Yes 或 No」的現在進行式疑問句。這一課我們要學的是詢問「（現在）在做什麼？」的疑問句。

「你現在在做什麼？」的問法是 What are you doing?。（這個 doing 是「做」的動詞 do 的 ing 形式。）

對於這個問題，要用現在進行式的句子具體回答正在做的事。

> What are you doing?
> 你在做什麼？
> I'm cooking.

> What is she doing?
> 她正在寫電子郵件
> She's writing an e-mail.

What are you doing? 的 doing 也能換成其他的動詞。

> 你在做什麼？
> What are you making?
> I'm making a doghouse. 狗屋

此外，還可以用 Who is...ing? 的句型，詢問「是誰在做……？」，這個問題可以用 Kenta is.（是健太。）這樣的方式來回答。

> Who is playing the piano?
> 是誰在彈鋼琴？

●補充說明 What are you doing? 的主詞是 you，what 是受詞。另一方面，Who is playing the piano? 的主詞是疑問詞的 who，只要想成是把 She is playing the piano. 的 she 換成 who 即可。

Exercise

→ 解答在答案本 P.7
對完答案後,請跟著語音朗讀英文句子。

✏️ 請將以下的句子翻譯成英文。

1 你在做什麼?

   _____

2 喬許(Josh)在做什麼?

   _____

3 他們在教室裡做什麼?

   _____
   在教室裡:in the classroom

4 他們在做什麼?

   _____
   做:make

5 是誰在彈吉他?

   _____
   彈吉他:play the guitar

✏️ 請用英文回答以下的問題,並用( )內的內容作答。

6 What are you doing?(→在等鮑伯(Bob)。)

   _____
   等待……:wait for~

7 What is Ms. Miller doing?(→在寫電子郵件。)

   _____
   寫:write 電子郵件:an e-mail

8 What is he making?(→在做三明治。)

   _____
   三明治:sandwiches

Chapter 08 現在進行式

複習時間

Chapter 08　現在進行式

解答在答案本 P.7

對完答案後，
請跟著語音朗讀英文句子。

1-50

1 請從（　）內選出適當的答案，並用○圈起來。

① （Do / Are / Is）you studying, Joe?

② （I know / I'm knowing）Mr. Williams very well.
　　　　　　　　　　　　　　　　　非常 充分地

③ He（not / doesn't / isn't）reading a book.

④ Where's Alice? -She（watches / is watching）TV in her room.

⑤ （Do you have / Are you having）a pen? -Yes. Here you are.
　　　　　　　　　　　　　　　　　　　　　　　　　　　給　你

2 請用（　）裡的內容寫下英文的答案，回答以下的問題。

① Is your brother studying in the library?（→是。）

----

library：圖書館

② What is your sister doing?（→她在和梅格（Meg）吃午餐。）

吃：have　午餐：lunch

③ What are they doing?（→他們在游泳。）

游泳：swim

④ What's Mr. Brown doing?（→他在聽音樂。）

聽……：listen to~　音樂：music

⑤ Who's playing the piano?（→我的母親。）

----

3 請將以下的中文句子翻譯成英文。

① 我的父親正在廚房做菜。

做菜：cook　在廚房：in the kitchen

② 你在寫信嗎？

寫：write　信件：a letter

③ 他在公園裡跑步。

跑步：run　在公園：in the park

④ 你在做什麼？

---

⑤ 東京在下雨嗎？

下雨：rain（動詞）

⑥ 我沒有在睡覺。

睡覺：sleep

Coffee Break — 基本的片語

到目前為止已經出現過好幾個片語，固定用法的動詞片語非常多，讓我們慢慢背起來吧。

☐ get up	起床	☐ go to bed	睡覺、就寢
☐ look at~	看……、注視	☐ look for~	尋找……
☐ get to~	到達……、達成	☐ arrive at[in]~	抵達……
☐ listen to~	聽……、傾聽	☐ take care of~	照顧……
☐ wait for~	等待……	☐ look forward to~	期待……
☐ turn on~	打開……	☐ turn off~	關掉……

Lesson 42 「過去式」是什麼？

一般動詞過去式的句子 / Past Tense (General Verbs)

在英文裡，要表達「昨天做了……」時，會把動詞改成過去式。

大部分的動詞，是在原形後面**加上 ed** **變成過去式**。

現在式　I play baseball.　這是在說「平常會做的事」的句子。

過去式　I **played** baseball yesterday.　動詞要加上 ed！　我昨天……

表示是過去的「什麼時候發生的事」時，常會用到以下的詞語。

- 昨天 ➡ yesterday
- 之前、上一個 ➡ last~
  - 昨晚 ➡ last night
  - 上週 ➡ last week
  - 上星期天 ➡ last Sunday
- （距離現在）……前 ➡ ~ago
  - 1小時前 ➡ an hour ago
  - 5天前 ➡ five days ago
  - 2年前 ➡ two years ago

一般動詞的過去式與現在式不同，不論是哪種主詞，型態都不會變化。

現在式的句子　I **play** ~. 　型態變化！
第三人稱單數 → He **plays** ~.

過去式的句子　I **played** ~.　型態相同！
He **played** ~.

● 補充說明　ed 通常發 [d] 的音，前面的發音（動詞原形字尾）是 [p]、[k]、[f]、[s]、[ʃ]、[t] 時，發 [t] 的音。另外，字尾是 [t]、[d] 時發 [id] 音。

Exercise

解答在答案本 P.8
對完答案後，請跟著語音朗讀英文句子。

請將以下的句子翻譯成英文。

1. 我昨晚看了電視。

2. 我們昨天打了棒球。

   棒球：baseball

3. 他 10 年前幫助了我們。

   幫助：help

4. 艾瑪（Emma）上個星期去拜訪她的叔叔。

   拜訪：visit　叔叔：uncle

5. 我上星期天和鮑伯（Bob）說過話。

   和……談話：talk with~

6. 他突然看著我（過去）。

   突然：suddenly　注視：look at~

7. 我去年去印度旅行。

   去……旅行：travel to~　印度：India

快速開口說！ 請用英文表達對話框中的內容。

大家很擔心請假的朋友。

我昨天晚上有打電話給他。

打電話：call

Lesson 43 過去式容易犯的錯誤

需要注意過去式變化的動詞、不規則動詞 /
Spellings of Past Tense & Irregular Verbs

談及過去的事情時，動詞要改成過去式。

動詞的過去式，基本上像 play → played、watch → watched 一樣，只要加上 ed 即可，不過也有動詞不是這樣。

像 live（居住）這樣以 e 結尾的動詞，**只需要加 d**。

live	居住	⇨ lived
like	喜歡	⇨ liked
use	使用	⇨ used

study（學習）要把字尾的 y **變成 i，再加上** ed，變成 studied。
stop（停止）要**重複最後一個字母**，變成 stopped。

此外，也有過去式變化成不是 -ed 形式的動詞，這些稱為**不規則動詞**。

主要的不規則動詞

go	去	⇨ went
come	來	⇨ came
have	擁有	⇨ had
get	獲得	⇨ got

see	看見	⇨ saw
make	做	⇨ made
read (rid)	閱讀	⇨ read (rɛd) ～只有改變發音
write	寫	⇨ wrote

除了以上這些，還有許多的不規則動詞。請在其他不規則動詞出現時，一一把它們背起來。

●補充說明　嚴格來說，「a,i,u,e,o 以外的字母 + y」結尾的動詞，都要遵守 y → ied 的規則，不只是 study，還有 carry（搬運）→ carried、cry（哭泣）→ cried、try（嘗試）→ tried 等動詞。

Exercise

> 解答在答案本 P.8
> 對完答案後,請跟著語音朗讀英文句子。

請寫出以下動詞的過去式。

1. have （　　　）
2. see （　　　）
3. like （　　　）
4. write （　　　）
5. use （　　　）
6. make （　　　）
7. read （　　　）
8. stop （　　　）

請將以下的句子翻譯成英文。

9. 我上星期去了夏威夷（Hawaii）。

10. 我昨晚念了英文。

11. 吉姆（Jim）兩個星期前來到日本。

12. 瓊斯先生（Mr. Jones）3 年前住在東京。

13. 她今天早上 8 點起床。

起床：get up　今天早上：this morning

Lesson 44　過去式的否定句

一般動詞過去式的否定句 / Past Negative "didn't"

　　過去式的否定句，是在**動詞前面加上** did not（縮寫為 didn't）。（did 是 do 和 does 的過去式。）

did not 後面的動詞使用原形（沒有變化的型態）。

> I **didn't** go to school yesterday.
> 否定句要加上 did not……
> 動詞是原形！
> 我昨天沒有去上學

　　一般動詞現在式的否定句，會隨著主詞的不同，分別使用 do not（縮寫為 don't）和 does not（doesn't）〈→ P.58, 60〉，但在過去式的否定句沒有這樣的區別，不論是哪種主詞，一律都用 did not（didn't）就行了。

> 現在式的句子　I **don't** ～
> 第三人稱單數　He **doesn't** ～
> 型態變化！
>
> 過去式的句子　I **didn't** ～.
> He **didn't** ～.
> 型態相同。

　　否定句使用的動詞是「原形」，**把動詞變成過去式是常見的錯誤**，請多加注意。

> 常見的錯誤　我昨天沒有打網球
> ✗ I didn't **played** tennis yesterday.
> 否定句的動詞是原形！
> ○ I didn't **play** tennis yesterday.

• 重新學習　did not（didn't）的 did 和組成現在式否定句的 do not（don't）的 do 相同，都是助動詞，所以接在後面的動詞得是原形。

Exercise

解答在答案本 P.8
對完答案後，請跟著語音朗讀英文句子。

請將以下的句子改寫成否定句。

1. He had a phone. →他沒有電話。

   phone：電話

2. They used this room. →他們沒有使用這個房間。

3. I saw her at the party. →我在派對上沒有看到她。

   saw：see（看、看見、遇到）的過去式

請將以下的句子翻譯成英文。

4. 我昨天沒有去上班。

   去上班：go to work

5. 他昨晚沒有看電視。

6. 瑪莉亞（Maria）上星期天沒有來練習。

   練習：practice（名詞）

7. 他們昨晚沒有睡覺。

   睡覺：sleep

8. 我今天早上沒有吃早餐。

   吃：have

Lesson 45　**過去式的疑問句**

一般動詞過去式的疑問句 / Past Questions "Did...?"

針對過去的事情詢問「做了……嗎？」的疑問句，用 **Did** 作為句子的開頭。在疑問句中，動詞使用原形。

> Did you watch TV last night?
>
> 疑問句的句子用 Did 開頭……
> 動詞是原形！
> 你看電視了嗎？
> 回答方式
> 是 Yes, I did.
> 不是 No, I didn't.

Did...? 的疑問句通常用 Yes, ...did. 或是 No, ...did not.（縮寫為 didn't）來回答。

現在式的疑問句，會隨著主詞不同，分別使用 Do 和 Does，但過去式的疑問句不論是哪種主詞，都用 Did 就行了。

> 現在式的句子　Do you～?　型態變化！
> 　　　　　　　Does he～?
> 過去式的句子　Did you～?　型態相同。
> 　　　　　　　Did he～?

疑問句使用的動詞是「原形」，**把動詞變成過去式是常見的錯誤**，請多加注意。

> 常見的錯誤　你昨天有打網球嗎？
> ✗ Did you played tennis yesterday?
> 　　　　　　　疑問句的動詞是原形！
> ○ Did you play tennis yesterday?

•**英文會話**　過去式的句子不一定要有 yesterday 等「表示過去的詞語」。沒有加表示過去的詞語的情況非常常見，例如 Did you call?（你有打電話來嗎？）、Did you see that?（你有看到那個嗎？）。

Exercise

> 解答在答案本 P.8
> 對完答案後，請跟著語音朗讀英文句子。

請將以下的句子改寫成疑問句。

1 She played tennis yesterday. →她昨天有打網球嗎？

2 You wrote this letter. →你寫了這封信嗎？

letter：信件

3 They came to Japan last month. →他們上個月有來日本嗎？

4 She made this cake. →她做了這個蛋糕嗎？

**請將以下的句子翻譯成英文。
然後用①「是」和②「不是」來回答問題。**

(範例) 你昨晚有看電視嗎？

　　　　Did you watch TV last night ?

　→ ① 　Yes, I did. 　　② 　No, I didn't.

5 你母親今天早上吃早餐了嗎？

吃：have　早餐：breakfast

→ ①　　　　　　　　　　②

6 你是否享受那場音樂會？

享受：enjoy　音樂會：the concert

→ ①　　　　　　　　　　②

7 你剪頭髮了嗎？

剪頭髮：get a haircut

→ ①　　　　　　　　　　②

Chapter 09 過去式、過去進行式

Lesson 46 「做了什麼？」

用疑問詞開頭的過去式疑問句 / Past Questions "What did...?"

　　如果要針對過去的事情詢問具體內容，例如「做了什麼？」「吃了什麼？」時，會用疑問詞 What 作為句子的開頭，後面接 did you...? 或是 did he...? 等。對於這種類型的問題，要用過去式的句子提出具體回答。

What did you do last Sunday?
你上個星期天做了什麼？
厲害吧？
I played golf. 過去式

除了 What 外，還有其他的疑問詞。
　　把 What 換成 When（什麼時候）、Where（哪裡）、What time（幾點）、How（怎麼樣）等疑問詞，就能詢問各種事情。

When did you see him? 你什麼時候看到他的？

Where did she go? 她去哪裡了？ 她剛才還在啊……

What time did you get up? 你幾點起床的？ 咦!?

How did you get this? 你是怎麼得到這個的？ 這很少見耶……

●補充說明　像 What happened?（發生什麼事了？）、Who made this?（是誰做的？）這種疑問詞成為句子主詞的情況，不使用 did，且語序會變成〈疑問詞＋動詞過去式……？〉。

Exercise

解答在答案本 P.8
對完答案後，請跟著語音朗讀英文句子。

請將以下的句子翻譯成英文。

1. 你上星期天做了什麼？

2. 你今天早上幾點起床的？

   起床：get up

3. 你昨天去哪裡了？

4. 你是怎麼得到那隻手錶的？

   得到：get　手錶：watch

5. 你早餐吃了什麼？

   吃：have　當早餐：for breakfast

6. 你是怎麼學會日文的？

   學習：learn

7. 你是什麼時候入職的？

   入職：join the company

快速開口說！ 請用英文表達對話框中的內容。

請對來自國外的老師提出問題。

你是什麼時候來日本的？

Lesson 47 　was 和 were

be 動詞過去式的句子 / "was / were"

談及過去的事情時，動詞要用過去式。

這個規則在 be 動詞也是一樣，針對過去的事情說出「**過去……**」、「**過去在……**」的時候，要使用 **be 動詞的過去式**。

現在
She **is** tired.
be 動詞的現在式
她累了

昨天
She **was** busy yesterday.
be 動詞的過去式
她昨天很忙

be 動詞的過去式有兩種，am 和 is 的過去式是 was，are 的過去式是 were。

現在式		過去式	
I	am	I	was
He, She, It 等第三人稱單數	is	He, She, It 等第三人稱單數	was
You	are	You	were
We, They 等複數		We, They 等複數	

～.　　　　～.

過去式否定句和疑問句的組成方式與現在式的句子相同，只要把 be 動詞改成過去式即可。

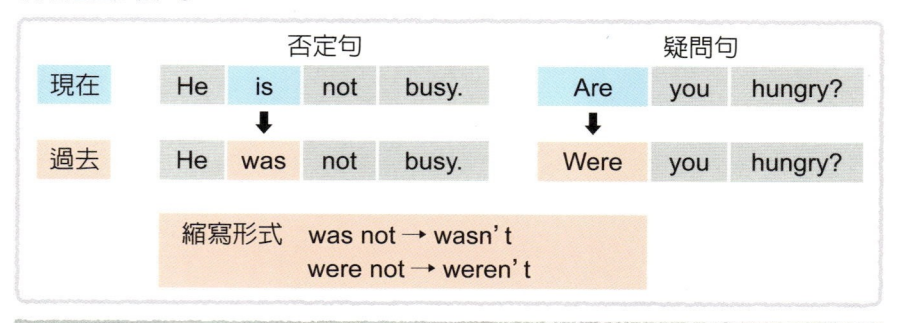

	否定句			疑問句		
現在	He	is	not	busy.	Are	you	hungry?
過去	He	was	not	busy.	Were	you	hungry?

縮寫形式　was not → wasn't
　　　　　were not → weren't

•補充說明　疑問詞的疑問句也使用 was, were, 即可變成過去式。（範例）What was the problem?（有什麼問題嗎？）、Where were you?（你之前在哪裡？）、How was the party?（派對怎麼樣？）。

Exercise

解答在答案本 P.8
對完答案後,請跟著語音朗讀英文句子。

請將適當的單字填入( )。

1 我昨天很忙。
   I ( ) busy yesterday.

2 他那時人在廚房。
   He ( ) in the kitchen then.

3 他們那時肚子非常餓。
   They ( ) very hungry then.

4 我那時不在家。
   I ( ) at home then.

5 他們過去不富有。
   They ( ) rich.
   富有的、有錢的

請將以下的句子翻譯成英文。
然後用①「是」和②「不是」來回答問題。

(範例) 之前是晴天嗎?

　　　Was it sunny?

　→ ① Yes, it was.　　② No, it wasn't.

6 你累了嗎?

　　　　　　　　　　　　　　　　　　累了:tired
　→ ①　　　　　　　　　　②

7 電影有趣嗎?

　　　　　　　　　　　電影:the movie 有趣:interesting
　→ ①　　　　　　　　　　②

8 他們那時在開會嗎?

　　　　　　　　　　　　　　　在開會:in a meeting
　→ ①　　　　　　　　　　②

Lesson 48 「過去進行式」是什麼？

過去進行式的句型與意義 / Past Progressive

要用「（現在）正在做……」的說法，表示「此刻正在進行」時，會使用現在進行式的句子，在 be 動詞（am, are, is）的後面接動詞的 ing 形式（動詞原形加上 ing）。

要用<u>「（那時）正在做……」</u>的說法，表示過去在某個時刻正在進行的動作，則會使用過去進行式。

過去進行式的句子，是在 be 動詞過去式 <u>was 和 were 後面接動詞的 ing 形式</u>。我們來看著圖比較現在式、現在進行式與過去式、過去進行式。

現在
Mai **is** at home.　現在式
She **is watching** TV.　現在進行式
她正在家中看電視。

2 小時前
Mai **was** at school.　過去式
She **was playing** soccer.　過去進行式
她那時在學校踢足球。

現在進行式和過去進行式句子的不同之處，就只有 be 動詞是現在式（am, are, is），還是過去式（was, were），後續接動詞 ing 形式的部分是一樣的。

過去進行式否定句和疑問句的組成方式與現在進行式相同，只需要把 be 動詞改成過去式即可。

	否定句	疑問句
現在進行形	He isn't sleeping.	Are you sleeping?
過去進行形	He wasn't sleeping.	Were you sleeping?

• 補充說明　過去進行式的原則，是表示過去某個瞬間「正在進行中」的事情。舉例來說，如果要問「你昨天做了什麼？」，直接說 What did you do yesterday? 會比較自然。

Exercise

解答在答案本 P.8
對完答案後，請跟著語音朗讀英文句子。

請將以下的句子翻譯成英文。

1 我那時正在睡覺。

睡覺：sleep

2 我們正在一起看電視（當時）。

看電視：watch TV　一起：together

3 艾咪（Amy）正在寫信（當時）。

寫信：write a letter

4 喬（Joe）那時沒有在念書。

5 他們沒有在說話（當時）。

說話、談話：talk

6 你在等公車嗎？（當時）

等待……：wait for~

7 你那時在做什麼？

快速開口說！　請用英文表達對話框中的內容。

你被問到為什麼練習會遲到。

我在和瓊斯老師（Ms. Jones）說話。（當時）

和……說話：talk with~

Lesson 49 過去式句子的總整理

一般動詞、be 動詞過去式的句子（統整） / Past Tense (Review)

讓我們來再次確認前面學過的一般動詞、be 動詞的過去式句型吧。

一般動詞基本上加 ed 改成過去式，但也有不規則動詞。be 動詞的過去式是 am 和 is → was、are → were。

一般動詞的句子		
I / He, She, It / You / We, They	played 等	~.

be 動詞的句子		
I / He, She, It	was	~.
You / We, They	were	

否定句的句型，一般動詞是在動詞前面加上 didn't（did not），請注意**動詞一律使用原形**（沒有變化的原本型態）。

be 動詞則是在 was, were 的後面加上 not。

| I / He, She, It / You / We, They | did not [didn't] | play 等動詞原形 | ~. |

I / He, She, It	was not [wasn't]	~.
You / We, They	were not [weren't]	

疑問句的句型，一般動詞句子用 Did 開頭，**動詞一律用原形**。be 動詞則是用 Was, Were 作為句子的開頭。

| Did | I / he, she, it / you / we, they | play 等動詞原形 | ~? |

Was	I / he, she, it	~?
Were	you / we, they	

回答方式：Yes, ~ did.
　　　　　No, ~ didn't.

回答方式：Yes, ~ was [were].
　　　　　No, ~ wasn't [weren't].

● 文法用語　在英文文法中，現在與過去的區分稱為「時態」，動詞現在式表示的時態是「現在時態」，過去式表示的時態是「過去時態」。

Exercise

解答在答案本 P.9
對完答案後，請跟著語音朗讀英文句子。

請將 [ ] 內的單字改成適當的型態，並填入 (   )。

1 我昨天很忙。
   I (   ) busy yesterday.   [am]

2 蒂娜上週六開了一場派對。
   Tina (   ) a party last Saturday.   [have]

3 鮑伯和我那時在講電話。
   Bob and I (   ) talking on the phone then.
                                                     [are]

4 我去年夏天去了菲律賓，那是我第一次去那邊旅行。
   I (   ) to the Philippines last summer.   [go]
   It (   ) my first trip there.   [is]
   　　　　　　第一次　旅行

請將以下的句子翻譯成英文。

5 我今天沒去上班。

　　　　　　　　　　　　　　　　　　　　　　　去上班：go to work

6 他們對你好嗎？

　　　　　　　　　　　　　　　　　　　　　　對……親切：be kind to~

7 你今天早上起得很早嗎？

　　　　　　　　　　　　　　　　　起床：get up　早的：early

8 你上個週末做了什麼？

　　　　　　　　　　　　　　　　　　　　　　　週末：weekend

複習時間

Chapter 09 過去式、過去進行式

1 請從下方選出適當的動詞填入（　），必要時請改變動詞的型態。同一個動詞可以使用兩次以上。

> be　come　take　watch

① I went to the lake and (　　　) a lot of pictures there.
　湖泊

② Ken and George (　　　) talking in the classroom then.
　　　　　　　　　　　　　　　　　教室

③ Mr. White (　　　) to Japan two years ago.

④ It (　　　) sunny in Tokyo last Friday.
　　　　晴朗的

⑤ Emma was (　　　) a movie then.

2 請用（　）裡的內容寫下英文的答案，回答以下的問題。

① Was your father at home at six yesterday? （→是。）

----
at home：在家

② What did you do last Sunday? （→我和妹妹打了網球。）

----

③ What time did you go to bed last night? （→11 點睡覺。）

----
go to bed：睡覺

3 請將以下的中文句子翻譯成英文。

① 我們上星期在沖繩。

---

② 他今天早上 7 點起床。

---

③ 昨天晚上不冷。

寒冷的：cold

④ 你昨天有念英文嗎？

---

⑤ 我的母親以前是老師。

以前：before

⑥ 你在房間裡做什麼？（當時）

在你的房間裡：in your room

Coffee Break

各式各樣的不規則動詞

除了 P.118 介紹的不規則動詞外，基本的動詞中還有許多不規則動詞，請在遇到時把它們記起來。此外，書末的 P.300 有「動詞型態變化一覽表」，120 個以上的動詞依照字母排序，整理成了方便快速查閱表格，之後不知道動詞的變化型態時，請參考此表。

☐ begin（開始）	began	☐ meet（遇見）	met
☐ give（給予）	gave	☐ tell（告訴、說）	told
☐ leave（離去）	left	☐ find（找到）	found
☐ take（拿）	took	☐ know（知道）	knew
☐ buy（買）	bought	☐ speak（說）	spoke
☐ hear（聽見）	heard	☐ think（想）	thought

133

打好基礎後，更進一步

😊 學會介係詞的用法

Using Prepositions

請先確認介係詞〈→ P.50〉的意義與用法。

In, on, at 的用法		
in	「在（某個空間）之中」	In the box（在箱子裡） In the kitchen（在廚房） In Japan（在日本）
	年、月、季節	In 2022（在 2022 年） In June（在 6 月） In winter（在冬天）
on	「在……上面」 「接觸……的表面」	on the table（在桌子上） on the wall（在牆上）
	日期、星期	on May 5（在 5 月 5 號） on Monday（在星期一）
at	「在某個地點」	at the door（在門口） at the bus stop（在公車站）
	時間點	at six（在 6 點） at 10:30（在 10 點 30 分）

各式各樣的介係詞		
before	「在……之前」	before dinner（在晚餐前）
after	「在……之後」	after school（在放學後）
from	「來自……」	a letter from him（來自他的信）
to	「前往……」	go to school（前往學校）
with	「和……一起」	go with him（和他一起去）
without	「沒有……」	live without water（生活在沒有水的情況）

for	「為了……」 「對……而言」	buy a present for him（買了禮物給他）
	時間的長度 「……一段時間（分鐘／天）」	walk for ten minutes（走 10 分鐘） stay there for two weeks（在那裡待兩個星期）
of	「……的」	the name of this song（這首歌的歌名）
as	「作為……」	work as a volunteer（以義工的身分工作）
like	「像……一樣」	fly like a bird（像鳥一樣飛翔） That cloud looks like a fish.（那朵雲看起來像一條魚）
over	「在……上方」沒有直接碰觸 「超過……」	fly over the house（飛過房子上方） over $100（超過 100 美元）
under	「在……下方」沒有直接碰觸 「低於……」	under the table（在桌子下） under 20 years old（未滿 20 歲）
about	「關於……」	talk about it（討論那件事）
around	「在……周圍」	walk around the house（在房子附近散步）
near	「在……附近」	near my house（在我家附近）
by	「用……」、「藉由……」	by bus（搭公車）
	表示期限「在……之前」	come back by ten（在 10 點前回來）
until	「一直到……為止」	wait until ten（等到 10 點為止）
between	「在（兩個）之間」	between A and B（在 A 和 B 之間）
among	「在（三個以上）之間」	popular among young people（在年輕人之間很受歡迎）
in front of	表示地點「在……前面」	stand in front of the door（站在門前面）

Lesson 50 「be going to」是什麼？

表示未來的句子 / "be going to"

在學習表示未來的句子前，我們先來確認現在式和過去式的句子。

英文中要表示「每天早上跑步」這種平常在做的事時，會用現在式，要表示「上星期去夏威夷」這種過去的事情時，會用過去式，而且會改變動詞的型態。

I run every morning.
現在式
平常在做的事

I went to Hawaii last week.
過去式
謝謝～ 給你伴手禮！
過去的事

在講未來的事情時，不需要改變動詞的型態。像是「明天打算做……」、「要／會做……」這種談論<u>預定或計畫，以及打算要做的事情</u>的情況，動詞前面要加 <u>be going to</u>，be 就是 be 動詞。

I am going to play soccer tomorrow.
表示未來　動詞
你明天打算做什麼？　我明天要踢足球～
即將要發生的事

需要注意的有兩點，① be 動詞依照主詞，分別使用 am, are, is。② to 之後的動詞一律是原形。

未來的事情
be 動詞
＋
going to
＋
動詞

He is going to play soccer tomorrow.
動詞一定是原形！
依照主詞，分別使用 am, are, is

● 補充說明　確定的預定和計畫，有時也會像 I'm meeting Mika tomorrow.（我明天要和美香見面。）一樣，用現在進行式來表示未來的事，意思是「已經準備……」。

Exercise

解答在答案本 P.9
對完答案後，請跟著語音朗讀英文句子。

✏️ **請使用 be going to 將以下的句子翻譯成英文。**

1 我明天要打網球。

　　　　　　　　　　　　　　　　　　　　　　tomorrow.
　　　　　　　　　　　　　　　　　　　　　　明天

2 艾咪（Amy）下星期要和朋友見面。

　　　　　　　　　　　　　　　　　　　　　　next week.
　　　　　　　　　　　　　　　　　和……見面：meet　她的朋友：her friend

3 他預計這個夏天要造訪中國。

　　　　　　　　　　　　　　　　　　　　　　this summer.
　　　　　　　　　　　　　　　　　　　　　　中國：China

4 我這個週末打算去購物。

　　　　　　　　　　　　　　去購物：go shopping　這個週末：this weekend

5 強森先生（Mr. Johnson）預計明年要來日本。

　　　　　　　　　　　　　　來日本：come to Japan　明年：next year

6 對不起，我會晚點到。

　　　　　　　　　　　　　　請用 Sorry, 開頭　遲到：late

7 我們的團隊將在下星期一報告。

　　　　　　團隊：team　報告：make a presentation　下星期一：next Monday

快速開口說！ **請用英文表達對話框中的內容。**

我打算回家後讀這個。

請用 and 連接 go home（回家）和 read this（讀這個）

Lesson 51 be going to 的否定句和疑問句

未來式的否定句、疑問句 / "be going to" Questions

be going to 是使用 be 動詞的表達方式，否定句、疑問句的組成方式和 be 動詞的句子完全相同。

否定句只需要在 be 動詞（am, are, is）的後面加上 not。
就會變成「不打算做……」、「不會做……」的意思。

> be 動詞的後面加上 not 就是否定句
> I'm [not] going to eat chocolate tonight.
> ← 不要忘記加 going to！

我今晚不會吃巧克力！

你在減肥嗎？

把 be 動詞放在句子的開頭，就會變成用「**有打算做……嗎？**」、「**要／會做……嗎？**」詢問 Yes 或 No 的疑問句，請配合主詞使用不同的 be 動詞。

> [Are] you [going to] [play] tennis after school?
> ↑ 用 be 動詞開頭　　動詞

你放學後要去打網球嗎？

要用 be 動詞回答喔
是 Yes, I [am].
不是 No, I [am] not.

be going to 的否定句、疑問句不使用 do, does, did。此外，to 後面動詞一律接原形。

常見的錯誤
✗ Does he going to come?
　使用 be 動詞！
○ Is he going to come?
他會來嗎？

• 英文會話　在日常對話中，會把 going to 縮短成 gonna。比方把 I'm going to play tennis. 說成 I'm gonna play tennis.。

Exercise

解答在答案本 P.9
對完答案後,請跟著語音朗讀英文句子。

請使用 be going to 將以下的句子翻譯成英文。

1 我今天沒有要吃晚餐。

吃:have　晚餐:dinner

2 我這個週末不會工作。

工作:work　這個週末:this weekend

請使用 be going to 將以下的句子翻譯成英文。
然後用①「是」和②「不是」來回答問題。

(範例) 你放學後會打網球嗎?

Are you going to play tennis after school?

→ ① Yes, I am.　　② No, I'm not.

3 他明天要來這裡嗎?

→ ①　　　　　　　②

4 你打算要買這個嗎?

→ ①　　　　　　　②

5 他們預計 8 月要造訪澳洲嗎?

造訪:visit　澳洲:Australia

→ ①　　　　　　　②

6 你今天會加班嗎?

加班:work overtime

→ ①　　　　　　　②

Lesson 52 「你要做什麼？」

用疑問詞開頭的未來式疑問句 / "be going to" Questions with What & How

詢問「什麼？」的時候，用疑問詞 What 作為句子的開頭。

「你要做什麼？」的英文問法是 What are you going to do?。（這裡的 do 是表示「做」的動詞。）

對於這個問題，要用 be going to 具體地回答即將做的事。

What are you going to **do** tomorrow?
你明天要做什麼？

I'm going to go swimming.
我要去游泳

What are you going to do? 的 do 也可以換成其他的動詞。此外，還可以把 What 換成 When（什麼時候）、Where（哪裡）、How long（多久）、What time（幾點）等，提出各式各樣的問題。

When are you going to clean your room?
你什麼時候要打掃房間？

Where is he going to play?
他要在哪裡演奏？
音樂會 10/5 要來喔
忘記寫地點了…

How long are you going to stay?
你預計停留多久？

●補充說明　be going to 也有過去式 was[were] going to 的用法，意思是「本來打算做……」，用於表達在過去的時間點決定好要做某事，實際卻沒做的情況。

Exercise

解答在答案本 P.9
對完答案後，請跟著語音朗讀英文句子。

✏️ 請使用 be going to 將以下的句子翻譯成英文。

1. 你明天要做什麼？

   做：do

2. 吉姆（Jim）這個週末要做什麼？

3. 他要去哪裡？

4. 你什麼時候要造訪夏威夷（Hawaii）？

5. 你預計在那裡停留多久？

   停留：stay　那裡：there

6. 你會住在哪裡？

   住宿：stay

7. 你明天打算幾點起床？

✏️ 請用英文回答以下的問題，並用（　）內的內容作答。

8. What are you going to do tomorrow?
   （→我打算去購物。）

   去購物：go shopping

9. Where is she going to visit?
   （→她預計要造訪京都。）

   京都：Kyoto

Lesson 53 「will」是什麼？

表示未來的句子 / "will"

除了使用 be going to 之外，還有另一個表示未來的說法。

把 will 放在動詞的前面，即可變成表示未來的句子，用於表達「**會做……**」的意圖，或是「**（應該）會……**」的預期。

> I **will call** him tonight.
> 動詞
> 我今晚會打電話給他。
> 加油！
> 意圖

> She **will be** a good singer.
> 動詞（動詞是原形）
> 她應該會成為很棒的歌手。
> 唱得真好！
> 預期

will 不會依照主詞變化型態，後面接的動詞一律使用原形。

在對話中，經常使用 will 的縮寫形式，除了右邊的例子外，還有 You'll, We'll, It'll, They'll。

> I will ➡ I'll
> He will ➡ He'll
> She will ➡ She'll

雖然 will 和 be going to 都是表示「未來」，但意義不完全相同。尤其是在表達<u>早已決定的預定或計畫</u>時，通常使用 be going to。另一方面，在用「會做……」<u>向對方提出意見</u>、<u>邀約</u>、<u>引導</u>時，則會使用 will。

> I'm going to visit America this summer.
> 我今年夏天會去美國。
> 早已決定的預定或計畫用 be going to...

> I'll go with you.
> 我也要一起去！
> 傳達當場做的決定時用 will

● 重新學習　will 和 can〈→p148〉一樣是「助動詞」，具有向對方表達說者自身情緒或判斷的功能。will 和 can 相同，後面接的動詞一律使用原形。

Exercise

→ 解答在答案本 P.9
對完答案後，請跟著語音朗讀英文句子。

請使用 will 將以下的句子翻譯成英文。

1. 我會在 30 分鐘後打電話給你。

   ……後：in~　30 分鐘：thirty minutes

2. 我會和你一起去。

   和……一起：with

3. 我要去問瓊斯先生（Mr. Jones）。

   問、詢問：ask

4. 她很快就會回來。

   回來：be back　很快：soon

5. 我們今天下午會有空。

   空閒的：free　今天下午：this afternoon

6. 你應該會成為一位好老師。

   好老師：a good teacher

7. 包裹應該會在星期二抵達。

   貨物、包裹：the package　抵達：arrive　在星期……：on~

快速開口說！　請用英文表達對話框中的內容。

對方說「東西好重啊」。

我來拿吧。

請使用表示「搬運」的 carry。

Lesson 54　will 的否定句和疑問句

未來式的否定句、疑問句／ "Will...?" Questions

使用 will 表達「不會做……」、「應該不會……」的時候，要在動詞前面加上 will not（縮寫為 won't）。

> I won't play video games tonight.
> 我今天晚上不會打電動！
> will 加入 won't 後就是否定句
> 動詞是原形！

will 的疑問句，句子用 Will 開頭，如果主詞是 you，會用 Will you...?，如果是 he，會用 Will he...?。

> 一般的句子　Miku will call later.　美玖晚點會打電話
> 疑問句　　　Will Miku call later?　美玖晚點會打電話嗎？
> 句子用 Will 開頭就會變成疑問句！　簡單！

Will...? 的疑問句，通常是用 Yes, ...will. 或是 No, ...will not. 的句型回答，will not 也常使用縮寫形式的 won't。

> Will you be at home on Sunday?
> 原形　動詞
> 你星期天會在家嗎？
> 回答方式
> 會　Yes, I will.
> 不會　No, I won't.
> 用 will 回答！

使用 will 的句子，**動詞一律使用原形**，請特別注意這點。

• 英文會話　Will you...? 可以用來提出請求，詢問「可以幫我……嗎？」〈→ P.156〉，也可以用來提出邀請，詢問「你願意……嗎？」。

Exercise

🎧 1-64

解答在答案本 P.9
對完答案後，請跟著語音朗讀英文句子。

✏️ 請使用 will 將以下的句子翻譯成英文。

1 我不會再去那裡了。

（用於否定句）再：again

2 我今晚不會遲到喔。

遲到：be late　今晚：tonight

3 我不會告訴任何人。

說、告訴：tell　任何人：anyone

4 那個點子是行不通的。

那個點子：that idea　行得通：work

✏️ 請使用 will 將以下的句子翻譯成英文。
然後用①「是」和②「不是」來回答問題。

（範例）你下星期六會在家嗎？

Will you be at home next Saturday?

→ ①　Yes, I will.　　　②　No, I won't.

5 包裹會在星期二之前抵達嗎？

包裹：the package　抵達：arrive　在……之前：by

→ ①　　　　　　　　　　②

6 米勒小姐（Ms. Miller）會來參加會議嗎？

會議：the meeting

→ ①　　　　　　　　　　②

Chapter 10　未來的說法

145

複習時間

🔊 1-65

解答在答案本 P.10

對完答案後，
請跟著語音朗讀英文句子。

Chapter 10　未來的說法

1 請從（　）內選出適當的答案，並用○圈起來。

① I（will / going / am going）to visit my grandmother tomorrow.
　　　　　　　　　　　　　　　　　　　　　　奶奶

② The phone is ringing. I（am / going to / will）answer it.
　　電話　　　發出聲響　　　　　　　　　　　　　接電話

③ We're going to（go / goes / going）to the moutains this summer.
　　　　　　　　　　　　　　　　　　　　　　山

④ （Will / Is / Are）Lisa and Mark come to the party?

⑤ Will she（be / is / was）a good tennis player?
　　　　　　　　　　　　　　　　球員

⑥ Emily（won't / isn't / aren't）be at the meeting tomorrow.

2 請用（　）裡的內容寫下英文的答案，回答以下的問題。

① Are you going to make curry for dinner?　（→是）
　　　　　　　　　　　咖哩

----

② Will Mr. Smith be here later?　（→不是）
　　　　　　　　　　　晚點

----

③ What are you going to do this weekend?　（→打掃自己的房間）

打掃：clean

④ How long is Ms. Wilson going to stay in Japan?

（→預計停留 3 個星期）

146

3 請將以下的中文句子翻譯成英文。

① 我現在就要打電話給她。（will）

立刻、現在：now

② 明天早上會是晴天嗎？（will）

晴朗的：sunny　明天的……：tomorrow~

③ 我下星期要和艾瑪（Emma）見面。（be going to）

----

④ 你們要去哪裡吃午餐？（be going to）

吃午餐：have lunch

⑤ 我今年沒有去國外的計畫。（be going to）

去國外：go abroad

⑥ 你的父親快要退休了嗎？（be going to）

退休：retire　快要：soon

Coffee Break

might 的意義和用法

助動詞 might 的意思是「（或許）會……也說不定」。will 可以用來表達「（一定）會做……」、「（應該）會……」這種強烈的意願，但在不確定的時候，就要用 might。

- Try it. You will like it.（吃吃看，你一定會喜歡。）
  Try it. You might like it.（吃吃看，你說不定會喜歡。）
- It will rain later.（一定會下雨。）
  It might rain later.（或許會下雨也說不定。）

此外，might 也常用來表達自己「不確定」的心情。

- I might go camping next month（我下個月說不定會去露營。）
- I might be a little late.（我可能會遲到。）
- I might change jobs.（我或許會換工作。）

147

Lesson 55 「會……」的 can

助動詞 can、can 的否定句 / "can"

這一課我們要學習「會……」的說法。

在表達「會……」，如「會游泳」、「會說英文」時，要在**動詞的前面加上 can**。

I **can** swim.　　She **can** speak English.

在表達「不會……」時，使用否定形的 cannot（或是縮寫 can't）就可以了。對話中通常會使用 can't。

I **can't** swim.　　He **can't** speak English.

有兩點需要注意，① can 和 cannot 後面必須有動詞，句子才能成立。② can 和 cannot 後面接的動詞一律使用原形。

他會打棒球。
○ He **can** play baseball.
　動詞的原形

✗ He can baseball.　必須有動詞！
✗ He can plays baseball.　動詞是原形

can 也有「可以……」的意思，如果句子是 You can go home.（你可以回家。），就是「你回家也沒關係」的意思。

●英文會話　由於 can 和 can't 的發音很像，有時很難聽出差異，不過肯定的 can 通常發音較輕且短促，相較之下，否定的 can't 通常發音較重且音會拉得比較長。

Exercise

→ 解答在答案本 P.10
對完答案後，請跟著語音朗讀英文句子。

請將以下的句子翻譯成英文。

1. 我會彈鋼琴。

   鋼琴：the piano

2. 艾力克斯（Alex）不會彈吉他。

   吉他：the guitar

3. 他能跑得很快。

   跑：run　快速地：fast

4. 她不會讀日文。

   閱讀：read　日文：Japanese

5. 我可以和你一起去。

6. 你可以使用這支電話。

   電話：phone

7. 我沒辦法參加那場會議。

   參加：join　那場會議：the meeting

快速開口說！ 請用英文表達對話框中的內容。

你在線上課程聽不到老師的聲音。

抱歉，我聽不到。

請用 Sorry, 開頭。　聽得到（你的聲音）：hear you

Lesson 56 「會……嗎？」

can 的疑問句 / "Can...?" Questions

使用 can 詢問「會……嗎？」時，要用 Can 作為句子的開頭。
比方主詞是 you，就是 Can you...?，如果主詞是 he，就是 Can he...?。

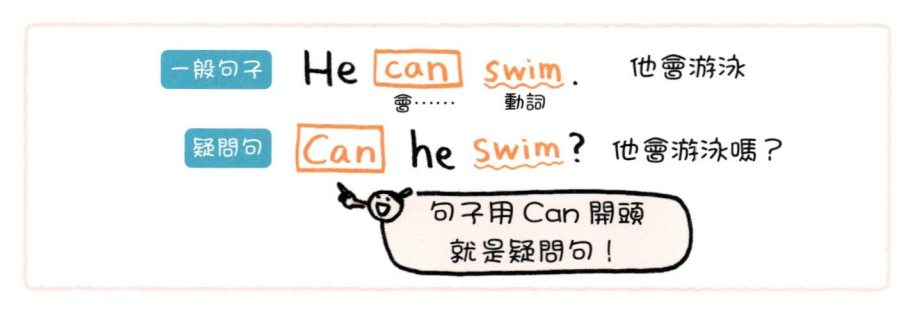

一般句子　He can swim.　他會游泳
疑問句　Can he swim?　他會游泳嗎？

句子用 Can 開頭就是疑問句！

Can...? 的疑問句，通常用 Yes, ...can. 或是 No, ...cannot.（縮寫為 can't）的句型來回答。

Can you cook?

回答方式
會　Yes, I can.
不會　No, I can't.

請注意，使用 can 的句子，**動詞一律使用原形**。

他會打棒球嗎？
○ Can he play baseball?
✗ Can he plays baseball?

使用 can 的句子，動詞一律是原形！

• 補充說明　can 的否定形雖然可以像 can not 這樣把 can 和 not 分開寫，但通常會用 can't 或 cannot 的寫法寫成一個單字。

Exercise

解答在答案本 P.10
對完答案後，請跟著語音朗讀英文句子。

請將以下的句子改寫成疑問句。

1. You can play the piano. →你會彈鋼琴嗎？

2. She can read Japanese. →她會讀日文嗎？

read：閱讀　Japanese：日文

請將以下的句子翻譯成英文。
然後用①「是」和②「不是」來回答問題。

（範例）你會做菜嗎？

　　　　Can you cook?

　→ ① Yes, I can.　　　② No, I can't.

3. 你會滑雪嗎？

滑雪：（動詞）ski

→ ①　　　　　　　　②

4. 你的姊姊會開車嗎？

你的姊姊：your sister　駕駛：drive

→ ①　　　　　　　　②

5. 你看得到那個招牌嗎？

招牌、標誌：sign

→ ①　　　　　　　　②

6. 你聽得見（我的聲音）嗎？

聽得見、聽到（我的聲音、我說的話）：hear me

→ ①　　　　　　　　②

Lesson 57 「我可以……嗎?」、「你可以……嗎?」

Can I...?, Can you..? / Casual Requests

can 的疑問句除了用來詢問「會……嗎?」，在會話中也很常用到。

Can I...? 如同字面上的意思，是在詢問「我能夠……嗎?」的句子，但也可以用來**請求同意**，詢問**「我可以……嗎?」**。

Can I use your pen?
Sure.
我可以用這支筆嗎?
好啊

用 Can I...? 表示「我可以……嗎?」

Can you...? 原本是詢問「你能夠……嗎?」的句子，但也可以用來**提出請求**，詢問**「你可以……嗎?」**。

Can you open the door?
Sure.
你可以幫我開門嗎?
好喔

用 Can you...? 表示「你可以……嗎?」

對於請求同意的 Can I...?（我可以……嗎?），以及提出請求的 Can you...?（你可以……嗎?）問題，如果要回答「可以」，通常會用 Sure.（當然）之類的表達方式，而不是 Yes, you can. 或 Yes, I can.。

Can I ~? / Can you ~?

好啊！
- Sure.（當然）
- All right.（好喔）
- OK.（好啊）

抱歉！
→ I'm sorry, ~.

說出拒絕的理由

•英文會話　Can I...? 雖然沒有 May I...? 那麼「客氣」，卻有種親切感，不只是朋友之間，在與店員的對話等也常使用到，可以像 Can I..., please? 一樣加上 please，會比較有禮貌。

Exercise

解答在答案本 P.10
對完答案後，請跟著語音朗讀英文句子。

請將以下的句子翻譯成英文。

1 我可以用你的手機嗎？

_____

使用：use　手機：phone

2 你可以幫我開門嗎？

_____

打開：open　門：the door

3 你可以幫我嗎？

_____

幫忙：help　我：me

4 我可以看這封信嗎？

_____

閱讀：read　信件：letter

5 我可以看那個嗎？

_____

看：see　那個：it

6 我可以要一點水嗎？

_____

擁有：have　一點水：some water

7 我可以試穿這件外套嗎？

_____

試穿……：try on~　外套：jacket

快速開口說！ 請用英文表達對話框中的內容。

因為機內很冷，請你問問空服員。

我可以要一條毛毯嗎？

拿到：have　毛毯：a blanket

Lesson 58 「您可以……嗎？」

Could you...? / Polite Requests

提出請求的時候用，要使用 Can you...? 對吧，這個 Can you...? 其實<u>就像在問「你可以……嗎？」，是很隨意的說法</u>，不是有禮貌的請求方式。

> Can you close the window?
>
> Can you...?
> 是隨意地提出請求
> （適合對朋友使用）
>
> 你可以關窗戶嗎？
>
> OK.

用 <u>could</u> 取代 Can you...? 的 can 後，就會變成較為客氣的請求方式，如同「您可以……嗎？」、「可以請你……嗎？」。Could you...? 是用更含蓄的感覺，詢問「是否有可能」，在對方或許會覺得困擾的時候，這是對任何人都能使用的請求方式。

> Could you close the window, please?
>
> 因為很冷……
>
> Could you...?
> 是禮貌地提出請求
>
> Sure.

對於 Could you...? 問題的回答方式，與回答提出請求的 Can you...? 一樣。

> Can you~? / Could you~?
>
> 好啊 ⎰ Sure. (當然)
>   ⎱ All right. (好喔)
>   OK. (好啊)
>
> 抱歉！ I'm sorry, ~. ← 說出拒絕的理由

●補充說明　could 是助動詞 can 的過去式，也有「過去能夠……」的意思。如果句子是 I couldn't find the book.，意思是「我沒能找到那本書（過去）」。

154

Exercise

解答在答案本 P.10
對完答案後，請跟著語音朗讀英文句子。

✏️ **請使用（　）內的單字，將以下的句子翻譯成英文。**

1. 你可以過來這裡嗎？（can）

   這裡：here

2. 您可以幫我的忙嗎？（could）

   幫助：help

3. 您可以在這裡等一下嗎？（could）

   等待：wait　在這裡：here

4. 可以幫我拍照嗎？（could）

   照片：a picture

5. 您可以打開暖氣嗎？（could）

   打開（開關）：turn on　暖氣：the heater

6. 您可以叫計程車嗎？（could）

   呼叫：call　計程車：a taxi

7. 您可以把它寫下來嗎？（could）

   把它寫下來：write it down

快速開口說！ 請用英文表達對話框中的內容。

對方講話的速度太快，你聽不懂。

不好意思，您可以再說一次嗎？

請用 Sorry, 開頭。　再說一次：say that again

Lesson 59　表示請求的 Will you...? 等表達方式

"Will / Would you...?"、"May I...?"

　　Will you...? 用來詢問未來的事情〈→ P.144〉，但也可以用來提出請求，<u>詢問「你可以……嗎？」</u>。（Will you...? 就像在說「你可以……嗎？（語氣直接）」、「你幫我……」，在有的情況下，聽起來像以對方會接受為前提，建議使用 Can you...? 比較保險。）

Will you open the door?

用 Will you...? 表示「你可以……嗎？」

OK.

　　把 will 換成 <u>would</u> 後，原本的 Will you...? 會變成比較客氣的請求。（這種說法也會讓對方難以拒絕，建議使用 Could you...? 給人的感覺會比較好，也比較保險。）

Would you take our picture?

可以請你幫我拍照嗎？

　　May I...? 用來提出請求，詢問 <u>「我可以……嗎？」</u>。這是 <u>比 Can I...? 更有禮貌的表達方式</u>，所以也可以對上位者使用。

May I use your pen?

我可以借用您的筆嗎？

Can I use your pen?

我可以借用你的筆嗎？

又要借？

　　對於 Will you...?, Would you...?, May I...?, Can I...? 的問題，回答方式都與 Could you...? 及 Can you...? 相同。

• 英文會話　根據狀況不同，在對方明白意思的情況下，也常會只用 May I...? 兩個字來請求同意。舉例來說，如果你指著空座位說出 May I...?，就是在問「我可以坐在這裡嗎？」的意思。

Exercise

→ 解答在答案本 P.10
對完答案後，請跟著語音朗讀英文句子。

✎ **請使用（　）內的單字，將以下的句子翻譯成英文。**

1. 你可以幫我嗎？（will）

2. 你可以洗碗嗎？（will）

   洗碗：wash the dishes

3. 可以請你關窗戶嗎？（would）

   關閉：close　窗戶：the window

4. 我可以坐在這裡嗎？（may）

   坐：sit　在這裡：here

5. 我可以用你的電腦嗎？（may）

   使用：use　電腦：computer

6. 可以請你告訴我你的名字嗎？（may）

   , please?

   擁有：have

7. （服務生對客人說）請問您要點餐了嗎？（may）

   點（你的）餐：take your order

快速開口說！　請用英文表達對話框中的內容。

在進校長的辦公室前，請你先知會他。

我可以進去嗎？

進去：come in

Lesson 60 「要做……嗎？」

"Shall I...?"、"Shall we...?"

在這一課，要學習的是使用 shall 這個單字的表達方式。

Shall I...? 用來表示提議，詢問「要（我）做……嗎？」，是比較正式的說法。

> Shall I carry your bag?
> 要我幫您拿包包嗎？
>
> 回答方式
> 麻煩你了！ Yes, please.
> 沒關係 No, thank you.

Shall we...? 用來提出邀請或表示提議，詢問「要（一起）做……嗎？」，這也是較為正式的說法。

> Shall we have lunch now?
> 要去吃午餐嗎？
>
> 回答方式
> 好啊。 Yes, let's.
> 不了 No, let's not.

此外，發生令人困擾的事情，想表達「該怎麼辦？」的時候，可以說 What shall we[I] do?。

也請記住這個用法哦。

> What shall we do?
> 發生問題

・英文會話 由於 shall 給人的感覺很正式，日常對話幾乎不會用到。通常會使用 Do you want me to...? 或是 Should I...? 代替 Shall I...?，Why don't we...? 代替 Shall we...?。

Exercise

解答在答案本 P.10
對完答案後,請跟著語音朗讀英文句子。

請使用 shall 將以下的句子翻譯成英文。

1. 要我幫忙嗎?

幫忙:help

2. 要一起去吃午餐嗎?

午餐:lunch 一起:together

3. 要我稍後打電話給你嗎?

電話:call 稍後:later

4. 要把窗戶打開嗎?

窗戶:the window

5. 要我拿一點水來嗎?

拿來:bring 一點水:some water

6. 今天下午要去散步嗎?

去散步:go for a walk

7. (我們)要去哪裡呢?

8. 〈迷路的時候〉我們該怎麼辦?

Lesson 61 「必須……」①

"have to..."、"has to..."

這一課要學習的是表達**因為某種原因或規則**，必須要做某件事的說法。

要像「我必須回家了」、「在這裡必須說英文」這樣，表達「**必須……**」時，動詞的前面要加上 have to。

> I have to go home now.
> 必須……
>
> 我有門禁，所以必須回去了！

> You have to speak English here.
> 必須……
>
> 老師！你在這裡必須說

have to 的 have 不是意思為「擁有」的動詞，請把 have to 想成意思是「必須……」的片語。

主詞為第三人稱單數時，要說 has to...。

> She has to go to her piano lesson.
> 第三人稱單數
>
> 她沒辦法來啊～　她好像有鋼琴課

有兩點需要注意，①需要依照主詞分別使用 have 和 has。② to 後面接的動詞一律使用原形。

| I, you, 複數 | I have to make dinner. |
| 第三人稱單數 | He has to make dinner. |

一律是原形　必須
做　晚餐

●補充說明　提及過去的事情，說出「（過去）必須……」時，have 要變成過去式，用 had to 來表達。（範例）I had to get up early this morning.（我今天早上必須早起。）

Exercise

→ 解答在答案本 P.11
對完答案後，請跟著語音朗讀英文句子。

✏️ **請使用 have to 或 has to，將以下的句子翻譯成英文。**

1. 我明天必須 5 點起床。

2. 他必須做早餐。

   早餐：braekfast

3. 尼克（Nick）必須去醫院。

   醫院：the hospital

4. 你必須練習鋼琴。

   練習鋼琴：practice the piano

5. 我現在必須完成作業。

   完成（我的）作業：finish my homework

6. 我這個週末必須去工作。

   去工作：go to work　這個週末：this weekend

7. 史密斯先生（Mr. Smith）必須去學校接他的小孩。

   去學校接他的小孩：pick his kids up from school

💬 〈快速開口說！〉 **請用英文表達對話框中的內容。**

當你注意到時，已經到了必須回家的時間。

我現在必須走了。

現在：now

Lesson 62　**have to 的否定句和疑問句**

have[has] to... 的疑問句、否定句 /　"have to" Questions

　　在 have to 的前面加上 don't 或 doesn't，句子就會變成否定句。主詞是第三人稱單數時用 doesn't have to（不用 has）。

　　否定句的意思是「不必……」、「不做……也沒關係」。

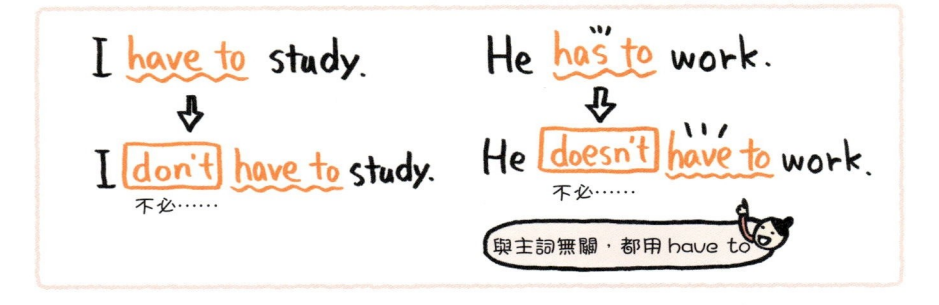

I have to study.
↓
I don't have to study.
不必……

He has to work.
↓
He doesn't have to work.
不必……
與主詞無關，都用 have to

　　have to 的疑問句，句子用 Do 或 Does 開頭，主詞如果是第三人稱單數，則用 Does~ have to...?（不用 has）。

　　疑問句的意思是「必須……嗎？」。

Does Dad have to work tomorrow?
疑問句是用 Do 或 Does 作為句子的開頭……
一律使用 have to
爸爸明天必須工作嗎？

　　回答方式也和回答 Do[Does]...? 的疑問句時相同。

　　回答 No 是「沒有必要」、「不那麼做也沒關係」的意思。

Do you have to ~?
是　Yes, I do.
不是　No, I don't.

Does she have to ~?
必須　Yes, she does.
不必　No, she doesn't.

• 補充說明　have to 的過去式否定句是 didn't have to，疑問句是 Did...have to...?。（範例）I didn't have to wait.（我之前不必等。）Did you have to wait?（你之前必須等嗎？）

Exercise

解答在答案本 P.11
對完答案後，請跟著語音朗讀英文句子。

請把 1 和 2 改寫成否定句，3 和 4 改寫成疑問句。

1. You have to hurry. →你<u>不必</u>趕時間。

   hurry：趕時間

2. Amy has to get up early tomorrow.
   →艾咪明天<u>不必</u>早起。

3. You have to finish this by tomorrow.
   →你<u>必須在</u>明天之前完成這個<u>嗎</u>？

4. Jim has to leave Japan next month.
   →吉姆下個月<u>必須</u>離開日本<u>嗎</u>？

   leave：離開

請將以下的句子翻譯成英文。
然後第 7 題請用①「是」和②「不是」來回答問題。

5. 你現在必須走了嗎？

   現在：now

6. 我今天不工作也沒關係。

   工作：work

7. 我必須出席那場會議嗎？

   出席那場會議：join the meeting

   → ①   ②

Lesson 63 「必須……」②

"must"

想表達「（無論如何）必須做！」、「（務必）應該那麼做」等說話者主觀的想法時，比起 have to，更常會使用 must。

must 只用一個單字就能表示「必須……」的意思，要放在動詞的原形前面。

即使主詞是第三人稱單數，must 的型態也不會改變。

You **must** eat it.
必須……
吃青菜！
哎～

She **must do** her homework.
必須……
所以她不能出門
作業……

must 的否定句，是在 must 的後面加上 not。must not 的縮寫為 mustn't。

must 的否定句，意思是「絕對不可以……」，表示強烈的禁止。

You must **not** move.
你絕對不可以動

表示否定的 mustn't 和 don't have to 意思不同，請特別注意。

You mustn't eat it.
絕對不行
吃

You don't have to eat it.
不敢吃香菇
不做也沒關係！

•英文會話 have to 表示因為某種客觀的原因，「必須……」的狀況，must 則表示說話者自身的感受，覺得「（無論如何）必須做！」。在實際的會話中，使用 have to 的機會比 must 來得多。

Exercise

→ 解答在答案本 P.11
對完答案後，請跟著語音朗讀英文句子。

請使用 must，將以下的句子翻譯成英文。

1. 你必須去醫院。

   醫院：the hospital

2. 你們在課堂上絕對不可以使用日文。

   在課堂上：in class

3. 你絕對不可以碰這些畫。

   碰觸：touch　畫：paintings

4. 他今天必須待在家。

   待在家：stay home

5. 你必須在 4 月 1 日之前提出申請。

   申請：apply　在……之前：by~

6. 我們絕對不可以放棄。

   放棄：give up

7. 所有人都必須戴上口罩。

   所有人、每個人：everyone　穿戴：wear　口罩：a mask

快速開口說！ 請用英文表達對話框中的內容。

當你注意到時，已經快要遲到了。

我們必須快一點。

請使用 must。　趕緊：hurry

複習時間

解答在答案本 P.11

對完答案後，
請跟著語音朗讀英文句子。

1-75

Chapter 11 助動詞、have to 等

1 請從（　）內選出適當的答案，並用○圈起來。

① I（can / have / must）to study math today.
　　　　　　　　　　　　　　　　　數學

② You（aren't / don't / mustn't）have to eat it.
　　　　　　　　　　　　　　　　　　　　　吃

③ You（must / have / has）listen to your teacher.
　　　　　　　　　　　　　　　　　　　聽

④ You mustn't（swim / swims / swimming）here.

2 請選出最適合回答以下問題的答案，並用○圈起來。

① Can I use your pencil?
　　A　Yes, I can.　　B　OK. Here you are.　　C　No, I can't.

② Do I have to go now?
　　A　Yes, I do.　　B　No, thank you.　　C　No, you don't.

③ Will you close the door?
　　A　Sure.　　B　Yes, you will.　　C　No, I don't.

④ Shall we have dinner now?
　　A　Yes, we did.　　B　No, you don't.　　C　Yes, let's.

⑤ Could you help me with my homework?
　　　　　　　　　　　　　　　　　　　　help（人）with：幫忙（某人）……
　　A　Yes, please.　　B　No, thank you.
　　C　I'm sorry, but I'm busy today.

166

3 以下的情況，應該和對方說什麼呢？請使用（　）內的單字造出英文句子。

① 向對方提出「需要我幫忙嗎」的時候。（shall）

---

② 在對方的房間前說「我可以進去嗎？」，請求同意的時候。（may）

進入：come in

③ 向對方提出請求，詢問「你可以打開窗戶嗎？」的時候。（can）

---

④ 告訴對方「你不必擔心」的時候。（have）

擔心：worry

⑤ 向對方提議「我們要不要 2 點在這裡見面？」的時候。（shall）

見面：meet　在這裡：here

⑥ 提出「您可以在這裡等候嗎？」的請求時。（could）

Coffee Break

Should 的意義和用法

助動詞的 should 意思是「做……比較好」、「應該……」。除了可以在想給點提議，或者是說出自己的推薦時使用，也可以用來給予忠告和建議。

◆「提議、推薦」
 ・You should watch this video.　　（你應該看一下這個影片。）
◆「建議、意見」
 ・Where should I get off the bus?　（我要在哪裡下公車會比較好？）
 ・You should ask your mom first.　（你應該一開始就問你媽媽。）
◆「忠告、提醒」
 ・You should be more careful.　　（你應該要更加小心。）

此外，也可以用 Should I...? 的句型，提出「要（我）做……嗎？」的疑問，這是比 Shall I...? 更為隨意的說法。

 ・Should I open the window?　　（要我打開窗戶嗎？〈打開會比較好嗎？〉）

Lesson 64 「不定詞」是什麼？

不定詞的句型和用法 / How to Use the Infinitive "to do"

英文句子的原則，是一個句子裡要有一個動詞，不過這樣只能造出內容簡單的句子。

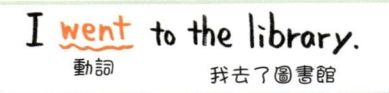

> I <u>went</u> to the library.
> 動詞　　我去了圖書館

舉例來說，想要提升上方的「我去了圖書館」這個簡單句子的複雜程度，說出「我**為了念書**去了圖書館」時，要使用的就是這一課會學到的「不定詞」。

方法很簡單，只要在上方的句子加上表示「為了念書」的 to study 即可。

> 你好認真～
> I <u>went</u> to the library to study.
> 加在後面就好！

這個〈to＋動詞〉稱為「不定詞」，使用不定詞，就可以替整個句子的動詞（在上方的句子裡指的是 went）增添資訊。

上方的句子是過去式的句子，但 to 之後的動詞依舊維持 study 對吧？〈to＋動詞〉的**動詞不管什麼時候都是原形**。

> He <u>visits</u> Kyoto to see his sister.
> 整個句子的動詞　　×sees
>
> I <u>visited</u> Kyoto to see my sister.
> 　　　　　　　　×saw
> 為了去見姊姊
>
> 不論主詞或時態（現在、過去等）是什麼，都是 to＋動詞的原形！

不定詞除了「為了……」之外，也有「去做……」、「為達成……目標」的意思。我們會在下一課學習到詳細的用法，在這一課請先記住兩點，①〈to＋動詞〉表示「為了……」的意思，② to 後面接的動詞一律是原形。

• 文法用語　動詞本來會因為主詞（是否為第三人稱單數）及時態（現在或過去）的影響，要使用「特定的」型態。可是不定詞脫離了動詞本來作為句子骨幹的功能，型態不受主詞與時態的影響，因此稱為「不定詞」。

Exercise

🔊 2-01

解答在答案本 P.11
對完答案後，請跟著語音朗讀英文句子。

請選出符合中文的正確英文，用◯把代號圈起來。

1. 我為了念英文去圖書館。
   A I go to the library to study English.
   B I go to the library study English.

2. 他為了打網球去公園。
   A He goes to the park to play tennis.
   B He goes to the park to plays tennis.

3. 我為了見朋友而拜訪京都。
   A I visited Kyoto to saw my friend.
   B I visited Kyoto to see my friend.

請改寫以下的英文句子，增添畫底線的資訊

（範例）I went to the library.
　　→我為了<u>念書</u>去了圖書館。
　　　I went to the library to study.

4. He gets up early.
　→他<u>為了做早餐</u>而早起。

早餐：breakfast

5. Mike went to the office.
　→麥克去公司<u>處理工作</u>。

處理（一些）工作：do some work

Chapter 12　不定詞（基礎）、動名詞

169

Lesson 65　**「為了……」**

不定詞（副詞的用法）／ "to do" Adverb Phrases

〈to＋原形動詞〉的第一種基本用法：〈to＋原形動詞〉可以用來表示「目的」，意思是「為了……」，比方要說「我為了見叔叔去了沖繩」時，就會使用〈to＋原形動詞〉。

> I visited Okinawa **to see** my uncle.
> 　　　　　　　為了見到　　叔叔
>
> to... 的第一種意思「為了……」

〈to＋原形動詞〉不只有「為了……」的意思，也可以用來表達「做……（感到高興）」。比方要說「我很高興再見到你」的時候。

> I'm glad **to see** you again.
> 　　高興　　見到

也就是用〈to＋原形動詞〉來說明變「高興」的原因。

如右圖所示，〈to＋原形動詞〉常與表達心情（情緒）的形容詞搭配使用。

be happy(glad) to～	很高興……
be sad to～	很難過……
be sorry to～	很遺憾……
be surprised to～	很驚訝……

●文法用語　意思是「為了……」的不定詞，是在為整個句子的動詞增添說明。而意思是「做……」的不定詞，是為前面的形容詞增添說明，由於這種修飾動詞或形容詞的功能與副詞相同，因此稱為「副詞用法」的不定詞。

Exercise

> 解答在答案本 P.11
> 對完答案後，請跟著語音朗讀英文句子。

請將以下的句子翻譯成英文。

1. 我為了學習藝術而前往巴黎。
   I went to Paris _____ art.
   藝術

2. 艾莉卡為了成為老師而學習英文。
   Erika studies English _____.
   成為……：be

3. 他為了玩遊戲而買了電腦。
   He bought a computer _____.
   遊戲：games

4. 我的哥哥為了買車而努力工作。
   My brother worked hard _____.
   努力地

5. 我為了帶我的狗散步而早起。

   早點：early　帶我的狗散步：walk my dog

6. 史密斯先生（Mr. Smith）今天早上為了見你而過來。

   見到：see

7. 我很高興聽到那件事。

   高興：be happy　聽到：hear　（聽到對方說的話）那件事：that

8. 我很遺憾聽到那件事。

   遺憾：be sorry

9. 看到那張照片，我很驚訝。

   驚訝：be surprised　那張照片：the picture

Lesson 66 「做某件事」

不定詞（名詞的用法）／ "to do" Noun Phrases

〈to ＋原形動詞〉的第二種意思：〈to ＋原形動詞〉也可以用來表示**「做某件事」**，會接在 like 或 want 等動詞的後面。

比方接在 like to... 的後面，就會變成**「喜歡做某件事」**的意思。

I like to talk with my friends.
沒錯沒錯　說話　然後……
to... 的第二種意思「做某件事」

want 的意思是「想要、希望」，所以 want to... 會變成「想要做某件事」→「想要……」的意思。

I want to go to Brazil.
我想要去巴西！

I want to be a soccer player.
要上囉～
我想要成為足球選手！

意思是「做某件事」的〈to ＋原形動詞〉，還常會用於右圖的句型。

start (begin) to～	開始……
try to～	嘗試……
need to～	需要……
decide to～	決定……

●文法用語　意思是「做某件事」的不定詞，除了像 like to... 或 want to... 作為動詞的受詞，也會用來當作句子的主詞或補語。由於這種用法具有名詞的功能，因此稱為「名詞用法」的不定詞。

Exercise

→ 解答在答案本 P.11
對完答案後，請跟著語音朗讀英文句子。

請以下的句子翻譯成英文。

1. 我想要造訪許多國家。
   I want _____.

   造訪：visit　許多國家：many countries

2. 我將來想要成為老師。
   I want _____.

   老師：a teacher　將來：in the future

3. 瓊斯先生喜歡拍照。
   Mr. Jones likes _____.

   拍照：take pictures

4. 開始下雨了。
   It began _____.

   下雨：rain

5. 他去年開始學日文。
   He started _____.

6. 我嘗試用英文對他說話。
   I tried _____.

   對……說話：speak to　用英文：in English

7. 他需要買一些蔬菜。
   He needed _____.

   一些蔬菜：some vegetables

8. 我決定要換工作了。
   I decided _____.

   換工作：change jobs

9. 我不喜歡在眾人面前說話。
   I don't like _____.

   說話：speak　在眾人面前：in front of people

Lesson 67 「可以用來……的」

不定詞（形容詞的用法）/ "to do" Adjective Phrases

〈to ＋原形動詞〉的第三種意思：〈to ＋原形動詞〉也可以用來表示**「可以用來……的」**、**「需要／應該做的」**。

比方 homework to do 表示「需要做的作業」，time to watch TV 表示「可以用來看電視的時間」。

〈to ＋原形動詞〉是在 homework（作業）或 time（時間）這類名詞的**後面增添說明**的句型。

something to... 表示「可以（用來）……的東西」，例如 something to eat 的意思就是「可以吃的東西」。

另外，nothing 是用一個單字表達「什麼都沒有」的否定意思（＝ not...anything）。（I have nothing to do. ＝ I don't have anything to do.）

• 文法用語　意思是「可以……的」的不定詞，功能是替前面的名詞，或者是為 something 等代名詞增添說明。由於這種用法和修飾名詞的功能與形容詞相同，因此稱為「形容詞用法」的不定詞。

Exercise

>> 解答在答案本 P.12
對完答案後，請跟著語音朗讀英文句子。

請將以下的句子翻譯成英文。

1. 我今天有許多需要做的工作。
   I have a lot of _____ today.
   工作：work

2. 她沒有時間可以用來看書。
   She doesn't have _____ .
   看書：read books

3. 京都有許多應該要去看的地方。
   There are many _____ in Kyoto.
   地方：places　看：see

4. 現在是該睡覺的時間了，喬。
   It's _____ , Joe.
   睡覺：go to bed

5. 我想要可以喝的東西。
   I want _____ .
   喝：drink

6. 你明天有什麼事需要做的嗎？
   Do you have _____ tomorrow?
   （在疑問句裡）什麼事：anything

7. 我們去買可以吃的東西吧。
   Let's get _____ .
   吃：eat

快速開口說！請用英文表達對話框中的內容。

你被問到接下來的行程。

我今天沒有事要做。

請使用 nothing。

Chapter 12　不定詞（基礎）、動名詞

175

Lesson 68 「動名詞」是什麼？

動名詞的句型與意義 / What Are Gerunds?

用英文說「喜歡做某件事」時，可以用 like to...。此外，也可以用動詞的 ing 形式表達差不多的內容。

> 我喜歡打網球
> I like **to play** tennis.
> I like **playing** tennis. （動名詞）
> 動詞 + ing 表示「做某件事」

這個 ing 形式的意思是**「做某件事」**。這是把動詞當作名詞用的型態，因此這樣的 ing 形式稱為「動名詞」。

「喜歡做某件事」可以用 like to...，也可以用 like ...ing 來表達，「開始做某件事」可以用 start to...，也可以用 start ...ing 來表達。不過〈to...〉和〈...ing〉並不是完全相同，請注意下方的重點。

首先，有一個規則是表達右圖的三種意思時，只能使用 ing 形式（動名詞）。要說「享受某件事」時，一律使用 enjoy ...ing，不能說 enjoy to...（×）。

> enjoy ~ing ➡ 享受某件事
> finish ~ing ➡ 完成某件事
> stop ~ing ➡ 停止做某件事

相對的，「想要……」一律要使用 want to...，不能說 want ...ing（×）

在表達「煮魚很簡單」的時候，也可以用動名詞作為句子的主詞。

> 做某件事
> **Cooking** fish is easy.
> 不可以用 Cook！

●補充說明　動名詞不只可以當作動詞的受詞，以及句子的主詞，還可以放在介係詞的後面。（範例）I'm good at playing the guitar.（我很擅長彈吉他。）

Exercise

→ 解答在答案本 P.12
對完答案後,請跟著語音朗讀英文句子。

請使用動名詞,將以下的句子翻譯成英文。

1. 我們享受了聊天的樂趣。

　　享受:enjoy　聊天、說話:talk

2. 我的父親喜歡聽音樂。

　　聽音樂:listen to music

3. 她把故事讀完了。

　　故事:the story

4. 做咖哩很簡單。

　　做咖哩:cook curry

請請從 [ ] 中選擇適當的答案並填入 ( )。
請注意該使用動名詞還是不定詞。

5. 我寫完電子郵件了。
   I finished ( ) the e-mail.　[writing / to write]

6. 他想要見你。
   He wants ( ) you.　[seeing / to see]

7. 他們一起享受了念書的樂趣。
   They enjoyed ( ) together.
   　　　　　　　　　　一起　[studying / to study]

8. 不要再看手機了!
   Stop ( ) at your phone!　[looking / to look]
   　　　　　手機

Chapter 12　不定詞(基礎)、動名詞

177

Lesson 69　禮貌地表達請求的說法

"I'd like (to) ..."

這一課要學習的是可以用來表達自己請求的便利說法。

在遇到要用提出「我想要……」的方式，表達請求的情況，雖然可以說 I want....，但這種說法有時候聽起來會很幼稚，像在說「給我……！」。

如果把 I want.... 換成 I'd like.... 的表達方式，就會變成「我想要……」這種**禮貌且成熟的說法**。一般要禮貌地表達自己的請求時，會偏好使用 I'd like....。

I'd like this one, please.
我想要這個，謝謝
我不會唸

I'd like....
是 I want....
（我想要……）
的禮貌的表達方式。

I'd 是 I would 的縮寫。（would 是 will 的過去是，發 [wud] 的音。）在口語上，通常會使用縮寫的 I'd like.... 形式。

在表達「想要做某事」的時候，用 I'd like to.... 取代 I want to....，就能變成語氣禮貌且成熟的說法。（to 的後面接動詞的原形。）

I'd like to send this letter to Japan.
POST OFFICE
我想要把這封信寄到日本

I'd like to....
是 I want to....
（想要做某事）
的禮貌的表達方式。

・補充說明　〈I'd like 人 to...〉是「想請某人做……」的意思，是〈I want 人 to...〉〈→P.256〉的禮貌的表達方式。
（範例）I'd like you to join us.（我想請你成為我們的夥伴。）

Exercise

→ 解答在答案本 P.12
對完答案後，請跟著語音朗讀英文句子。

請將以下的句子翻譯成英文。請使用 I'd like 翻譯成禮貌的說法。

1. 我想要一個漢堡，謝謝。

   _____, please

   一個漢堡：a hamburger

2. 我想要一杯茶。

   _____

   一杯：a cup of　茶：tea

3. 我想要一些水。

   _____

   一些：some　水：water

4. 我想要去洗手間。

   _____

   廁所、洗手間：the bathroom

5. 我有一些問題想要問。

   _____

   詢問：ask　一些：some　問題：questions

6. 我想要預約。

   _____

   預約：make a reservation

7. 我想要試穿這件外套。

   _____

   試穿……：try on~　外套：jacket

快速開口說！ 請用英文表達對話框中的內容。

你在國外搭計程車，請用地圖告訴對方你要去的地方。

我想要去這裡。

Lesson 70 詢問對方需求的方式

"Would you like (to) ...?"

這一課，我們要學習上一課學過的 would like 的疑問句。

在詢問對方的需求，例如「你要喝點茶嗎？」的時候，把 Do you want some tea? 換成 Would you like some tea?，就會變成禮貌且成熟的說法。

Would you like...? 是 Do you want...? 的禮貌版表達方式，意思是「你想要……嗎？」、「你要……嗎？」，常用來推薦食物或飲料。

> Would you like some tea?
> 你要來點茶嗎？
>
> Would you like...?
> 是
> Do you want...?
> 的禮貌的表達方式

Would you like to...? 是「你願意做……」的意思。（Do you want to...? 的禮貌的表達方式，to 的後面接動詞原形。）

> Would you like to come to my house for dinner?
> 你願意來我家吃晚餐嗎？
>
> Would you like to...?
> 是
> Do you want to...?
> 的禮貌的表達方式

也可以使用 What 等疑問詞，例如 What would you like to...?（你想要……什麼？）。

●重新學習 would 是 will 的過去式，使用助動詞的過去式，可以表現出迂迴且委婉的感覺，所以會變成禮貌的表達方式。

Exercise

解答在答案本 P.12
對完答案後，請跟著語音朗讀英文句子。

請將以下的句子翻譯成英文。請使用 **would you like** 翻譯成禮貌的說法。

1. 你願意跟我們一起來嗎？

2. 你要喝點東西嗎？

   東西：something

3. （電話中）您想要留言嗎（要我幫你留下訊息嗎）？

   留下：leave　訊息：a message　※ 用來表達「○○現在不在，你想要留言嗎？」。

4. 你的生日想要什麼？

   _____ for your birthday?

5. 你想要吃什麼？

   吃：eat

6. 你想要去哪裡？

7. 你想要哪一個？

   哪一個：which one

快速開口說！　請用英文表達對話框中的內容。

請推薦你的得意之作沙拉。

要不要來一些沙拉？

一些：some　沙拉：salad

複習時間

解答在答案本 P.12
對完答案後，
請跟著語音朗讀英文句子。

2-08

Chapter 12 不定詞（基礎）、動名詞

1 請從（ ）內選出適當的答案，並用○圈起來。

① My sister likes（play / to plays / to play）soccer.

② We enjoyed（to talk / talking / talked）about the new movie.

③ Why did Ann get up so early?
　—（Walk / To walk / Walking）her dog in the park.

④ （Studying / Study / Studies）history is interesting.
　　　　　　　　　　　　　　　歷史　　　有趣的

2 請重新排列下方（ ）內的詞語，組成正確的英文句子。

① I have a lot（of / do / homework / to）.
　I have a lot _____ .

② Amy（something / wants / to）drink.
　Amy _____ drink.

③ （to / London / I'd / like / visit）someday.
　　　　　　　　　　　　　　　有朝一日
　_____ someday.

④ （you / would / some / like）water?
　_____ water?

⑤ （to / like / come / would / you）with me?
　_____ with me?

182

3 請將以下的中文句子翻譯成英文。

① 她想要成為老師。

_____

成為……：be

② 我們需要減少垃圾。

_____

需要：need　減少：reduce　垃圾：waste

③ 雨很快就會停。

_____ soon.

請使用 will。

④ 他為了滑雪而造訪加拿大。

_____

滑雪（動詞）：ski

⑤ 我沒有時間可以用來看電視。

_____

⑥ 我上個月開始使用這支電話。

_____

電話：phone

⑦ 母親從兩年前開始學英文。

_____

學習：learn

Coffee Break　不定詞和動名詞的各種注意事項

● something cold to drink 之類的用法
「可以（用來）……的東西」是用〈something to + 原形動詞〉來表達。something 要加上形容詞時，形容詞要緊接在 something 之後，anything 也是一樣。

・I want something cold to drink.（我想要喝點冰的飲料。）
・I have something important to tell you.（我有重要的事要告訴你。）

● 不定詞和動名詞會讓意義變得不同
有時動詞會因為後面接的是不定詞還是動名詞，而有不同的意義。

・try to~：試著（努力）要做……　　・try ~ing：嘗試做……
・forget to~：忘記要做…　　　　　・forget ~ing：忘記做過……
・remember to~：記得要做……　　・remember ~ing：記得做過……

Lesson 71 **連接詞 that 是什麼？**

連接詞 that 的用法 / Conjunction "that"

這一課要學習的是「**覺得／認為……**」、「**知道……**」的說法。

「英文很簡單」的英文是 English is easy.，那「我覺得英文很簡單」該怎麼說呢？

只要在 I think（我覺得）的後面加上 that（**……這件事情**），然後再接著說 English is easy 就可以了。

我覺得　英文很簡單！
I think {that} English is easy.
……這件事情　　that 後面接在想的事情

我覺得 □
  ‖
I think that □.

要說「我知道……」的時候，也是使用 that，用 I know that.... 來表達。

我知道　梅格很忙
I know {that} Meg is busy.
that 的後面接知道的事情　　句型是要接在後面！

我知道 □
  ‖
I know that □.

這個 that 不是「那個」的意思，它的功能是把 I think 或 I know 這類的〈主詞＋動詞〉，與表達內容的另一個〈主詞＋動詞〉（English is easy 之類的）連接在一起。

that 在會話中**經常會被省略**，即使省略，意思也不會改變。

I know Meg is busy.
that 拉掉　沒有 that 也可以！

●文法用語　包含〈主詞＋動詞〉的一組文字稱為「子句」，I think English is easy. 分成 I think 以及 English is easy 兩個子句，I think 是主要的，因此稱為「**主要子句**」，English is easy 是附屬的，稱為「**從屬子句**」。

Exercise

解答在答案本 P.12
對完答案後，請跟著語音朗讀英文句子。

請改寫以下的英文句子，增添畫底線的資訊。

（範例）English is easy. →**我覺得**英文很簡單。
I think English is easy.

1 This book is interesting. →**我覺得**這本書很有趣。

2 Emma likes sports. →**我知道**艾瑪喜歡運動。

3 You'll enjoy this movie. →**我覺得**你會很享受這部電影。

請將以下的句子翻譯成英文。

4 我覺得日文很難。

困難的：difficult

5 我知道你很忙。

6 我知道瓊斯小姐（Ms. Jones）來自英國（the U.K.）。

來自……：be from

7 我認為我們需要更多的時間。

需要：need 更多的時間：more time

Lesson 72 連接詞 when 是什麼？

表示「時間」的連接詞 / Conjunction "when"

這一課要學習的是「……的時候」的說法。

「（過去）在下雨」的英文是 It was raining.，要表達「我起床的時候在下雨」時，就會使用 **when**。

這個 when 不是詢問「什麼時候」的疑問詞，而是表示「**……的時候**」的連接詞，when 的後面接〈主詞＋動詞〉。

如果要說「我起床**的時候**」，就會是 when I got up。

> It was raining [when I got up].
> 「……的時候」→ 要說「的時候」時使用 when
> 具體表示是什麼時候
> 下雨……

上面的句子也可以先把 when... 的部分說出來，用 When I got up, it was raining. 的方式表達。

請確認以下的英文句子。

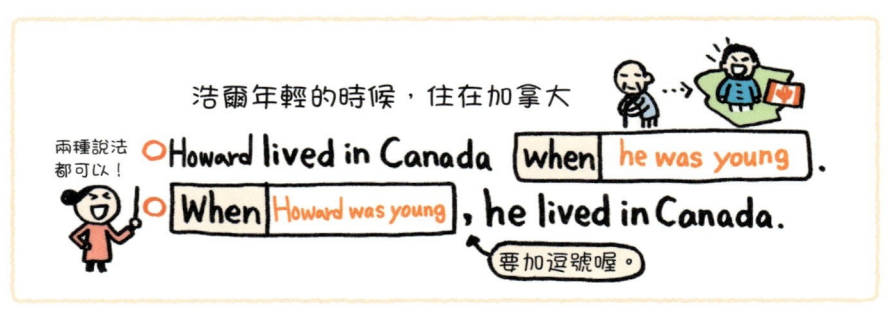

> 浩爾年輕的時候，住在加拿大
> 兩種說法都可以！
> ○ Howard lived in Canada [when he was young].
> ○ [When Howard was young], he lived in Canada.
> 要加逗號喔。

當 when... 的部分移動到前面來時，請注意要用逗號把句子分段。

補充說明　除了 when 之外，before（……之前）／ after（……之後）／ while（在……的期間）也是用來表示時間的連接詞。（範例）Finish your homework before you watch TV.（你看電視之前，要先完成你的作業。）

Exercise

解答在答案本 P.12
對完答案後，請跟著語音朗讀英文句子。

✎ **請將以下的句子翻譯成英文。**

1. 我起床的時候正在下雪。
   It was snowing   .

   起床：get up

2. 我年輕的時候住在東京。
   I lived in Tokyo   .

   年輕的：young

3. 他叫我名字的時候，我正在聽音樂。
   I was listening to music   .

   呼喚：call

4. 我回家的時候，母親正在看電視。
   My mother was watching TV   .

   回家：get home

5. 你到車站的時候，請打電話給我。
   Please call me   .

   到達……：get to

6. 我小時候想要成為警察。

   警察：a police officer

7. 我們抵達那裡的時候，已經超過 10 點了。

   超過 10 點：past ten　　抵達：arrive

⊙ ＜快速開口說！＞ **請用英文表達對話框中的內容。**

對方說她昨天有打電話給你。

你打來的時候，我正在睡覺。

請從「你打電話給我的時候」的方向去思考答案。睡覺是「sleep」。

Chapter 13 ▶ 連接詞

Lesson 73 連接詞 if, because

表示「條件」、「理由」的連接詞 / Conjunction "if / because"

要表達「如果你很忙，我會幫你」的時候，會使用 if。If 的意思是 <u>「如果……」</u>，if 的後面接「如果」的內容（條件）。

如果……
I'll help you **if** you're busy.
幫忙的條件。
要說「如果」來表示條件時，使用 if！
我來幫忙～

這個順序也可以！

If you're busy, I'll help you.
（逗號）

要表達<u>「因為你遲到了，他正在生氣」</u>時，會使用 because。because 是<u>「因為……」</u>、<u>「所以……」</u>的意思，because 的後面接「理由」。

「因為……」
He is angry **because** you are late
「生氣」的理由。
要說「理由」時，使用 because！

在回答 Why...? 的問題的理由時，也會使用 because。

Why do you study English?
你為什麼要學英文？

Because I want to travel abroad.
因為我想去國外旅行

• 文法用語

「……的時候」的 when 和「如果……」的 if... 的部分發揮了副詞的功能，因此稱為副詞子句。在副詞子句中，即使是未來的事情，也會用現在式表示。I'll be home if it <u>rains</u> tomorrow.（如果明天下雨，我就待在家。）

Exercise

解答在答案本 P.13
對完答案後，請跟著語音朗讀英文句子。

請將以下的句子翻譯成英文。

1. 因為你遲到了，布朗先生（Mr. Brown）在生氣。
   Mr. Brown is angry _____.

   遲到：late

2. 如果你肚子餓了，我去做三明治。
   I'll make sandwiches _____.

   飢餓的：hungry

3. 他感冒了，所以沒有去上班。
   He didn't go to work _____.

   感冒：have a cold

4. 如果你想睡了，可以去睡。
   You can go to bed _____.

   想睡的：sleepy

5. 如果你有時間，請跟我來。
   _____, please come with me.

   有時間：have time

6. 因為我想看電視，所以我回家了。

   回家：go home

快速開口說！ 請用英文表達對話框中的內容。

請在自我介紹的最後接受提問。

如果有任何問題，請問我。

任何：any　問題：questions　問我：ask me

複習時間

Chapter 13 連接詞

1 請從（　）內選出適當的答案，並用○圈起來。

① （When / Because / If）I got up, it was raining.

② Why were you absent from school yesterday?
　— （When / Because / To）I had a fever.

③ He'll pass the exam（that / if / so）he studies hard.

④ I'm sleepy（because / when / that）I went to bed at two last night.

2 請重新排列下方（　）內的詞語，組成正確的英文句子。

① 我覺得數學很有趣。（math / that / interesting / think / is）
　I _____ .

② 如果你有空，請幫忙我。（are / help / you / me / if / free）
　Please _____ .

③ 她知道他是老師。（he / knows / a teacher / is）
　She _____ .

④ 他年輕的時候很瘦。（when / young / thin / was / he）
　He was _____ .

⑤ 我到家的時候，父親正在做晚餐。
　（when / cooking / I / was / dinner / home / got）
　My father _____ .

⑥ 你覺得日文很難嗎？（is / Japanese / you / difficult / do / think）
　_____

3 請將以下的中文句子翻譯成英文。

① 如果你現在去，就能趕上那班公車。
   You'll _____ .

   趕上那班公車：catch the bus

② 因為他很忙，所以不會來派對。
   He _____ .

③ 我覺得她會來派對。

   _____

④ 我認為他是對的。

   _____

   對的：right

⑤ 我小時候想要成為歌手。

   _____

   歌手：a singer

⑥ 我知道你有很多工作要做。

   _____

   工作：work

Coffee Break

「我以為……」的句子

用「我以為……」、「我之前就知道……」講述過去的事情時，需要注意動詞的型態。接在 that 後面的句子的動詞，原則上也要改成過去式。

- I <u>thought</u> that my mother <u>was</u> tired. （我以為母親已經累了。）
- I <u>knew</u> that Emma <u>liked</u> dogs. （我之前就知道艾瑪喜歡狗。）
- He <u>said</u> that he <u>was</u> happy. （他說他過去很幸福。）

接在 that 後面的句子有助動詞的時候，助動詞要改成過去式。
- I <u>knew</u> that she could swim fast. （我之前就知道她能游得很快。）
        can 的過去式

191

Lesson 74 「有……」

"There is / are..."

接下來，我們要學習「在……有……」的說法。

要說「有……」，例如「有一張書桌」的時候，會用 There is 作為句子的開頭。一張書桌（a desk）則是接在 There is 的後面。

（這裡的 There 沒有特別的意思，There is 後面接的物品或人是句子的主詞。）

There is a desk.
有……

「房間裡有一張書桌」，表達地點「在那裡」的詞語會像下圖這樣，接在句子的後面。

There is a desk in the room.
有…… 　　　　在房間（的裡面）

只要在後面加上表達地點的詞語即可！

單數的時候使用 There is，**複數的時候使用 There are**。

There are two cats on the chair.
有……　　複數　　　在椅子上

要表達過去的情況，例如「（過去）有……」，只需要把 be 動詞改成過去式的 was, were。

There was ~.
There were ~.

過去式的句子使用 was, were

否定句則是在 be 動詞（is, are, was, were）的後面加上 not。

• 補充說明　通常 There is 的後面，不會接有 the 或 my 的名詞。There is 是用來表達當時對方還不知道的事物。如果要表達「你的包包在書桌上」，不會使用 There is，而是會說 Your bag is on the desk.。

Exercise

解答在答案本 P13
對完答案後，請跟著語音朗讀英文句子。

請將以下的句子翻譯成英文。

1. 牆壁上有一幅畫。

   一幅畫：a picture　牆壁上：on the wall

2. 箱子裡有許多書。

   許多的……：a lot of~

3. 這附近沒有醫院。

   醫院：a hospital　這附近：near here

4. 杯子裡有一些牛奶。

   一些牛奶：some milk　杯子：the glass

5. 京都有許多神社。

   許多的……：a lot of~　神社：shrine

6. 昨晚有地震。

   地震：an earthquake

7. 這個週末在東京有一場研討會。

   _____ this weekend.

   研討會：a seminar

快速開口說！　請用英文表達對話框中的內容。

請你向新朋友介紹你的家人。

我們是 6 人家庭。

請從「我們家有 6 個人」的方向去思考答案。

Lesson 75 「有……嗎？」

There is / are 的疑問句與回答方式 / "Is / Are there...?" Questions

詢問「有……嗎？」的時候，和 be 動詞的疑問句一樣，用 be 動詞作為句子的開頭，改成 Is there...? 或 Are there...? 的句型。

Is there a hospital near here?
這附近有醫院嗎？

Are there any comics in the library?
有漫畫嗎？
租借

複數的 Are there...? 常會用到 any，any 在疑問句裡的意思是「有任何一個、有任何一點」。

對於 Is there...? 或 Are there...? 的疑問句，會在回答 Yes（是）或 No（不）後，使用 there 作答。

Is there ~?
是 Yes, there is.
不是 No, there isn't.

Are there ~?
是 Yes, there are.
不是 No, there aren't.

過去式的疑問句會改成 Was there...? 或 Were there...? 的句型，意思是「（過去）有……嗎？」。回答的句子則是 Yes, there was [were]. 或 No, there wasn't [weren't]. 。

・補充說明　How many...are there? 可以用來詢問「有多少個……？」、「有多少人……？」。（範例）How many students are there in your school?（你的學校有多少學生？）

Exercise

> 解答在答案本 P.13
> 對完答案後，請跟著語音朗讀英文句子。

請將以下的句子改寫成疑問句。

1 There is a bag under the table.　→桌子底下有一個包包嗎？

_____

2 There is a bank near the station.　→車站的附近有銀行嗎？

_____

bank：銀行

請使用（　）內的單字，將以下的句子翻譯成英文。
然後用①「是」和②「不」來回答問題。

（範例）這附近有郵局嗎？（is）

　　　Is there a post office near here?

　→ ① Yes, there is.　　② No, there isn't.

3 旅館附近有餐廳嗎？（is）

　→ ①　　　　　　　　②

餐廳：a restaurant　旅館：the hotel

4 那邊有很多人嗎？（many）

　→ ①　　　　　　　　②

人：people

5 牆壁上有任何畫嗎？（any）

　→ ①　　　　　　　　②

畫：picture　牆壁上：on the wall

Lesson 76 「成為……」、「看起來……」等

使用 become. look 等句型（SVC） / "look" & "become" as Linking Verbs

這一課要學習的是「成為……」、「看起來……」的說法。

要說「成為……」的時候，會使用動詞 become。在 become 的後面加上 a singer（歌手）或 famous（有名的）等單字，就可以用來表達「成為歌手」、「變得有名」。（become 的過去式是 became。）

Misa **became** a singer.
成為了……　　名詞

Misa **became** famous.
變得……　　形容詞

（另外，在談及「想成為……」時，常會使用 be 來取代 become，用 want to be... 來表達。〈 → P.172〉）

look at 表示「看……」，「某物 [某人] 看起來……」也是使用 look（這種時候不加 at）。在 look 的後面接 happy（幸福的、開心的）或 tired（疲憊的）等形容詞，就可以用來表達「看起來很開心」、「看起來很累」。

He **looks** happy.
看起來……　形容詞　　看起來……

動詞 sound 是「聽起來……」，get 是「變成（某種狀態）」的意思，兩個動詞的後面都要接形容詞。

It **sounds** easy. 那聽起來很簡單

She **got** angry. 她生氣了

● 文法用語　這頁的 become 和 look 的句子，都跟 be 動詞一樣是 SVC 句型〈→ P.206〉，表示〈主詞＝補語〉的關係。另外，如果要用名詞表示「看起來像（名詞）」時，需加上介係詞 like（像……一樣），用 look like... 來表達。

Exercise

解答在答案本 P.13
對完答案後，請跟著語音朗讀英文句子。

請選出適當的動詞填入（　　），必要時請改變動詞的型態。

> look　　sound　　get

1 （回應聽到的事情）那聽起來很困難。
   That (　　　　) hard.

2 瓊斯老師生氣了。
   Mr. Jones (　　　　) angry.
   　　　　　　　　生氣了

3 她的母親看起來非常年輕。
   Her mother (　　　　) very young.

請將以下的句子翻譯成英文。

4 蒂娜（Tina）看起來很開心。

開心的：happy

5 那個樂團變得有名。

樂團：the band　有名的：famous

6 （回應聽到的事情）好像很有趣。
   That　　　　　　　　　　　　　　　　．

請從「聽起來很有趣」的方向去思考答案。　有趣的：interesting

7 艾咪（Amy）成為了醫生。

醫生：a doctor

8 你看起來臉色不太好。

臉色不好：pale

Lesson 77 「給……」、「讓人看……」等

使用 give, show 等句型（SVOO）／ "give / show / tell someone something"

這一課要學的是關於「給（某人）……」、「讓（某人）看……」的說法。

要表達「給（某人）……」，例如「給他禮物」時，會使用 give。然後只要在 give 的後面接著說「對象」→「事物」就可以了。

```
I gave him a present.
    給了  對象   事物
```

give 的後面是依照 人 + 物 的順序說。

要表達「讓（某人）看……」，例如「請讓我看你的狗」時，會使用 show。show 的後面接「對象」→「事物」。

```
Please show me your dog.
       讓…看 對象   事物
```

「人」要先說。

要表達「告訴（某人）……」會使用 tell，「傳給（某人）……」則是使用 send。後面接「對象」→「事物」。

```
Please tell me the way.
       說、告訴 對象 事物
```
請告訴我路要怎麼走

give, show, tell, send 後面的順序都是「對象」→「事物」，「對象」經常使用 me（我）、you（你）、him（他）、her（她）等代名詞的受格〈→ P.100〉。

● 文法用語　〈give / show / tell / send +「對象」+「事物」〉的句子有兩個受詞 (O)，所以稱為 SVOO 句型〈→ P.206〉。代表「對象」的受詞稱為「間接受詞」，代表「事物」的受詞稱為「直接受詞」。

198

Exercise

解答在答案本 P.13
對完答案後，請跟著語音朗讀英文句子。

請重新排列（　）內的詞語，完成英文句子。

1. 我會給你這本書。（this book / give / you）
   I'll _____.

2. 請告訴我前往車站的路。（tell / the way / me）
   Please _____ to the station.

   （前往……）路線：way

3. 艾瑪讓我們看了一些照片。（us / some pictures / showed）
   Emma _____.

4. 父親給了我一隻手錶。（gave / a watch / me）
   My father _____.

5. 請讓我看你的筆記本。（your notebook / show / me）
   Please _____.

6. 可以請你告訴我你的地址嗎？（me / tell / your address）
   Could you _____?

7. 我沒有告訴她實話。（the truth / her / tell）
   I didn't _____.

   實話、真相：the truth

快速開口說！　請用英文表達對話框中的內容。

請你把一起拍的照片傳給朋友。

我把照片傳給你喔。

請從「傳送照片（the picture）給你」的方向去思考答案。

Lesson 78 「稱呼 A 為 B」、「使 A 變成 B」

call, name, make 的句型（SVOC） / "call / name / make A B" (A=B)

這一課要學的是「稱呼 A 為 B」、「使 A 變成 B」的說法。

要表達「**稱呼A為B**」，例如「我們叫他阿大」的時候，只要使用 call 說 〈call A B〉即可。A → B 的語序很重要。

We call [A] him [B] Daichan.
叫　　　對象　　稱呼

用 call A B 表示「稱呼 A 為 B」

此外，「**把A取名為B**」也同樣可以用〈name A B〉來表達。（這裡的 name 是意思為「命名」的動詞。）

要表達「**使A變成B**」，例如「這首歌讓我很快樂」的時候，會使用 make 說〈make A B〉。A → B 的語序仍然是重點。

This song always makes me happy.
　　　　　　總是　使變成…… 對象   形容詞

用 make A B 表示「使 A 變成 B」

● 文法用語　〈call / name / make A B〉的句子，結構是〈主詞＋動詞＋受詞＋補語〉，因此稱為 SVOC 句型〈→ P.206〉。這裡的補語和受詞具有等號的關係（A ＝ B 的關係）。

Exercise

→ 解答在答案本 P.14
對完答案後，請跟著語音朗讀英文句子。

請將以下的句子翻譯成英文。

1. 我們叫他英雄（Hiro）。

2. 我們把那隻狗取名為馬克思（Max）。

   那隻狗：the dog

3. 她的話讓我很開心。

   話語：words　開心的：happy

4. 那個消息讓他很悲傷。

   那個消息：the news　悲傷的：sad

5. 這部電影讓她變得有名。

   電影：movie　有名的：famous

6. 他的笑容讓我開心。

   笑容：smile　開心的：happy

7. 安迪（Andy）讓她生氣。

   生氣的：angry

快速開口說！ 請用英文表達對話框中的內容。

你正在向初次見面的對象自我介紹。

請叫我阿明（Aki）。

Lesson 79 **tell me that... 等句型**

tell / show 人 that... / "tell / show someone that..."

〈tell Ａ Ｂ〉的意思是「告訴 Ａ Ｂ」，〈show Ａ Ｂ〉是「讓 Ａ 看 Ｂ」。

Please **tell** **me** **the way**.
告訴　對象　事物
請告訴我路要怎麼走
OK!

這一課，我們要學習稍微複雜一點的方式。用〈tell Ａ that 主詞＋動詞〉的句型，來表示「跟 Ａ 說 主詞＋動詞 ……」。這裡的 that 是連接詞，有時會被省略。

He **told** **me** that **everything was delicious**.
主詞＋動詞

他跟我說全部都好吃。
全部都好吃喔～
太好了？

此外，〈show Ａ that 主詞＋動詞〉的句型，也同樣可以表示「向 Ａ 證明／展示 主詞＋動詞」。

She **showed** **me** that **I was wrong**.
主詞＋動詞

她向我證明我是錯的。
是喔～
我得冠軍了喔！
我本來以為不可能……

當 tell 和 show 是過去式的時候，後面接的〈主詞＋動詞……〉也要改成過去式。

・補充說明　這頁的 tell 和 show 的句型，是 P.198 學過的 SVOO 句型的衍伸，是後面的 O（直接受詞）變成 that 子句（名詞子句）的句型。teach（教）也可以組成同樣的句型。

Exercise

解答在答案本 P.14
對完答案後，請跟著語音朗讀英文句子。

請使用（　）內的動詞，將以下的句子翻譯成英文。

1. 他跟我說他很累了。（tell）

   他累了：he was tired

2. 我跟她說這本書很有趣。（tell）

   這本書很有趣：the book was interesting

3. 我的母親經常跟我說，我應該更認真念書。（tell）

   經常：often　我應該更認真念書：I should study harder

4. 我的祖父母總是跟我說，我是個好孩子。（tell）

   總是：always　祖父母：grandparents　我是個好孩子：I was a good kid

5. 米勒老師（Mr. Miller）跟我們說，我們應該要多讀一些書。（tell）

   我們應該要多讀一些書：we should read more books

6. 這部電影展示了我們必須互相幫助。（show）

   我們必須互相幫助：we must help each other

複習時間

Chapter 14　各式各樣的句型

1　請從（　　）內選出適當的答案，並用○圈起來。

① There（has / is / are）a post office near the station.

② There（is / are / have）about thirty students in my class.

③ This book（was / became / made）him famous.

④ Please give（I / my / me）some advice.
　　　　　　　　　　　　　　　　建議

⑤ His name is Junichiro. We call（he / his / him）Jun.

⑥ Let's go to the zoo. － That（sees / hears / sounds）good.

⑦ Andy said, "I can't walk anymore." He（saw / looked / watched）tired.
　　　　　　　不能再……

2　請重新排列（　　）內的詞語，完成英文句子。

① 那裡有幾隻狗。（some / there / over / dogs / are）

　　　　　　　　　　　　　　　　　　　　　　　　　　　there.

② 可以告訴我他的名字嗎？（tell / you / name / can / his / me）

③ 這個消息讓我們很開心。（us / the news / made / happy）

④ 她告訴我，我是錯的。（I / told / was / she / that / wrong / me）

204

3　請將以下的中文句子翻譯成英文。

① 聽到那個消息，他們很開心。

請從「那個消息讓他們很開心」的方向去思考答案。　那個消息：the news

② 可以把那個連結傳給我嗎？

那個連結：the link

③ 可以讓我看那部影片嗎？

那部影片：the video

④ 可以告訴我前往地鐵站的路嗎？

路線：the way　地鐵站：the subway station

⑤ 政府給了他們很多錢。

政府：the government

⑥ 我的奶奶跟我們說了很多有趣的事。

有趣的：interesting

Coffee Break

「給（某人）（某物）」的兩種說法

「我把這本書給你」可以用以下兩種說法。
- (a) I'll give you this book.
- (b) I'll give this book to you.

「我把這本書（強調）給你」，著重在「給這本書」的情況，會使用 (a)，而「我把這本書給你（不是給別人）」，著重在「給你」的情況，會使用 (b)。

205

打好基礎後，更進一步

😊 學會英文的「五大句型」

Sentence Patterns

在國中和高中的課程，會把英文句型分成以下五種類型並進行說明。

名稱	結構	範例
第一種句型	SV 主詞＋動詞	She sings very well. 　S　　V　　修飾語
第二種句型	SVC 主詞＋動詞＋補語	I am busy. S　V　C
第三種句型	SVO 主詞＋動詞＋受詞	I play tennis. S　V　　O
第四種句型	SVOO 主詞＋動詞＋受詞＋受詞	He gave me a book. S　V　O　　O
第五種句型	SVOC 主詞＋動詞＋受詞＋補語	We call him Ken. S　V　　O　　C

〈縮寫〉　S: 主詞（subject）　V: 動詞（verb）　O: 受詞（object）　C: 補語（complement）

● SV（第一種句型）

　　主詞與動詞組成的句子，動詞的後面有時會接修飾語（開頭為副詞或介係詞的片語）。

　　She sings very well.（她唱歌唱得非常好。）
　　　S　　V　　修飾語

　　I walk every morning.（我每天早上散步。）
　　S　V　　修飾語

　　這種句型使用的動詞沒有受詞。sing（唱）、walk（走）這類的動詞即使沒有受詞，句子也能成立。

　　像這樣不需要受詞的動詞稱為「不及物動詞」。

● SVC（第二種句型）

　　用主詞、受詞、補語（說明主詞的名詞或形容詞）組成的句子，具有「主詞＝補語」的關係。

　　I am busy.（我很忙。）〈I = busy〉
　　S　V　C

She became a doctor（她成為了醫師。）〈she = a doctor〉
　S　　 V　　　 C

He looked happy（他看起來很開心。）〈he = happy〉
　S　　 V　　 C

　　be 動詞的句子就是這種句型，只有 be 動詞、become（成為……）、look（看起來……）等部分動詞可以組成這樣的句型。〈→ P.196〉

● SVO（第三種句型）
　　主詞、動詞、受詞組成的句子。
I play tennis.（我打網球。）
S　V　　O

She likes music.（她喜歡音樂。）
　S　　V　　 O

　　play 或 like 等動詞都需要受詞，需要動詞的受詞稱為「及物動詞」。大部分的一般動詞皆可組成這樣的句型。

● SVOO（第四種句型）
　　表達「給（某人）（某物）」等情況的句型，句子中有兩個受詞。
He gave me a book.（他給了我一本書。）
　S　 V　 O　　O

I showed her my notebook.（我讓她看我的筆記本。）
S　　V　　 O　　 O

　　第一個受詞稱為「間接受詞」，第二個受詞稱為「直接受詞」。只有 give（給予）、tell（說、告訴）、show（讓人看、證明、展示）、teach（教）等部分動詞可以組成這種句型。〈→ P.198〉

● SVOC（第五種句型）
　　表達「稱呼……為……」、「使……變成……」等情況的句型，具有「受詞＝補語」的關係。
We call him Ken.（我們叫他肯。）〈him = ken〉
　S　 V　 O　 C

The news made me happy.（那個消息讓我很開心。）〈me = happy〉
　　S　　　 V　　 O　 C

　　只有 call（稱呼）、make（使……變成…）、name（命名）等部分動詞可以組成這種句型。〈→ P.200〉

Lesson 80 「比較級」是什麼？

比較級的句子 / What is "Comparative"?

從這一課開始，要學習的是人或物在比較時的各種說法。

在英文中「高的」是 tall、「快的」是 fast，但在與其他對象進行比較，例如「比……更高」或「比……更快」的時候，必須改變這些單字（形容詞和副詞）的型態。

要表達「更……」時，使用字尾加上 er 的型態，這個型態稱為「比較級」。

tall → tall**er**
高的　　更高的

fast → fast**er**
快的　　更快的

「比阿健更高」、「跑得比美佐更快」等**「比……」，是用 than**（比……更……）來表達。

Tom is tall**er** than Ken
湯姆更高　　　　比阿健

I run fast**er** than Misa
我跑得更快　　　　比美佐

字尾 er 的單字後面接 than + 比較的對象（物品）！

詢問「A 和 B 哪個更……？」的時候，只要用意思是「哪個」的疑問詞 Which 作為句子的開頭，最後再加上 A or B 就可以了。

Which is long**er**, April or May?
　　　　更長　　　4月　或　5月

4月或5月，哪個比較長？

逗號

●英文會話　Which is..., A or B? 的語調，通常都是 or 前上揚，最後再下降。（範例）Which is cheaper（↘），this one（↗）or that one（↘）？（這個和那個，哪個比較便宜？）

208

Exercise

解答在答案本 P.14
對完答案後，請跟著語音朗讀英文句子。

請將 [　] 內的單字改成適當的型態，並填入 (　)。

1. 班比他的父親高。　[tall]
   Ben is (　　　) than his father.

2. 這個包包比我的小。　[small]
   This bag is (　　　) than mine.

3. 老虎和獅子，哪個比較強壯？　[strong]
   Which is (　　　), a tiger or a lion?

請將以下的句子翻譯成英文。

4. 米勒小姐 (Ms. Miller) 比我的母親年長。

   _____ than my mother.

   年長的：old

5. 3 月比 2 月長。
   March is _____ .

   2 月：February

6. 日本比英國大。

   _____

   大的：large（比較級是 larger）　英國：the U.K.

7. 愛麗絲 (Alice) 跑得比吉姆 (Jim) 快。

   _____

   快的：fast

快速開口說！　請用英文表達對話框中的內容。

你雖然很想買，但尺寸太大了。

有尺寸更小的嗎？

請使用「a...one」表示「……（尺寸）的」。

Lesson 81 「最高級」是什麼？

最高級的句子 / What is "Superlative"?

這一課要學習的是比較 3 個以上的對象時，「最……」的說法。

要表達「最……」的時候，會使用字尾加 est 的型態，這個型態稱為「最高級」。最高級通常會加上 the。

tall → tallest　fast → fastest
高的　　最高的　　快的　　最快的

「3 人之中最高的」、「在班上跑得最快的」等句子，只要在最高級的後面接表示「……之中」的 of... 或 in... 即可。

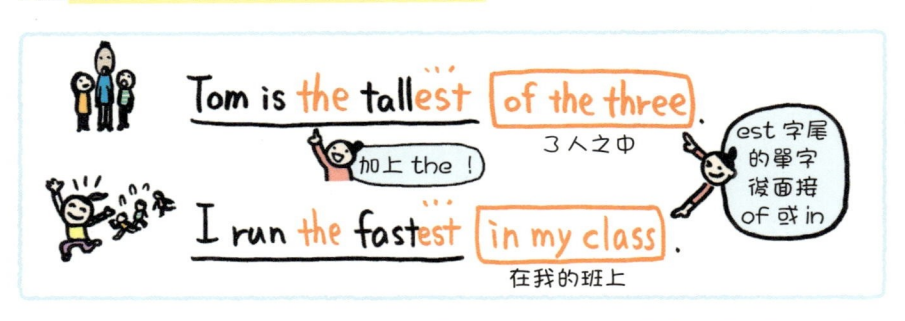

Tom is the tallest of the three.
加上 the！　　3 人之中

I run the fastest in my class.
在我的班上

est 字尾的單字後面接 of 或 in

「……之中」如果是表示複數的詞語就使用 of，如果是表示地點、範圍、團體的詞語，則使用 in。

of ＋表示複數的詞語
of the five　5個（5人）之中
of all　所有（大家）之中

in ＋表示地點或範圍的詞語
in Japan　在日本（之中）
in my family　在家人（之中）

使用最高級詢問「誰〔哪個〕最……嗎？」的時候，句子要用 Which 或 What 開頭。

Which animal is the strongest?
哪種動物最強壯？

• 補充說明　形容詞的最高級後面有時會接名詞，例如 Tom is the tallest person.。最高級要加上 the 的部分，可以想成是因為省略了 person 等名詞。副詞的最高級不加 the 也沒關係。

Exercise

解答在答案本 P.14
對完答案後，請跟著語音朗讀英文句子。

請將 [ ] 內的單字改成適當的型態，並填入 ( )。

1. 班（Ben）是他家人中最高的。　　[tall]
   Ben is the (　　　) in his family.
   家人

2. 這個包包是全部裡面最小的。　　[small]
   This bag is the (　　　) of all.

3. 最強壯的動物是哪一種？　　[strong]
   What's the (　　　) animal?

請將以下的句子翻譯成英文。

4. 這棟是這座城鎮中最老的建築物。

   　　　　　　　　　　　　　　　　　In this town.
   建築物：building　城鎮：town

5. 他在 4 人之中是年紀最小的。
   He is the youngest 　　　　　　　　　　　　　　.

6. 俄國是全世界最大的國家。

   俄國：Russia　大的：large（最高級是 largest）　國家：country

7. 她在她班上是跑得最快的。

   跑：ran（run 的過去式）

8. 世界最高的是哪一座山？
   What's 　　　　　　　　　　　　　　　　　　?
   高的：high　山：mountain

Lesson 82　比較級變化容易犯的錯誤

比較級、最高級變化的注意事項 / Spellings of Comparatives & Superlatives

比較級加 er，最高級加 est。

long 長的　　longer 更長的　　longest 最長的

通常字尾都是直接加 er 或 est，但也有不是這樣變化的單字。

- large（大的）等 e 結尾的單字，只需要加 r, st。
- busy（忙碌的）、easy（簡單的）、happy（開心的）是把最後的 y 改成 i，再加上 er, est。
- big（大的）等單字，是重複最後一個字母，再加上 er, est。

① 只加 r, st
large 大的 - larger - largest

② y 改成 i，再加上 er, est
busy 忙碌的 - busier - busiest
easy 簡單的 - easier - easiest

③ 重複最後一個字母，再加上 er, est
big 大的 - bigger - biggest
hot 熱的 - hotter - hottest

另外也有不是加 -er, -est，而是不規則變化的單字。

不規則變化

good 好的
well 很好地 } better - best

many 許多的
much 大量的 } more - most

• 補充說明　要把 y 改成 i 的是字尾為〈a, i, u, e, o 以外的字母 + y〉的單字。此外 bad（壞的）– worse – worst、little（少量的）– less – least 也是不規則變化。

Exercise

解答在答案本 P.14
對完答案後,請跟著語音朗讀英文句子。

請寫出每個單字的比較級和最高級。

		比較級	最高級
1	hot（熱的）	—（ ）	—（ ）
2	easy（簡單的）	—（ ）	—（ ）
3	large（大的）	—（ ）	—（ ）
4	good（好的）	—（ ）	—（ ）
5	many（許多的）	—（ ）	—（ ）

請將以下的句子翻譯成英文。

6 我的狗比你的狗大。

大的：big　你的：yours

7 艾蜜莉（Emily）是我最好的朋友。

要好的朋友：good friend

8 米勒小姐（Ms. Miller）是我們學校最忙碌的老師。

　　　　　　　　　　　　　　　　　　　　our school.

忙碌的老師：busy teacher

9 中國（China）和加拿大（Canada），哪個比較大？

大的：large

10 今天是我人生最快樂的日子。

我的人生中：of my life

Lesson 83 使用 more, most 進行比較

使用 more, most 的比較級、最高級 / "more / most" Forms

比較級、最高級其實還有另一種形式。

popular（受歡迎的）**不加 er 或 est**。popular 的比較級是 <u>more</u> popular，最高級是 <u>most</u> popular。popularer（✗）和 popularest（✗）都是錯的。

popular 受歡迎的
more popular 更受歡迎的
most popular 最受歡迎的

除了 popular 外，還有其他不加 er 或 est 的單字，請先記住以下的 10 個單字。單字本身不變化，只要加上 more（比較級）或 most（最高級）就行了。不可以變化成 difficulter 之類的型態（✗）。

加 more, most 的單字（把這 10 個單字背起來吧！）

- popular 受歡迎的
- famous 有名的
- difficult 困難的
- important 重要的
- interesting 有趣的
- useful 有用的
- beautiful 美麗的
- expensive 昂貴的
- slowly 慢慢地
- quickly 很快地

這裡有一點要注意，上一課學過的**一般單字不能加 more 或 most**。

請記得一般的單字是變化成 -er, -est 的型態。

一般的單字都是加 er, est
○ tall - taller - tallest
不要搞混
✗ more tall
✗ most tall
是錯誤的！

補充說明 加 more, most 單字的判斷基準，除了要是 3 個音節以上的多音節單字外，還包含以 -ful, -ous, -ing 等結尾的單字。另外還有 careful（小心的）、nervous（緊張的）、exciting（興奮的）也是。

214

Exercise

解答在答案本 P.14
對完答案後,請跟著語音朗讀英文句子。

請使用 (　) 內的單字,將以下的句子翻譯成英文。

1. 這本書比那本書難。(difficult)
   This book is _____ than that one.

2. 我們學校最受歡迎的運動是網球。(popular)
   _____ sport in our school is tennis.

3. 這部電影是 3 部之中最有趣的。(interesting)
   This movie was the _____ of the three.

請將以下的句子翻譯成英文。

4. 這張照片比那張照片美。

   照片:picture　美麗:beautiful

5. 她是日本最有名的歌手。

   有名的:famous

6. 我認為日文是最重要的科目。

   我認為……:I think (that)~　日文:Japanese　重要的科目:important subject

〈快速開口說!〉 **請用英文表達對話框中的內容。**

對方話說的速度太快,你聽不懂。

可以請你說得慢一點嗎?

請使用 Could you...?

Chapter 15　比較級

215

Lesson 84 使用 as 進行比較

"as...as..." / "not as...as..."

「比……更……」要用比較級,「在……之中最……」要用最高級。那麼,要表達「和……一樣……」時該怎麼說呢?

想說某個對象和另一個對象「一樣……」的時候,會使用 as...as... 的句型。

big 或 fast 等單字(形容詞和副詞)的型態不會變化。

as big as ~ 和……一樣大
as fast as ~ 和……一樣快

比方當你要談論自己的狗的大小,想表達牠和某個對象「一樣大、大小差不多」,只要在 as big as 的後面接比較對象就可以了。

My dog is as big as yours.
和……一樣大　你的狗

as...as... 表示「和……一樣」

as...as... 的否定句是 not as...as...,意思是「沒有……那麼……」。例如 not as tall as...,就是「沒有……那麼高」的意思。

I'm not as tall as Kumi.
要加 not！
我沒有久美那麼高

上面的句子是表示「我比久美矮」。

●補充說明　as...as... 的第一個 as 是意思為「相同程度地」的副詞,第二個 as 是意思為「和……比較」的連接詞。這個句型也可以用來表達「幾倍」, A is three times as large as B. 表示「A 是 B 的 3 倍大」。

Exercise

解答在答案本 P.14
對完答案後，請跟著語音朗讀英文句子。

請使用（　）內的單字，將以下的句子翻譯成英文。

1. 我跑得和愛麗絲（Alice）一樣快。（fast）
   I can run _____ Alice.

2. 我的姊姊和母親一樣高。（tall）
   My sister is _____ my mother.

3. 我的電腦速度沒有你的快。（fast）
   My computer isn't _____ yours.
   你的東西

請將以下的句子翻譯成英文。

4. 我和哥哥一樣忙。
   _____ my brother.

5. 我的包包和你的一樣大。
   _____
   你的東西：yours

6. 艾瑪（Emma）可以游泳游得和梅格（Meg）一樣好。
   _____
   可以游泳：can swim　很好地：well

7. 這本書沒有那本書有趣。
   _____
   有趣的：interesting

8. 這隻手錶沒有你的那麼貴。
   _____
   手錶：watch　昂貴的：expensive

9. 這間店沒有像平常一樣擠滿了人。
   This store _____.
   擠滿人的：crowded　像平常：as usual

Lesson 85 比較級句型的總整理

比較級 / 最高級 / as...as... / Comparative & Superlative (Review)

讓我們來再次確認各種比較的句型。

基本上，**比較級加 er，最高級加 est**。

但是 popular, difficult, interesting 等，不會改變單字的型態，在前面加上 **more, most** 就是比較級、最高級。

另外也有 good – better – best 這樣的不規則變化。

形容詞‧副詞	比較級（更……）	最高級（最……）
☐ long（長的）	longer	longest
☐ large（大的）	larger	largest
☐ easy（簡單的）	easier	easiest
☐ big（大的）	bigger	biggest
☐ popular（受歡迎的）	more popular	most popular
☐ good（好的）	better	best
☐ well（很好地）		

比較的句型如下。

比……更……〈比較級＋ than...〉	A is **longer than** B.（A 比 B 更長。） A is **more** interesting **than** B.（A 比 B 更有趣。）
最……〈the ＋最高級＋ of [in]...〉	A is **the longest of** all.（A 是所有裡面最長的。） A is **the most** interesting **of** all.（A 是所有裡面最有趣的。）
和……一樣……〈as ＋形容詞、副詞＋ as...〉	A is **as** big **as** B.（A 和 B 一樣大。）
沒有……那麼……〈not as ＋形容詞、副詞＋ as...〉	A is **not as** big **as** B.（A 沒有 B 那麼大。）

• 補充說明　〈比較級＋ than any other ＋單數名詞〉的意思是「比其他任何……都……」。（範例）Mt. Fuji is higher than any other mountain in Japan.（富士山比日本其他任何的山都高。）

Exercise

解答在答案本 P.15
對完答案後，請跟著語音朗讀英文句子。

請改寫以下的英文句子，增添畫底線的資訊。

1. Your bag is big.（你的包包**比我的大**。）
   Your bag is _____ .

   我的東西：mine

2. The Nile is a long river.（尼羅河是**世界最長**的河。）
   The Nile is _____ .
   尼羅河

3. My camera is good.（我的相機**比這部相機**好。）
   My camera is _____ .
   相機

請將以下的句子翻譯成英文。

4. I can dance well.
   （我可以跳舞跳得**和梅格（Meg）一樣**好。）
   I can dance _____ .
   跳舞

5. This is an important thing.
   （這是**所有裡面最重要的**事。）
   This is _____ .

   所有的：all

6. Ice hockey is popular in Canada.
   （在加拿大，曲棍球**比棒球**更受歡迎。）
   Ice hockey is _____
   in Canada.

7. She is a famous writer.
   （她**在她的國家是最**有名的作家。）
   She is _____ .

   作家：writer

複習時間

Chapter 15 比較級

解答在答案本 P.15
對完答案後，
請跟著語音朗讀英文句子。

1 請將 [ ] 內的單字填入（ ），必要時請改成適當的型態。答案不一定只有一個單字。

① This smartphone is （　　　）than my hand.　　[small]
　　　　　　　　　　　　　　　　　　　　手

② This question is the （　　　）of all.　　[easy]

③ Natalie speaks English （　　　）than her mother.　　[well]

④ Soccer is as （　　　）as baseball in Japan.　　[popular]

⑤ This book is （　　　）than that one.　　[interesting]

⑥ It's （　　　）today than yesterday.　　[hot]

⑦ Fall is the （　　　）season for reading.　　[good]
　　秋天　　　　　　　　　　　　　閱讀

⑧ Your dog is （　　　）than mine.　　[big]

2 請改寫以下的英文句子，加入（ ）內的訊息。

① This lake is deep.（＋比維多利亞湖（Lake Victoria））
　　　　　　　深的

------

② Soccer is a popular sport.（＋在他們的國家最）

國家：country

220

3 請將以下的中文句子翻譯成英文。

① 他沒辦法唱得像艾咪（Amy）那麼好。

很好地：well

② 我的電腦比你的快。

快速的：fast　你的東西：yours

③ 這部電影是 3 部之中最有趣的。

有趣的：interesting

④ 史密斯先生（Mr. Smith）和我的父親一樣高。

----

⑤ 在這 4 個之中，哪個國家是最大的？

國家：country　大的：large

⑥ 我們今天比平常更忙。

比平常：than usual

⑦ 這是這間旅館裡最好的房間。

旅館：hotel

Coffee Break

like...better, like...the best

要說「比起 B 更喜歡 A」的時候，會使用 better，並用 like A better than B 的句型來表達。
- I like winter better than summer.（比起夏天，我更喜歡冬天。）
- Which do you like better, tea or coffee?
  （紅茶和咖啡，你更喜歡哪個？）

要說在 3 個以上的對象中「最喜歡……」的時候，會使用 best，並用 like...(the) best of [in] ... 的句型來表達。
- I like science (the) best of all subjects.（在所有的科目中，我最喜歡理科。）
- What sport do you like (the) best?（你最喜歡的運動是什麼？）

Lesson 86 「被動式」是什麼？

被動式（被動語態）的意義與句型 / What is "Passive"？

從這一課開始，要學習的是「被動式」的句子。

「被動式」指的是「○○被……」、「○○被……了」的表達方式（也稱為被動語態），我們來和一般的句子比較看看。

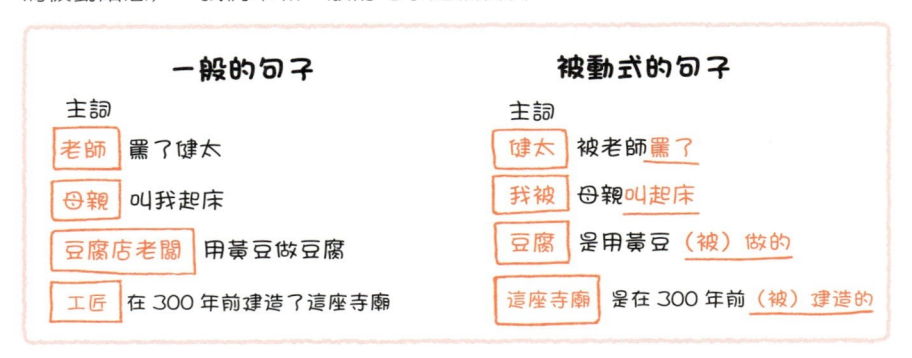

一般的句子	被動式的句子
主詞	主詞
老師 罵了健太	健太 被老師罵了
母親 叫我起床	我被 母親叫起床
豆腐店老闆 用黃豆做豆腐	豆腐 是用黃豆（被）做的
工匠 在 300 年前建造了這座寺廟	這座寺廟 是在 300 年前（被）建造的

一般的句子是「主詞做什麼」，被動式則是「主詞被做什麼」。

現在請回想「英文的句子需要有主詞」這項原則，左邊一般的句子即使是在談「豆腐」或「寺廟」，也需要有某人當主詞才能組成句子。在這種時候，被動式就是特別好用的表達方式。

被動式的句子使用 **be 動詞**，後面接**過去分詞**（動詞的變化型態之一，下一課會學到）。

如果是「被……」（現在），就使用 be 動詞的現在式（am, are, is），如果是「被……了」（過去），就使用 be 動詞的過去式（was, were）。

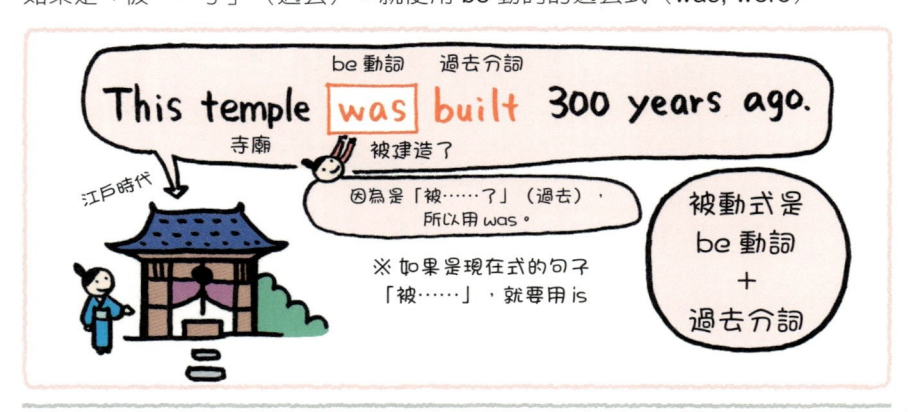

This temple **was** built 300 years ago.
　　　　　　be動詞　過去分詞
寺廟　　　　被建造了

因為是「被……了」（過去），所以用 was。

※如果是現在式的句子「被……」，就要用 is

被動式是
be 動詞
+
過去分詞

●補充說明　被動式的句子會使用介係詞 by 表明動作者。（範例）This picture was painted by Jim.（這幅畫是吉姆畫的。）

Exercise

解答在答案本 P.15
對完答案後，請跟著語音朗讀英文句子。

請將以下的句子翻譯成英文。

請注意這些是「（主詞）被……、被……了」的被動式。

1. 這間房間每天被清理。

   This room _____ every day.

   清理（clean）的過去分詞：cleaned

2. 這個軟體被很多公司使用。

   This software _____ in many companies.

   使用（use）的過去分詞：used

3. 豆腐是黃豆（被）做的。

   Tofu _____ from soybeans.

   黃豆
   做（make）的過去分詞：made

4. 我家是在 1950 年被建造的。

   My house _____ in 1950.

   建造（build）的過去分詞：built

5. 世界盃在去年被舉辦。

   The World Cup _____ last year.

   舉辦（hold）的過去分詞：held

6. 這顆石頭是在埃及被發現的。

   This stone _____ in Egypt.

   發現（find）的過去分詞：found

快速開口說！　請用英文表達對話框中的內容。

外國的賓客來到了美術館。

這幅畫是 400 年前（被）畫的。

畫：picture　繪畫（paint）的過去分詞：painted

Lesson 87 「過去分詞」是什麼？

過去分詞 / Past Participles

在被動式的句子中，和 be 動詞搭配使用的「過去分詞」是什麼呢？

過去分詞是動詞變化的型態之一，有「被……」、「被……了」的意思。過去分詞雖然是第一次學到的型態，但不需要背全新的單字，因為**大部分的過去分詞，型態和過去式完全相同**。

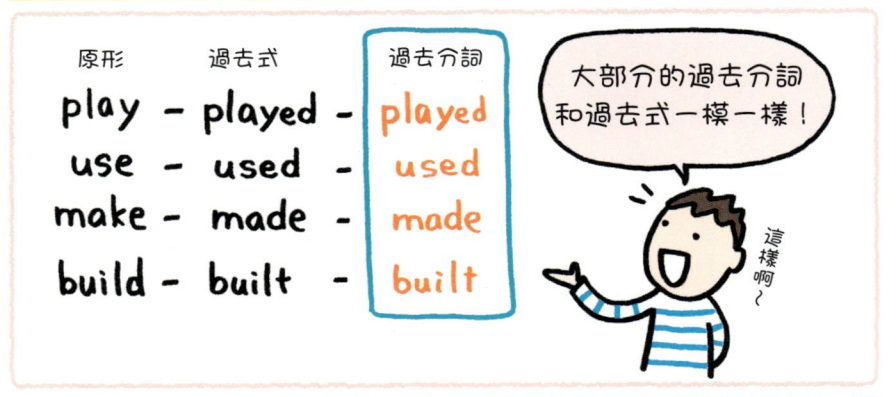

原形	過去式	過去分詞
play	played	played
use	used	used
make	made	made
build	built	built

大部分的過去分詞和過去式一模一樣！

這樣啊～

不過，還是有少部分過去式與過去分詞不同的單字（<u>不規則動詞中的一部分</u>），請先記住以下的 12 個單字。

與過去式不同的過去分詞

把這 12 個單字背起來吧！

	過去式	過去分詞
speak（說話）	spoke	spoken
see（看見）	saw	seen
give（給）	gave	given
do（做）	did	done
eat（吃）	ate	eaten
come（來）	came	come
write（寫）	wrote	written
know（知道）	knew	known
take（拿）	took	taken
break（打破）	broke	broken
go（去）	went	gone
become（成為）	became	become

（除了這些以外，還有其他過去式與過去分詞型態不同的動詞，行有餘力的人請利用書末 P.300 的「動詞型態變化一覽表」進行學習。）

• **文法用語** 過去分詞的名字中雖然含有「過去」，但把它想成與過去的「時間」完全無關。過去分詞是用於被動語態、現在完成式〈→ P.232〉、修飾〈→ P.268〉的型態，過去分詞沒有表示「過去」的意思。

Exercise

→ 解答在答案本 P.15
對完答案後,請跟著語音朗讀英文句子。

✏️ 請將（　）內的動詞改成適當的型態並填入（　）。

1. 這部機器是在日本（被）製造的。（make）
   This machine was (　　　) in Japan.

2. 超過 100 人受邀參加派對。（invite）
   More than 100 people were (　　　) to the party.

3. 她被大家愛著。（love）
   She is (　　　) by everyone.

4. 很多國家說西班牙文。（speak）
   Spanish is (　　　) in many countries.

5. 這些照片（被）拍攝於 1990 年。（take）
   These pictures were (　　　) in 1990.

6. 他以偉大科學家的身分而廣為人知。
   He is (　　　) as a great scientist. （know）

7. 〈蒙娜麗莎〉是李奧納多‧達文西畫的畫。（paint）
   The Mona Lisa was (　　　) by Leonardo da Vinci.

8. 哈利波特的故事是 J‧K‧羅琳寫的。（write）
   The Harry Potter stories were (　　　) by J. K. Rowling.

Lesson 88 **被動式的否定句、疑問句**

被動式（被動語態）的否定句、疑問句 / Passive Questions

　　被動式是使用 be 動詞的句子，所以否定句、疑問句的組成方式，全都與前面學過的 be 動詞否定句、疑問句相同。

　　否定句只要在 be 動詞的後面加上 not，就會變成「沒有被……」、「沒有被……了」的意思。

This computer is not used anymore.
再也……

已經沒在用了

是啊～

只要在 be 動詞的後面加上 not 就是否定句！

　　把 be 動詞放在句子的開頭，就會變成「被……嗎？」、「被……了嗎？」的疑問句，回答方式和一般的 be 動詞疑問句一樣，使用 be 動詞回答。

Is sushi eaten in your country?
在你的國家

把 be 動詞放在句子的開頭就是疑問句！

會吃嗎？

回答方式
是 Yes, it is.
不是 No, it is not.

　　被動式是使用 be 動詞的句子，所以**不使用 do, does, did**。請注意不要和非被動式的一般動詞的否定句、疑問句搞混了。

●文法用語　相對於「被……」、「被……了」的句子稱為「被動語態」，「做……」、「做了……」的一般句子稱為「主動語態」。

Exercise

解答在答案本 P.15
對完答案後，請跟著語音朗讀英文句子。

請使用（　）內的動詞，將以下的句子翻譯成英文。

1　這個遊戲在日本沒有（被）販售。（sell）

　　　　　　　　　　　　　　　　　　　　in Japan.

遊戲：game　賣（sell）的過去分詞：sold

2　我沒有受邀參加那場派對。（invite）

　　　　　　　　　　　　　　　　　　to the party.

3　他沒有被任何人看到。（see）

　　　　　　　　　　　　　　　　　　by anyone.

任何人
看（see）的過去分詞：seen

**請使用（　）內的動詞，將以下的句子翻譯成英文。
然後用①「是」和②「不是」來回答問題。**

(範例) 在你的國家會吃壽司嗎？（eat）

　　　Is sushi eaten　　　　　　　in your country?

　→ ① Yes, it is.　　　② No, it isn't.

4　在你的國家說法文嗎？（speak）

　　　　　　　　　　　　　　　　　in your country?

法文：French

　→ ①　　　　　　　　　　②

5　這個房間昨天有（被）清理過嗎？（clean）

　　　　　　　　　　　　　　　　　　yesterday?

　→ ①　　　　　　　　　　②

6　昨天的活動被取消了嗎？（cancel）

昨天的活動：yesterday's event　取消：cancel

　→ ①　　　　　　　　　　②

Chapter 16　被動式

227

Lesson 89 被動式與一般句子的總整理

被動式（被動語態）的統整 / Passive (Review)

我們學過被動式的句子了，這一課要確認一些特別容易犯錯的地方。

首先，請注意**被動式的句子需要同時使用 be 動詞和過去分詞**。

只有過去分詞無法組成句子，請不要忘記使用 be 動詞。

「很多國家說英語。」

✗ English spoken in many countries.
（必須有 be 動詞！）

○ English is spoken in many countries.

有的人學了被動式後，就連不是被動式的一般動詞句子也會加上 be 動詞。

不是被動式的一般動詞句子，不可以加 be 動詞，請不要搞混了。

「我打了網球。」

✗ I was played tennis.
（因為不是被動式，所以不加 be 動詞！）

○ I played tennis.

被動式的否定句、疑問句會使用 be 動詞。

但不是被動式的一般動詞的否定句、疑問句，不是使用 be 動詞，而是使用 do, does, did，請不要搞混了。

被動式的句子　「你被邀請了嗎？」
Were you invited?
（使用 be 動詞）

非被動式的句子　「你邀請了他嗎？」
Did you invite him?
（使用 Do, Does, Did）　原形！

●重新學習　被動式的句子和進行式的句子一樣，可以理解成一種表示狀態的「be 動詞句子」。過去分詞變成句子的骨幹，喪失了動詞原本表示時態的功能，發揮了形容詞的功能。

Exercise

解答在答案本 P.15
對完答案後，請跟著語音朗讀英文句子。

✏️ 請從 [ ] 內選出適當的答案，並填入 ( )。
請注意句子是否為被動式的句子。

1. 這座寺廟是去年（被）建造的。 [built / was built]
   This temple ( ) last year.
   寺廟

2. 我的母親做了這件洋裝。 [made / was made]
   My mother ( ) this dress.
   洋裝

3. 他寄了一封電子郵件給我。 [sent / was sent]
   He ( ) me an e-mail.

4. 廚房沒有（被）清理過。 [was / did]
   The kitchen ( ) not cleaned.

5. 我沒有邀請強森先生。 [wasn't / didn't]
   I ( ) invite Mr. Johnson.

6. 她的書沒有被任何人讀過。 [wasn't / didn't]
   Her book ( ) read by anyone.
   任何人

7. 是她畫了這幅畫嗎？ [Was / Did]
   ( ) she paint this picture?

8. 是你寫了這封信嗎？ [Were / Did]
   ( ) you write this letter?

9. 這張照片是在這裡（被）拍的嗎？ [Was / Did]
   ( ) this picture taken here?

複習時間

解答在答案本 P.15
對完答案後，
請跟著語音朗讀英文句子。

Chapter 16 被動式

1 請從（　）內選出適當的答案，並用○圈起來。

① Soccer（plays / played / is played）in many countries.

② This pictures（paints / painted / was painted）100 years ago.

③ This room（doesn't / didn't / wasn't）cleaned yesterday.

④（Do / Does / Is）French taught at your school?
　　　　　　　　　法文

⑤（Did / Was / Were）you invited to her birthday party?

2 請將 [　] 內的動詞改成適當的型態，並填入（　）。

① Our website is（　　　）by over 100 people every day.　　[visit]
　　網站　　　　　　　　　超過……

② This castle was（　　　）in the 14th century.　　　　　　[build]
　　城堡　　　　　　　　　　　　　世紀

③ His novels are（　　　）by a lot of young people.　　　　[read]
　　小說

④ Three people were（　　　）in the accident.　　　　　　 [kill]
　　　　　　　　　　　　　　　　意外事故

⑤ The first Tokyo Olympic Games were（　　　）in 1964.　[hold]
　　東京奧運

3 請將以下的中文句子翻譯成英文。

① 他被大家愛著。

大家：everyone

② 很多國家說英語。

很多國家：many countries

③ 這本書是有名的歌手寫的。

有名的歌手：a famous singer

④ 這間房間已經沒有在（被）使用了。

不再：anymore

⑤ 第一部電腦是在大約 80 年前被製造的。

電腦：computer

⑥ 我們公司（被）創立於 1947 年。

創立：establish

Coffee Break　各式各樣的被動式

把被動式的疑問句和疑問詞組合在一起，就能詢問各種事項。
- What language is spoken in Singapore?（新加坡說什麼語言？）
- When was this statue made?（這座雕像是何時建造的？）statue：雕像
- Where was this picture taken?（這張照片是在哪裡拍的？）
- How many people are needed?（需要多少人？）need：需要

使用助動詞的被動式句子，句型是〈助動詞＋be＋過去分詞〉。
- The event will be canceled.（那個活動會被取消。）
- This tower can be seen from anywhere in the city.（在城市內的任何地方都能看見這座塔。）

231

Lesson 90 「現在完成式」是什麼？

現在完成式的基本意義 / What is "Present Perfect"？

現在完成式是使用 **have 和過去分詞**〈→ P.224〉的表達方式。它代表的是什麼意思呢？我們先來和過去式比較看看。

過去式
I **lived** in Tokyo for two years.
我在東京住過2年

現在完成式
I **have lived** in Tokyo for two years.
我在東京住了2年

左邊的人只是在說「以前住過」，現在大概不住在東京了。相較之下，右邊的人使用現在完成式，所以她表達的不只是「住過2年」，同時也傳達了「她現在也住在東京」。

過去式用於表達「已經過去的事情」，現在完成式則是用於表示「從過去持續到現在的狀態」。例如右邊的句子，給人的感覺是「現在處於〈已經在東京住了2年〉的狀態」。

過去式
I lived ~.
以前住過
過去　現在

現在完成式
I have lived ~.
現在也住那
過去 ✚ 現在

從下一課開始，我們將逐步學習現在完成式的具體使用方式。

●重新學習　現在完成式和現在進行式一樣，是現在時態的變化之一。你可以理解為，現在時態有四種形式，分別是單純的現在式（現在簡單式）、現在進行式、現在完成式、現在完成進行式。

Exercise

解答在答案本 P.16
對完答案後，請跟著語音朗讀英文句子。

當有人說出以下的英文句子時，可以得知的資訊是什麼？請用○圈出正確的答案。

1. I lived in Japan for three years.
   → 這個人「現在還住在 / 可能已經沒有住在」日本。

2. I have lived in Japan for three years.
   → 這個人「現在還住在 / 可能已經沒有住在」日本。

3. I worked here for over 20 years.
   　　　　　　　超過……
   → 這個人「現在還在這工作 / 可能已經沒有在這工作了」。

4. I have worked here for over 20 years.
   → 這個人「現在還在這工作 / 可能已經沒有在這工作了」。

5. I arrived at the station at 6:00.
   　　抵達……
   → 這個人「現在還在車站 / 可能已經不在車站了」。

6. I have just arrived at the station.
   → 這個人「現在還在車站 / 可能已經不在車站了」。

7. David lost his wallet.
   　　　　　　　錢包
   → 錢包「還沒有找到 / 可能已經找到了」。

8. David has lost his wallet.
   → 錢包「還沒有找到 / 可能已經找到了」。

Chapter 17 現在完成式

233

Lesson 91 「表示持續」的現在完成式是什麼？

表示持續的句子 / Present Perfect — Continuing Actions

現在完成式，是談及「從過去持續到現在的狀態」的表達方式。要表達「(直到現在)一直……」的時候，會使用**現在完成式（have + 過去分詞）**。

過去式
I **worked** here for ten years.
我以前在這裡工作了 10 年

現在完成式
I **have worked** here for ten years.
我在這裡工作了 10 年

be 動詞也有過去分詞，be 動詞的過去分詞是 <u>been</u>。

過去式
I **was** busy yesterday.
我昨天很忙

現在完成式
I **have been** busy since yesterday.
我從昨天就一直很忙

要表達持續期間的長短時，會使用 for...（在……的期間）。
要表達從什麼時候開始的，會使用 since...（從……開始）。

現在完成式的句子也會使用 I have 的縮寫 I've。
請注意，主詞是第三人稱單數時要用 has，而不是 have。

●補充說明 可以用〈have + 過去分詞〉表示持續的，只有 be、know、want、live 等表示狀態的動詞，以及 work、study 等表示持續且重複行為的動詞。暫時持續的動作會使用現在完成進行式〈→ P.246〉來表示。

Exercise

> 解答在答案本 P.16
> 對完答案後，請跟著語音朗讀英文句子。

✏️ **請改寫以下的英文句子，增添畫底線的資訊。**

（範例）I work here. （→我已經在這裡工作 10 年了。）
→ I have worked here for ten years.

1. I am busy. （→我從上星期就一直忙到現在。）
→ _____ since last week.

2. Mr. Jones is in Japan.
（→瓊斯先生從 2020 年開始，直到現在都在日本。）
→ _____ since 2020.

3. I live in Tokyo. （→我打從出生起，就一直住在東京。）
→ _____ since I was born.
　　　　　　　　　　　　　　　　　　　　　出生

4. I study English. （→我已經學了 5 年的英文了。）
→ _____ for five years.

💬 **快速開口說！** 請用英文表達對話框中的內容。

你在圖書館遇到朋友，他問你待多久了。

我從早上就一直在這裡喔。

Lesson 92 「表示持續」的否定句、疑問句

現在完成式（表示持續）的否定句、疑問句 / Present Perfect Questions

現在完成式的否定句、疑問句，不使用 do 或 did。

現在完成式的句子使用 have [has]，這個 have [has] 也會用來組成否定句、疑問句。

現在完成式的否定句，是在 have[has] 的前面加上 not。

也常使用縮寫 have not → haven't、has not → hasn't。

I haven't eaten anything since yesterday.
我從昨天（到現在）就什麼都沒吃 肚子好餓

疑問句用 Have[Has] 作為句子的開頭，變成 Have you...? / Has he...?。回答時會用 Yes, ...have [has]. / No, ...haven't [hasn't]. 的句型。

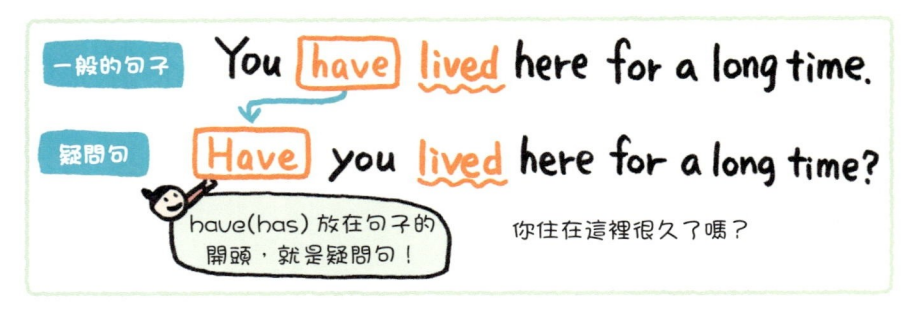

一般的句子　You have lived here for a long time.
疑問句　　　Have you lived here for a long time?

have(has) 放在句子的開頭，就是疑問句！

你住在這裡很久了嗎？

可以用 How long have you...? 來詢問持續期間的長短。

How long have you lived here?

你在這裡住多久了？

• 英文會話

現在完成式絕對不是特殊的句型，因為它具有可以一次傳達現在和過去資訊的便利性，所以會話中很常用到。像 I've been busy since yesterday. 這個句子，就一次傳達了「我昨天很忙」+「我現在也很忙」的資訊。

Exercise

解答在答案本 P.16
對完答案後,請跟著語音朗讀英文句子。

**請使用( )內的動詞,將以下的句子翻譯成英文。
然後用①「是」和②「不是」來回答問題。**

(範例) 你從今天早上就一直在這裡嗎?(be)

Have you been here　　　　　since this morning?

→ ① Yes, I have. 　　　② No, I haven't.

1 她住在這裡很久了嗎?(live)

　　　　　　　　　　　　for a long time?

→ ①　　　　　　　　　②

2 你認識他很久了(從以前就認識)嗎?(know)

　　　　　　　　　　　　for a long time?

→ ①　　　　　　　　　②

請使用( )內的動詞,將以下的句子翻譯成英文。

3 我從上星期就一直沒遇到父親。(see)

　　　　　　　　　　　　since last week.

4 我從昨晚就一直什麼都沒吃。(eat)

　　　　　　　　　　　　since last night.

5 你在日本住多久了?(live)

　　　　　　　　　　　　in Japan?

6 你在這裡多久了?(be)

　　　　　　　　　　　　here?

Lesson 93 「表示經驗」的現在完成式是什麼？

表示經驗的句子 / Present Perfect — Experience

現在完成式，是談及「從過去持續到現在的狀態」的表達方式。要表達「**（直到現在）做過……**」的時候，也會使用現在完成式。

過去式
I **saw** this movie last week.
我上星期看了這部電影
過去 —— 現在

現在完成式
I **have seen** this movie three times.
我已經看過這部電影 3 次了
現在

就如同右邊的句子是「**現在處於〈看過這部電影 3 次〉的狀態**」，使用現在完成式會變成在講述自己的「經驗」。

要說經驗過的次數時，會使用 ...times（……次），不過「一次」常會用 once，而不是 one time，「兩次」則會用 twice，而不是 two times。

1次 once
2次 twice
3次 three times
4次 four times
　　　⋮

「去過……」會用 be 動詞的過去分詞 been，以 **have been to...** 的句型表達。

I **have been to** Canada twice.
我去過加拿大 2 次。

「去過……」是 have been to...

•英文會話 現在完成式只表示現在的狀態，因此不可以用和表示過去的詞語一起使用，例如 I have seen this movie <u>last week</u>.（✗）。（不過〈since + 表示過去的詞語〉是可以的。）

Exercise

> 解答在答案本 P.16
> 對完答案後,請跟著語音朗讀英文句子。

✏️ **請使用 (　) 內的動詞,將以下的句子翻譯成英文。**

1. 我看過這部電影好幾次。(see)

   _____ many times.

2. 我曾經見過她一次。(meet)

   _____ once.

3. 他去過中國 3 次。(be)

   _____ three times.

   中國:China

4. 我的祖父母去過夏威夷 2 次。(be)

   _____ twice.

   祖父母:grandparents　夏威夷:Hawaii

5. 我以前聽過這個故事。(hear)

   _____ before.

   故事:story

6. 我以前讀過她的書。(read)

   _____ before.

7. 我以前聽過他的名字好幾次。(hear)

   _____ many times.

💬 **快速開口說!** 請用英文表達對話框中的內容。

朋友說她找到了有趣的影片。

我以前看過這個影片。

影片:video

Lesson 94 「表示經驗」的否定句、疑問句

現在完成式（表示經驗）的否定句、疑問句 / Present Perfect Questions

現在完成式的否定句，是在 have[has] 的後面加 not。

要表達「(直到現在)一次也沒做過……」時不是用 not，而是使用表示「從來沒有」的否定詞 never。使用 never 的時候，不需要加 not。

> I have never played baseball.
> 我從來沒有打過棒球

真的嗎？

> I have never...
> 表示「(直到現在)一次也沒做過……」

現在完成式的疑問句是用 Have[Has] 作為開頭。

要詢問經驗，提出「(直到現在)做過……嗎？」的問題時，常會使用 Have you ever...? 的句型，ever 的意思是「(不管任何時候)曾經」，用於疑問句。

> Have you ever been to Kyoto?
> 你去過京都嗎？

當然

> Have you ever...?
> 表示「(直到現在)做過……嗎？」

●補充說明　ever 的意思是「不管是哪時，曾經……」，不可以用在肯定句，例如 I have ever been to....（×），可以用於最高級的句子，例如 the best movie I've ever seen（這是我看過最棒的電影）。

Exercise

→ 解答在答案本 P.16
對完答案後，請跟著語音朗讀英文句子。

✏️ **請使用（　　）內的動詞，將以下的句子翻譯成英文。**

1. 我從來都沒有打過高爾夫。（play）

   高爾夫：golf

2. 他從來沒有看過熊貓。（see）

   熊貓：a panda

3. 我從來沒有去過國外。（be）

   去國外：abroad（這是一個單字就能表示「去國外、在國外」的副詞，因此 abroad 的前面不用加 to）

4. 你曾經嘗過這道菜嗎？（try）

   嘗：try　菜餚：dish

5. 你聽說過歌舞伎（kabuki）嗎？（hear）

   聽說、因聽過而知道：hear of~

6. 我們以前曾經見過嗎？（meet）

   以前：before

7. 你讀過他的任何一本小說嗎？（read）

   任何……：any of~　小說：novel

🗣️ **快速開口說！ 請用英文表達對話框中的內容。**

請向在國外透過視訊教你英文的老師提問。

你曾經來過日本嗎？

Lesson 95 「表示完成」的現在完成式是什麼？

表示完成的句子 / Present Perfect — Finished Actions

現在完成式，是談及「從過去持續到現在的狀態」的表達方式。想表達「已經做完……了」、「剛做完……」的時候，也會使用現在完成式。

I have already finished my homework.
已經
我已經做完作業了

I have just finished it.
剛才
我剛做完

上圖的兩個句子，給人的感覺都是「現在處於〈做完作業了〉的狀態」。（already 是「（早就）已經」，just 是「剛才」、「正好」的意思。）

疑問句可以用來詢問「已經……了嗎？」。
疑問句的 yet 是「已經」的意思。

Have you finished your homework yet?
已經
你作業已經做完了嗎？

否定句可以用來表示「還沒做完……」。
否定句的 yet 是「還沒」的意思。

I haven't finished my homework yet.
還沒
我還沒做完……

•補充說明　現在完成式表示「現在」的狀態。因此不可以和表示過去的詞語一起使用，例如 I have finished my homework an hour ago.（✗）。

Exercise

⮕ 解答在答案本 P.17
對完答案後，請跟著語音朗讀英文句子。

✏️ **請使用（　）內的動詞，將以下的句子翻譯成英文。**

1　我剛做完了我的作業。（finish）

_____

我的作業：my homework

2　我還沒有讀這本書。（read）

_____

3　我剛抵達機場。（arrive）

_____

抵達……：arrive at~　機場：the airport

4　她清理她的房間了嗎？（clean）

_____

5　電影還沒開始。（start）

_____

電影：the movie

6　我已經洗好盤子了。（wash）

_____

盤子：the dishes

7　你已經預約了嗎？（make）

_____

做預約：make the reservation

😊 〈 快速開口說！〉 **請用英文表達對話框中的內容。**

你在等朋友時，看到有人跑來。

公車剛剛開走了。

請使用出發（leave）的過去分詞。

Chapter 17　現在完成式

243

Lesson 96 現在完成式的總整理

現在完成式的統整 / Present Perfect (Review)

現在完成式，是談及「**從過去持續到現在的狀態**」的表達方式。統整會用到的時機後，共有以下三種。

> ① 表達「**（直到現在）一直……**」的時候
> I have lived in Tokyo for two years.（我已經在東京住了 2 年。）
> 給人的感覺是「現在處於〈已經在東京住了 2 年〉的狀態」。
>
> ② 表達「**（直到現在）做過……**」的時候
> I have seen this movie three times.（我已經看過這部電影 3 次了。）
> 給人的感覺是「現在處於〈看過這部電影 3 次〉的狀態」。
>
> ③ 表達「**已經做完……了**」、「**剛做完……**」的時候
> I have already finished my homework.（我已經做完作業了。）
> 給人的感覺是「現在處於〈做完作業了〉的狀態」。

現在完成式用〈have + 過去分詞〉表示，但主詞是第三人稱單數時不用 have，而是要用 has。

I You 複數的主詞	have	been seen 等過去分詞	～.
He She 單數的主詞	has		

否定句是在 have / has 的前面加 not。

疑問句是用 Have / Has 作為句子的開頭，回答時也使用 have / has。

Have	you 複數的主詞	been seen 等過去分詞	～?
Has	he she 單數的主詞		

• 補充說明　在現在完成式中，有時也會介紹到把重點放在現在狀態的「結果」用法，例如 He has lost all his money.（他失去了所有錢。）表示「那個結果、現在的狀況是這樣」。

Exercise

→ 解答在答案本 P.17
對完答案後,請跟著語音朗讀英文句子。

✏️ **請使用(　　)內的動詞,將以下的句子翻譯成英文。**

1 我的奶奶已經學法文 5 年了。(study)

法文:French

2 他們從昨天晚上就一直在這裡嗎?(be)

3 我們去過京都好幾次。(be)

4 你曾經看過鯨魚嗎?(see)

鯨魚:a whale

5 包裹正好送到了。(arrive)

包裹:the package

6 你已經吃完午餐了嗎?(finish)

午餐:lunch

7 你曾經吹過長笛嗎?(play)

長笛:the flute

8 你曾經吃過墨西哥玉米片嗎?(eat)

墨西哥玉米片:nachos

Lesson 97 「現在完成進行式」是什麼？

現在完成進行式的意義與句型 / Present Perfect Progressive

〈have ＋過去分詞〉的現在完成式，可以用來表示持續的意思，也就是「（直到現在）一直……」。

> 現在完成式
> I have been busy since yesterday.
> 我從昨天就一直很忙
> 現在也是！
> busy
> 過去 ＋ 現在

其實能用〈have ＋過去分詞〉來表示「一直……」的，只有部分主要用來表達狀態或習慣的動詞，例如 be 動詞、live（居住）、know（知道）等。

不是針對狀態，而是要描述**動作**（「看（電視等）」、「說」、「讀」……之類的），表達「**（直到現在）一直持續在做……**」的時候，會使用〈have been ＋ ing 形式〉，這就叫做現在完成進行式。

> 現在完成進行式
> My mother has been watching TV since this morning.
> 我母親從早上就一直在看電視
> 真是的～媽媽……！

可以用 How long...? 的問句，詢問「持續了多久的時間？」。

> How long have you been waiting here?
> 你在這裡等多久了？
> 開始……從昨天

●補充說明　有時因為動詞的關係，不論是用現在完成式，還是現在完成進行式，意思都不會有太大的差異。（範例）I've studied [I've been studying] English for many years.（我已經學英文很多年了。）

Exercise

解答在答案本 P.17
對完答案後,請跟著語音朗讀英文句子。

✏️ **請使用(　)內的動詞,將以下的句子翻譯成英文。**

1. 他打遊戲打了 3 個小時。(play)

　　　　　　　　　　　　　　　　　　　　　遊戲:the game

2. 我從晚上 7 點就一直在讀這本書。(read)

　　　　　　　　　　　　　　　　　　　　　晚上 7 點:7 p.m.

3. 她和朋友聊了 2 個小時。(talk)

　　　　　　　　　　　　　　　　　　　(她的朋友):her friend

4. 我的哥哥從今天早上就一直在做菜。(cook)

5. 他們唱歌唱了 2 個小時以上。(sing)

　　　　　　　　　　　　　　……以上(超過……):more than~

6. 我在這裡等了大約 15 分鐘。(wait)

　　　　　　　　　　　　　　　　　　大約 15 分鐘:for about fifteen minutes

7. 我們現在工作了 8 小時。(work)

　　　　　　　　　　　　　　　　　　　　　8 小時:for eight hours

😀 **快速開口說!** 請用英文表達對話框中的內容。

在國外的人問了你天氣。

東京下雨下了一個星期。

　　　　　　　　　　　　　　　　　　主詞請用 it,動詞用 rain。

Chapter 17　現在完成式

複習時間

Chapter 17　現在完成式

1 請從（　）內選出適當的答案，並用○圈起來。

① 公車剛開走了。
The bus has just（leave / left / leaving）.

② 我從早上 6 點就一直在練習。
I've been（practice / practiced / practicing）since 6 a.m.

③ 我們在這個城鎮住了 10 年。
We have lived in this town（from / for / since）ten years.

④ 我從今天早上就一直想睡覺。
I have been sleepy（from / for / since）this morning.

⑤ 電影才剛開始。
The movie has（yet / already / just）started.

⑥ 我們還沒吃完。
We haven't finished eating（yet / already / just）.

⑦ 你曾經讀過這本書嗎？
Have you（ever / never / once）read this book?

⑧ 你曾經去過那家餐廳嗎？
Have you ever（went / be / been）to that restaurant?

⑨ 我從來沒有去過國外。
I've（ever / never / once）been abroad.

2　請使用（　　）內的動詞，將以下的句子翻譯成英文。

① 你曾經吃過章魚嗎？（eat）

章魚：octopus

② 我從來沒有去過美術館。（be）

美術館：an art museum

③ 他們從下午 5 點就一直在聊天。（talk）

------

④ 我從 10 歲開始就一直是這個樂團的忠實粉絲。（be）

忠實粉絲：a big fan　　這個樂團的：of this band　　從 10 歲開始：since I was ten

⑤ 我一整天都在想她的事。（think）

一整天：all day

⑥ 你曾經去過京都嗎？（be）

------

⑦ 你在日本待多久了？（be）

現在完成式的各種疑問句

除了在 P.236 學過的 How long 外，另外還有使用以下這些疑問詞的現在完成式疑問句。
- How many times have you been to Kyoto?（你去過京都幾次？）
- How have you been?（〈對很久沒見到面的人〉你最近還好嗎？/ 近來可好？）
- Where have you been?（你前陣子去哪裡了？/ 你去哪裡了？）

Lesson 98 「做這件事是⋯⋯」

"It is...to..."

用〈to ＋動詞的原形〉表示「去做⋯⋯」是很方便的表達方式，但不太會用來當作句子的主詞。

比方想表達「去外面很危險」時，有比把 to go out（去外面）當作主詞還要更合適的說法，那就是**用 It 當主詞**的表達方式。

> **It's dangerous to go out.**
> 危險的　　　　　去外面
>
> 暫時的主詞
> （沒有特別的意思）
>
> 不會吧～

因為先說了 It's dangerous（很危險），所以後面要再慢慢說明「什麼事很危險」。

這個 **It 指的不是前面出現過的某件事**，它只是用來代替〈to ＋動詞的原形〉作為「暫時的主詞」。

想表達「對○○而言」的時候，要在 to 的前面加上 <u>for</u> me（對我而言）、<u>for</u> him（對他而言）等。

> **It's hard for me**
> 　　 困難的　對我而言
> **to get up early.**
> 　　　　　　早起

● 文法用語　　It is...to... 的 it 稱為「形式主詞」、「虛主詞」，to... 則稱為「真主詞」。另外，for me 等的 me 的部分有時會被稱為「不定詞意義上的主詞」。

250

Exercise

解答在答案本 P.17
對完答案後，請跟著語音朗讀英文句子。

請將以下的句子翻譯成英文。

1. 做披薩很簡單。

   簡單的：easy　做披薩：make pizza

2. 互相幫助很重要。

   重要的：important　互相：each other

3. 要理解他的講座很困難。

   困難的：difficult　理解：understand　講座：lecture

4. 學習其他文化很有趣。

   有趣的：interesting　學習關於……的事：learn about~　其他文化：other cultures

5. 游 100 公尺對她而言很簡單。

   游 100 公尺：swim 100 meters

6. 獨自去那裡很危險。

   獨自：alone

7. 保護環境對我們而言很重要。

   保護：protect　環境：the environment

快速開口說！ 請用英文表達對話框中的內容。

請讓對方了解你想說的事情很複雜，所以沒辦法好好說明。

用英文說明對我而言很困難。

困難的：hard　說明：explain

Lesson 99 「怎麼做……」

"how to..."

這一課要學習的是結合疑問詞 how（如何、怎麼樣）與〈to＋動詞的原形〉的表達方式。

〈how to＋動詞的原形〉表示**「該怎麼做才好」**、**「怎麼做……」**。用來詢問某件事的做法，是很方便表達方式。它常用來接在 know 或 tell me 的後面。

> Do you know **how to make** this?
> 怎麼做
> 如何？
> Wow!
>
> how to 表示「怎麼做……」

詢問去某個地方的走法或路線時，常會使用 how to get to...（怎麼去……）這個表達方式。

> Do you know **how to get** to the airport?
> 怎麼去
> 我迷路了……

這裡的 get to... 是表示「到達、抵達……」的片語，how to get to... 就會變成「怎麼樣才能到達……」→「怎麼去……」的意思。

• 補充說明　〈主詞＋動詞＋how to...〉的句子是把 how to... 的部分視為一個單位，當作動詞的受詞的 SVO 句型。He told me how to.... 等句子則是 SVOO 的句型。

Exercise

解答在答案本 P.17
對完答案後，請跟著語音朗讀英文句子。

✏️ **請將以下的句子翻譯成英文。**

1. 你知道怎麼使用這部機器嗎？
   Do you know _____?

   使用：use　機器：machine

2. 我不知道怎麼下西洋棋。
   I don't know _____.

   下西洋棋：play chess

3. 請告訴我這道菜的做法。
   Please tell me _____.

   做：make　菜餚：dish

4. 你知道怎麼去諾亞（Noah）的家嗎？
   Do you know _____?

   諾亞的家：Noah's house

5. 我不知道怎麼去那裡。
   I didn't know _____.

   去那裡：there（用一個單字就能表示「去那裡、在那裡」，所以 there 的前面不用加 to）

6. 可以請你教我這個單字要怎麼發音嗎？
   Could you tell me _____?

   發音：pronounce

7. 你知道怎麼在網路上讀取那個資料夾嗎？
   Do you know _____?

   讀取……：access　那個資料夾：the folder　在網路上：online

【快速開口說！】 **請用英文表達對話框中的內容。**

你迷路了。

可以請你告訴我怎麼去車站嗎？

請用 Could you...? 詢問。

Chapter 18　不定詞（未來發展）

253

Lesson 100 「該怎麼……」

"what to...", "where to..."

除了 how 以外,也有結合疑問詞(what, where 等)與〈to +動詞的原形〉的表達方式。

〈what to +動詞的原形〉表示**「該怎麼……」**,常用來接在 know 或 tell me 的後面。

I didn't know **what to do**.
該怎麼做

我錯過飛機了……
哇

what to...
表示
「該怎麼做……」

〈where to +動詞的原形〉的意思是**「該在哪……」、「該去哪……」**。

She told me **where to go**.
該去哪

請去那邊的窗口

where to
表示「該在哪……」、
「該去哪……」

另外還有 when to... 表示「什麼時候該……」、which to... 表示「該……哪一個」。

●補充說明　疑問詞(which, what)的後面有時也會接名詞,例如 I didn't know which bus to take.(我不知道該搭哪一輛公車。)

Exercise

解答在答案本 P.18
對完答案後，請跟著語音朗讀英文句子。

請將以下的句子翻譯成英文。

1. 我們不知道該怎麼做。
   We didn't know   .

2. 我不知道該說什麼。
   I didn't know   .

3. 他不知道該去哪裡。
   He didn't know   .

4. 你知道在哪裡可以買票嗎？
   Do you know   ?
   買：buy　票：a ticket

5. 我無法決定要買哪一個。
   I can't decide   .

6. 我不知道該在哪裡下電車。
   I didn't know   .
   下車：get off　電車：the train

7. 我還沒決定暑假要去哪。
   I haven't decided   .
   暑假：for summer vacation

8. 醫生告訴我什麼時候該吃我的藥。
   The doctor told me   .
   吃我的藥：take my medicine

9. 我不知道該找誰商量。
   I didn't know   .
   商量、說：talk to~

Lesson 101 「希望某人做……」

want 人 to... / "want someone to do"

這一課要學的是「希望（某人）做……」的說法。
要表達「**希望（某人）做……**」的時候，會使用〈want 人 to...〉的句型。（to 的後面接動詞的原形。）

> I **want** [him] **to** come to my birthday party.
> 我希望他來我的生日派對

want 人 to...
表示
「希望 某人 做……」

使用 I'd like 取代 I want，會變成更禮貌的表達方式。

Do you want me to...? 的意思是「你希望我做……嗎？」，常用於有這個意願，並以輕鬆的口氣提出「**要我做……嗎？**」的時候。

> Do you **want** [me] **to** turn off the TV?
> 要我把電視關掉嗎？　謝謝

Do you want 人 to...?
表示
「你希望 某人 做……嗎？」

如果把 Do you want me to...? 換成 Would you like me to...?，就會變成更有禮貌的表達方式。

• 英文會話　I want you to.... / I'd like you to... 是單方面傳達自己期望的說法，類似「我想要你做……」。想要禮貌地提出請求時，請使用 Could you...? 等詢問對方意願的表達方式。

Exercise

解答在答案本 P.18
對完答案後，請跟著語音朗讀英文句子。

請將以下的句子翻譯成英文。

1. 我希望你讀這篇文章。
   I want _____.
   文章：article

2. 我希望他們變得快樂。
   I want _____.

3. 我們希望他成為領導者。
   We want _____.
   領導者：the leader

4. 我希望你跟我一起來。
   I'd like _____.

5. 我希望你告訴我關於你國家的事。
   I'd like _____.
   說、告訴：tell　關於……：about　國家：country

6. 她希望你道歉。
   She _____.
   道歉：apologize

7. 我不希望自己的兒子看到這部影片。
   I don't _____.
   兒子：son　看到：see　影片：video

快速開口說！ 請用英文表達對話框中的內容。

朋友做菜給你吃，看起來很辛苦。

要不要我幫忙？

請從「你希望我幫忙嗎？」的方向去思考答案。 幫忙：help

Lesson 102 「告訴某人做……」

tell / ask 人 to... / "tell / ask someone to do"

這一課要學的是「告訴（某人）做……」、「要求（某人）做……」的說法。

<u>「告訴（某人）做……」、「要求（某人）做……」</u>是用〈tell 人 to...〉的句型表達。（to 的後面接動詞的原形。）

> Could you **tell** **him** **to** call me back, please?
> （不在）
> Sure.
>
> 可以請你告訴他，要他回電給我嗎？
>
> tell 人 to...
> 表示「告訴某人做……」

要說<u>「要求（某人）做……」</u>的時候，是用〈ask 人 to...〉的句型表達。（ask 除了「詢問」之外，也有「要求」的意思。）

> I **asked** **him** **to** come to my birthday party.
>
> 是喔，做得好～
> 嗨
>
> 我請他來我的生日派對
>
> ask 人 to... 表示「要求某人做……」

• 補充說明　要表達「告訴某人不要做……」，對不定詞做出否定的時候，要在不定詞前面加上 not，改成〈not to ＋動詞的原形〉。（範例）He told me not to worry.（他告訴我不要擔心。）

Exercise

解答在答案本 P.18
對完答案後，請跟著語音朗讀英文句子。

請將以下的句子翻譯成英文。

1. 我的母親要我清理廚房。
   My mother _____.
   清理：clean　廚房：the kitchen

2. 瓊斯老師要我們用英文說話。
   Ms. Jones _____.
   用英文說話：speak in English

3. 我的奶奶總是要我看書。
   My grandmother _____.
   總是：always　看書：read books

4. 請告訴安迪（Andy）7 點過來。
   Please _____.
   7 點：at seven

5. 我要求他說話說得慢一點。

   說話：speak　慢一點：more slowly

6. 我要求她用英文說明。

   說明：explain　用英文：in English

7. 可以請你告訴她，要她打電話給我嗎？
   Could you _____?

快速開口說！ 請用英文表達對話框中的內容。

請在教師辦公室的門口說明你的來意。

瓊斯老師（Mr. Jones）要我過來。

請從「瓊斯老師告訴我，要我過來」的方向去思考答案。

Chapter 18　不定詞（未來發展）

259

Lesson 103　let 等的用法

原形不定詞 / "let / help someone do"

這一課要學習的，是 let, help, make 這三個動詞後面接其他動詞的用法。

let 常會用在 Let's（我們來做……吧。）的句型，但 let 原本是表示「讓……（允許做……）」的動詞。〈let A B〉的意思是「**讓 A 做 B**」，B 必須是**動詞的原形**。Let me...（讓我……）也是常用的句型。

〈help A B〉的意思是「**幫助 A 做 B**」，B 必須是動詞的原形。

〈make A B〉的意思是「**命令 A 做 B**」，B 必須是動詞的原形。make 和 let 不同，帶有「強迫」的意思。

• 文法用語　接在 let 或 help 後面的動詞原形，相對於 to 不定詞，稱為「原形不定詞」（help 有時後面也會接 to 不定詞）。像 let 和 make 這樣具有「讓／使……」意思的動詞稱為「使役動詞」。

Exercise

請使用（　　）內的動詞，將以下的句子翻譯成英文。

1. 關於那件事，請讓我想一下。（let, think）

   關於那件事：about it

2. 請讓我帶你去參觀辦公室。（let, show）

   帶某人參觀……：show you around~　辦公室：the office

3. 請讓我給你一個提示。（let, give）

   一個提示：a hint

4. 我幫他做了這部影片。（help, make）

   影片：video

5. 她幫我找到了我的錢包。（help, find）

   我的錢包：my wallet

6. 那個消息讓我哭了。（make, cry）

快速開口說！　請用英文表達對話框中的內容。

對方詢問你下星期的安排。

請讓我確認一下。

確認：check

複習時間

解答在答案本 P.18
對完答案後，
請跟著語音朗讀英文句子。

Chapter 18　不定詞（未來發展）

1　請重新排列（　）內的詞語，完成英文句子。

① 我們不知道該去哪裡。
（to / didn't / we / go / know / where）
_____

② 用英文寫電子郵件對我而言很困難。
（me / it's / hard / write / for / to）
_____ an e-mail in English.

③ 我們希望你加入我們的團隊。
（our team / you / join / want / to）
We _____ .

④ 是誰告訴你，要你來這裡的？
（you / here / told / come / to）
Who _____ ?

⑤ 你要跟我一起來嗎？
（you / come / me / with / like / would / to）
_____

⑥ 請讓我幫忙。
（you / me / help / let）
Please _____ .

⑦ 艾力克斯幫我做了這個網站。
（this / make / website / helped / me）
Alex _____ .

262

2　請將以下的中文句子翻譯成英文。

① 我不知道該怎麼做。

---

② 我希望他成為我的老師。

---

③ 我告訴安迪（Andy），要他在這裡等。

等待：wait　在這裡：here

④ 可以請你告訴她，要她回電話給我嗎？

　　Could you _____, please?

回電話給……：call-back

⑤ 我不知道這個 app 的用法。

---

⑥ 可以請你告訴我怎麼去機場嗎？

機場：the airport

Coffee Break

「花時間」的說法

表達「做……要花 30 分鐘」的時候，要說 It takes 30 minutes to....，這裡的 take 是「花時間」的意思。

- It takes about 30 minutes to get to the station from here.
  （從這裡到車站要花大約 30 分鐘的時間。）
- It took (me) an hour to finish my homework.
  （完成作業花了我 1 小時。）

「做……要花多久的時間？」是用 How long does it take to...? 來詢問。

- How long does it take to get there?
  （到那裡要花多久的時間？）

263

Lesson 104 「桌上的書」之類的用法

修飾名詞的介係詞片語 / Noun-Modifying Prepositional Phrases

在中文裡，修飾名詞（例如書）的詞語，都是像「桌上的書」、「關於動物的書」這樣，大多放在名詞的前面。

（所謂的「修飾」，是裝飾的意思，也就是增添資訊。）

中文大多從前面修飾
桌上的 → 書（修飾）
關於動物的 → 書

可是在英文中，還有**從後面修飾名詞**的情況。從這一課開始，我們要學習關於「從後面修飾的方式」。

首先是使用介係詞的情況。要表達「桌上的書」時，on the desk（桌上的）這個片語會**從後方修飾**名詞 book。

從後方修飾的第一種方式

用介係詞從後方修飾！

the book (on the desk)　介係詞
書　修飾　桌上的

the book (under the chair)
椅子下的

the book (about animals)
關於動物的

用介係詞開頭的片語（on the desk 等）不只可以放在句子的最後，還可以放在句子的中間。請熟悉「從後方修飾」這種中文裡較少有的語感。

This is a book (about animals).
這是本關於動物的書

The book (on the desk) is mine.
桌上的書 是我的

● 文法用語　從後方修飾名詞，一般稱為「後置修飾」。修飾名詞的片語，因為其功能而稱為「形容詞片語」。此外，on the desk 等用介係詞開頭的句子，稱為「介係詞片語」。

Exercise

解答在答案本 P.18
對完答案後，請跟著語音朗讀英文句子。

請使用（　　）內的介係詞，將以下的句子翻譯成英文。
請注意要「從後面修飾」名詞。

1. 桌上的字典是我的。（on）

   The dictionary _____ is mine.

   桌子：the desk

2. 東京的朋友昨天打了電話給我。（in）

   A friend _____ called me yesterday.

3. 關於太空的書非常有趣。（about）

   Books _____ are very interesting.

   太空：space

4. 這張是我家人的照片。（of）

   This is a picture _____.

   家人：family

5. 這個箱子裡的物品全都是你的。（in）

   All the things _____ are yours.

   箱子：box

6. 那個長頭髮的女人是誰？（with）

   Who's that woman _____?

   頭髮：hair

7. 這是在加拿大的朋友送的禮物。（from, in）

   This is a present _____.

   朋友：a friend　加拿大：Canada

Lesson 105 「正在彈鋼琴的女孩」之類的用法

修飾名詞的 ing 形式 / Noun-Modifying "-ing" Phrases

從後面修飾名詞的第二種方式,是使用動詞的 ing 形式。(在「進行式」曾使用過 ing 形式,〈be 動詞 + ing 形式〉的組合就是進行式。)ing 形式本身有「正在做……」的意思。

想要修飾「女孩」(the girl)這個名詞,表達「正在彈鋼琴的女孩」的時候,會說 the girl playing the piano。用 ing 形式開頭的片語(playing the piano)從後面修飾前面的名詞。

從後方修飾的第二種方式
用 ing 形式表示「正在做……的○○」

the girl (playing the piano)
　女孩　　　正在彈鋼琴的

the girl (talking with Kenta)
　女孩　　　正在和健太說話的

the girl (listening to music)
　女孩　　　正在聽音樂的

不可以說 playing the piano girl(✗)。用 ing 形式開頭、兩個單字以上的片語,一律從後面修飾名詞。

像 playing the piano(正在彈鋼琴)這樣開頭為 ing 形式的片語,可以放在句子的最後或句子的中間,請習慣這種用法。

Look at the girl (talking with Kenta).
看著　(正在和健太說話的) 女孩

The girl (playing the piano) is Yuki.
　　　　(正在彈鋼琴的) 女孩是由紀

• 文法用語　動詞的 ing 形式也稱為「現在分詞」,ing 形式修飾名詞的用法稱為「現在分詞的形容詞用法」。現在分詞後面不加任何詞句,僅用一個單字修飾名詞的時候,通常現在分詞要放在名詞的前面。〈→ P.273〉

266

Exercise

解答在答案本 P.18
對完答案後，請跟著語音朗讀英文句子。

請使用（ ）內的動詞，將以下的句子翻譯成英文。
請注意要「從後面修飾」名詞。

1 正在那裡跑步的男孩是誰？（run）
 Who's that boy ?
 在那裡：over there

2 你看得見正在那裡飛行的那隻鳥嗎？（fly）
 Can you see that bird ?

3 我向正在看雜誌的女性搭話。（read）
 I talked to a woman .
 雜誌：a magazine

4 米勒小姐是站在門旁邊的很高的女人。（stand）
 Ms. Miller is the tall woman .
 在門旁邊：by the door

5 正在庭院玩耍的男孩是我的同班同學。（play）
 The boys are my classmates.
 庭院：the yard

6 請看正在爬樹的猴子。（climb）
 Look at the monkey .
 樹：the tree

快速開口說！ 請用英文表達對話框中的內容。

朋友正在和你不認識的人說話。

正在和艾咪（Amy）說話的那個男人是誰？

那個男人：that man　說話：talk

Chapter 19 後置修飾

Lesson 106 「10 年前拍的照片」之類的用法

修飾名詞的過去分詞 / Noun-Modifying Past-Participle Phrases

　　從後面修飾名詞的第三種方式，是使用過去分詞。（在「被動式」曾使用過過去分詞，〈be 動詞＋過去分詞〉的組合就是被動式。）過去分詞本身有「被……」的意思。

　　想要修飾「照片」（a picture）這個名詞，表達「10 年前（被）拍的照片」的時候，會說 a picture taken ten years ago。用過去分詞開頭的片語（taken ten years ago）從後面修飾前面的名詞。

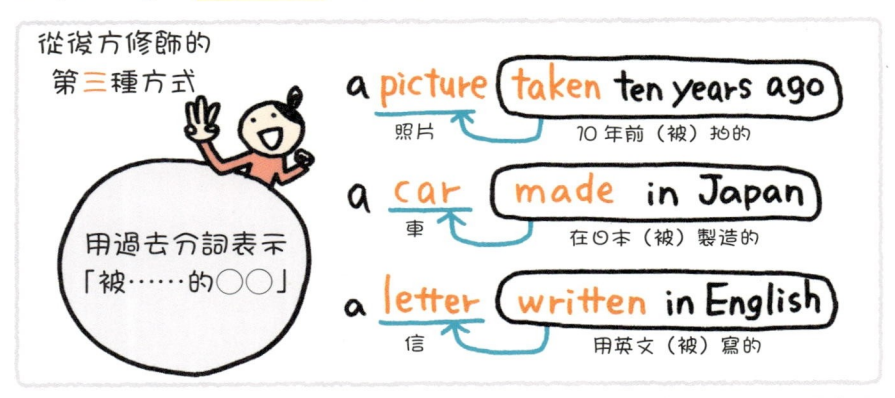

從後方修飾的第三種方式
用過去分詞表示「被……的○○」

- a picture taken ten years ago
  照片　　　10 年前（被）拍的
- a car made in Japan
  車　　　在日本（被）製造的
- a letter written in English
  信　　　用英文（被）寫的

　　不可以說 taken ten years ago picture（✗）。用過去分詞開頭、兩個單字以上的片語，一律從後面修飾名詞。

　　像 taken ten years ago（10 年前拍的）這樣開頭為過去分詞的片語，可以放在句子的最後或句子的中間，請習慣這種用法。

He showed me a picture taken ten years ago.
他給我看 10 年前拍的 照片。

Cars made in Japan are popular.
日本製造的 車很受歡迎。

● 文法用語　過去分詞修飾名詞的用法稱為「過去分詞的形容詞用法」。過去分詞後面不加任何詞句，僅用一個單字修飾名詞的時候，通常過去分詞要放在名詞的前面。〈→ P.273〉

Exercise

解答在答案本 P.18
對完答案後,請跟著語音朗讀英文句子。

請使用（　）內的動詞,將以下的句子翻譯成英文。
請注意要「從後面修飾」名詞。

1. 他買了日本製造的相機。（make）
   He bought a camera   .

2. 她給我看用英文寫的信。（write）
   She showed me a letter   .

3. 我看了 1950 年拍的照片。（take）
   I saw a picture   .

4. 我遇見了一位叫做肯（Ken）的男孩。（call）
   I met a boy   .

5. 印地文是印度在說的語言。（speak）
   Hindi is a language   .

   印度：India

6. 那裡賣的東西很貴。（sell）
   The things   are expensive.

   昂貴的

7. 部分受邀來派對的人沒有來。（invite）
   Some of the people
   didn't come.

8. 這些是在巴西種植的咖啡豆。（grow）
   These are coffee beans   .

   巴西：Brazil

Lesson 107 「我昨天讀的書」之類的用法

修飾名詞的〈主詞＋動詞〉／ Noun-Modifying Clauses

從後面修飾名詞的第四種方式，是把〈主詞＋動詞〉緊接在名詞的後面。

比方想修飾「書」（the book）這個名詞，表達「我昨天讀的書」的時候，會說 the book I read yesterday。用〈主詞＋動詞〉開頭的片語（I read yesterday）從後面修飾前面的名詞。

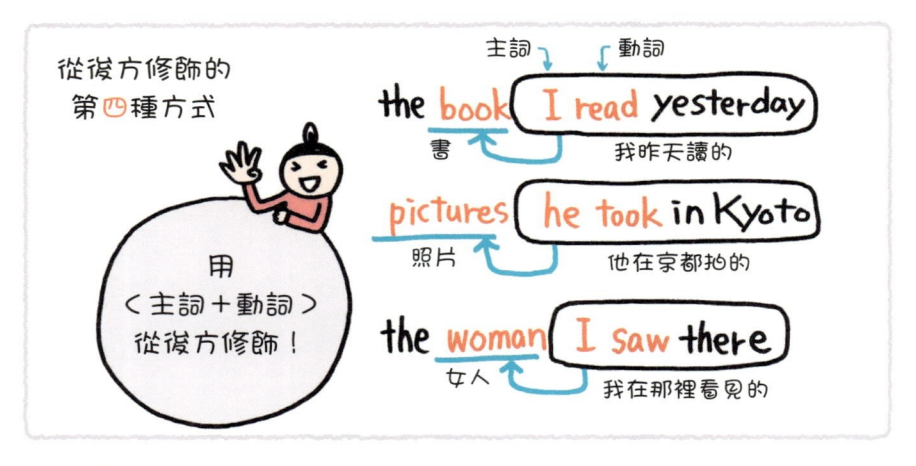

從後方修飾的第四種方式

用〈主詞＋動詞〉從後方修飾！

the book │ I read yesterday
書　　　　我昨天讀的
　　　　　主詞　動詞

pictures │ he took in Kyoto
照片　　　他在京都拍的

the woman │ I saw there
女人　　　　我在那裡看見的

名詞的後面，緊接著修飾它的〈主詞＋動詞〉。

像 I read yesterday（我昨天讀的）這樣開頭為〈主詞＋動詞〉的片語，可以放在句子的最後或句子的中間，請習慣這種用法。

These are pictures │ he took in Kyoto │.
這些是 他在京都拍的 照片。

The book │ I read yesterday │ was interesting.
我昨天讀的 書很有趣。

•文法用語　包含〈主詞＋動詞〉的片語稱為「子句」，修飾名詞的子句稱為「形容詞子句」。就如同 the book I read 畫底線的部分，省略關係代名詞，緊接在名詞之後的子句稱為「省略關代的子句」。

Exercise

→ 解答在答案本 P.19
對完答案後,請跟著語音朗讀英文句子。

✏️ 請使用( )內的動詞,將以下的句子翻譯成英文。
請注意要「從後面修飾」名詞。

1. 我昨天讀的書很有趣。(read)
   The book _____ was interesting.

2. 他拍的照片變得有名了。(take)
   The picture _____ became famous.

3. 我遇到的人們都非常親切。(meet)
   The people _____ were very kind.

4. 你想要的任何東西,我都會給你。(want)
   I'll give you anything _____.
   　　　　　　　　任何東西

5. 我在那裡看到的男人,長得很像史密斯先生。(see)
   The man _____ looked like Mr. Smith.
   　　　　　　　　　　　　　　長得很像……

6. 這把是你昨天弄丟的鑰匙嗎?(lose)
   Is this the key _____?
   　　　　　　　　　　　　　　lose 的過去式:lost

7. 這部是我工作用的電腦。(use)
   This is the computer _____.
   　　　　　　　　　　　　　　工作用:for work

快速開口說!　請用英文表達對話框中的內容。

請你炫耀新買的手錶。

這隻是我買的手錶。

手錶:the watch　買(buy)的過去式:bought

複習時間

Chapter 19　後置修飾

1 請從（　）內選出適當的答案，並用○圈起來。

① 正在那裡散步的女人是史密斯小姐。
The woman（walks / walking / walked）over there is Ms. Smith.

② 米勒小姐是受到大家喜愛的老師。
Ms. Miller is a teacher（loves / loving / loved）by everyone.

③ 紐西蘭說的是什麼語言？
What't the language（speaks / speaking / spoken）in New Zealand?

④ 這是有幾百萬人使用的 app。
This is an app（uses / using / used）by millions of people.

2 請重新排列（　）內的詞語，完成英文句子。

① 長頭髮的女孩是梅格。（long hair / the girl / is / with）
_____ Meg.

② 桌上所有的東西都是我哥哥的。（the desk / the things / are / on）
All _____ my brother's.

③ 這是在澳洲的朋友送來的禮物。
（Australia / a friend / a present / from / in）
This is _____ .

④ 我住在 100 多年前建造的旅館。（a hotel / I / built / stayed / at）
_____ over 100 years ago.
　　　　　　　　　　　　　　　　　　　超過

3 請將以下的中文句子翻譯成英文。

① 正在彈鋼琴的男孩是誰？（play）

男孩：the boy　鋼琴：the piano

② 我在飛機上遇到的女人是醫生。（meet）

　　　　　　　　　　　　　　　　　　　　　was a doctor.

女人：the woman　在飛機（機內）上：on the plane

③ 正在那裡跑步的男孩是安迪。（run）

　　　　　　　　　　　　　　　　　　　　　　is Andy.

男孩：the boy　在那裡：over there

④ 這些是我在倫敦拍的照片。（take）

These are 　　　　　　　　　　　　　　　　　　　　　.

照片：pictures　倫敦：London

⑤ 我收到了用英文寫的信。（write）

I got 　　　　　　　　　　　　　　　　　　　　　.

信件：a letter

⑥ 我上星期買的書很有趣。（buy）

　　　　　　　　　　　　　　　　　　was interesting.

書：the book

Coffee Break　從前面修飾名詞的情況

ing 形式或過去分詞「只用 1 個單字」修飾名詞的時候，和一般的形容詞一樣，原則上從前面修飾名詞。

・只有 1 個單字，就要從前面修飾　…a sleeping baby（正在睡覺的嬰兒）
　　　　　　　　　　　　　　　　　a used car（用過的車→二手車）

用「2 個單字以上的片語」修飾名詞的時候，從後面修飾。

・2 個單字以上，就要從後面修飾　…a baby sleeping in the bed
　　　　　　　　　　　　　　　　　（正在床上睡覺的嬰兒）
　　　　　　　　　　　　　　　　　a car used by someone（某人使用過的車）

Lesson 108 「關係代名詞」是什麼？①

關係代名詞（主格 who）／ *Relative Pronoun* "who"

接下來要繼續學習從後面修飾的方式，第五種是使用關係代名詞。
比方要表達「我有一位會說法文的朋友」時，需要的就是關係代名詞。

I have a friend who can speak French.

Oui! Merci!

這個 who 是關係代名詞！

上面的句子，請想成原本是以下的兩個句子。

I have a friend. (The friend can speak French.
① 主要的句子　　　　② 說明「朋友」的句子
　　　　　　　　要說是怎樣的朋友

who 就是能夠把這個←要說是怎樣的朋友，那個朋友……要表示的意思，變成一個單字的關係代名詞。只要使用 who，就能把①②結合起來，像下方這樣組成一個自然的句子。

　　I have a friend who can speak French.

關係代名詞的 who，會在從後面增添關於「人」的說明時使用。關係代名詞對於說英文的人而言，是在暗示**「接下來要針對前面的名詞做說明了」**的重要詞彙。

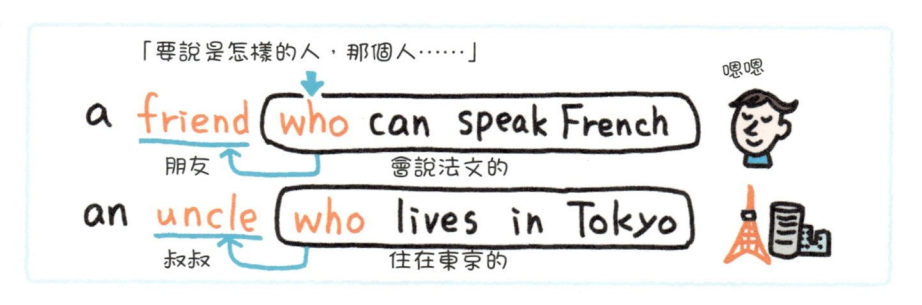

「要說是怎樣的人，那個人……」

a friend (who can speak French)
　朋友　　　　會說法文的

an uncle (who lives in Tokyo)
　叔叔　　　　住在東京的

嗯嗯

● 文法用語　關係代名詞前面的名詞（被修飾的名詞）稱為「先行詞」。此外，關係代名詞引導的子句（用關係代名詞開頭，包含〈主詞＋動詞〉的片語），稱為「關係代名詞子句」或「關係子句」。

Exercise

🔊 2-53

解答在答案本 P.19
對完答案後，請跟著語音朗讀英文句子。

✏️ 請將以下的句子翻譯成英文，並使用表示「要說是怎麼樣的人，那個人……」的關係代名詞 **who** 增添說明。

1. 我認識拍這張照片的男性。
   I know the man _____ .

2. 你認識任何會說俄文的人嗎？
   Do you know anyone _____ ?
   任何人   俄文：Russian

3. 我有擅長烹飪的朋友。
   I have a friend _____ .
   擅長……：be good at~ 烹飪：cooking

4. architect 是設計建築物的人。
   An architect is a person _____ .
   建築師   人   設計：design 建築物（複數）：buildings

5. 這個標誌是給不會讀日文的人看的。
   This sign is for people _____ .
   標誌、標記

   _____ .

6. 她是在音樂會彈鋼琴的女孩。
   She is the girl _____ .
   鋼琴：the piano 在音樂會：at the concert

〈快速開口說！〉 **請用英文表達對話框中的內容。**

請你介紹人在國外的親戚。

我有一位叔叔住在澳洲。

叔叔：an uncle 澳洲：Australia

Chapter 20 關係代名詞

275

Lesson 109 「關係代名詞」是什麼？②

關係代名詞（主格 that, which）／ *Relative Pronouns* "that / which" (Subject)

上一課學習了增添關於「人」說明的關係代名詞 who，這次要學習關於「物」使用的關係代名詞。

例如「我在製作網站的公司工作」的說法。

> I work for a company that makes websites.
>
> 這個 that 是關係代名詞

上面的句子，請想成原本是以下的兩個句子。

> I work for a company.　　要說是怎樣的公司
> The company makes websites.
> ① 主要的句子　　② 說明「公司」的句子

that 就是能夠把這個 ←要說是怎樣的公司，那間公司⋯⋯ 要表示的意思，變成一個單字的關係代名詞。只要使用 that，就能把①②結合起來，像下方這樣組成一個自然的句子。

I work for a company that makes websites.

也可以把 that 換成 which。

I work for a company which makes websites.

> 要說是怎樣的○○，它⋯⋯
>
> a company that [which] makes websites
> 公司　　　　　　　　　　製作網站的
>
> the book that [which] made him famous
> 書　　　　　　　　　　讓他變有名的

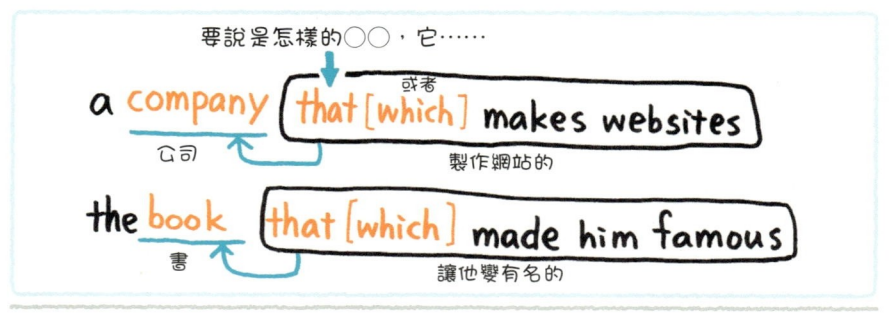

● 文法用語　關係代名詞作為關係代名詞子句主詞的情況，稱為「主格關係代名詞」。主格關係代名詞後面接動詞，主格關係代名詞不可以省略。

Exercise

解答在答案本 P.19
對完答案後，請跟著語音朗讀英文句子。

請將以下的句子翻譯成英文，並使用表示「要說是怎樣的○○，它……」的關係代名詞 that（或者是 which）增添說明。

1. 這本是改變我人生的書。
   This is a book　　　　　　　　　　　　　　　.
   改變：change　人生：life

2. 這是讓他變有名的電影。
   This is the movie　　　　　　　　　　　　　.
   讓 A 變 B：make A B　有名的：famous

3. （之前）在桌上的蛋糕在哪裡？
   Where is the cake　　　　　　　　　　　　　?
   桌子：the table

4. 開往車站的公車剛開走了。
   The bus　　　　　　　　　　　　　has just left.
   前往：go　車站：the station

5. vending machine 是販賣物品的機器。
   A vending machine is a machine　　　　　　　.
   自動販賣機　　　　　　　機器　　　販賣：sell　物品：things

6. 這首是 10 年前很受歡迎的歌。
   This is a song　　　　　　　　　　　　　　　.
   受歡迎的：popular

快速開口說！ 請用英文表達對話框中的內容。

請你介紹家人工作的公司。

我的母親在製作玩具的公司工作。

工作：work for~　玩具：toys

Lesson 110 「關係代名詞」是什麼？③

關係代名詞（受格 that. which）／ *Relative Pronouns "that / which" (Object)*

這裡我們複習一下，之前在 P.270 學過了「我昨天讀的書」的說法，這是從後面修飾名詞的第四種方式。

主詞　動詞
This is the book **I read** yesterday.

P.270 的複習
用〈主詞＋動詞〉
從後面修飾！

這是把〈主詞＋動詞〉緊接在名詞後面的修飾方式，是很常用且自然的說法。

不過有時也會使用 that[which]，以下面的方式表達上面的句子。

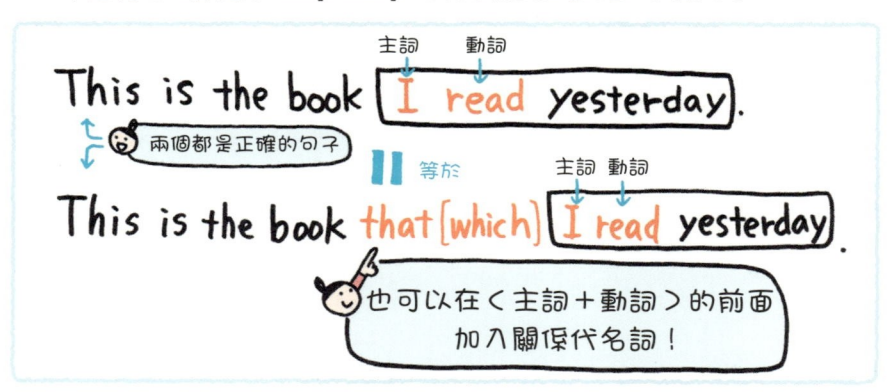

主詞　動詞
This is the book **I read yesterday**.

兩個都是正確的句子

＝等於

主詞 動詞
This is the book **that[which]** **I read yesterday**.

也可以在〈主詞＋動詞〉的前面加入關係代名詞！

要談及「我昨天讀的書」的時候，可以用 P.270 的說法簡單地表達，所以不一定需要用到關係代名詞。

可是，請記得<u>還是有使用關係代名詞表達的情況</u>。

關係代名詞對說英文的人們而言，是在暗示<u>「接下來要針對前面的名詞做說明了」</u>。所以為了讓句子的結構更清楚，有時也會刻意加入關係代名詞。

●文法用語　　就如這一課所學的，關係代名詞作為關係代名詞子句受詞的情況，稱為「受格關係代名詞」。受格關係代名詞的後面接〈主詞＋動詞……〉的句型，受格關係代名詞可以省略。

Exercise

解答在答案本 P.19
對完答案後，請跟著語音朗讀英文句子。

請將以下的句子翻譯成英文。（這些句子不加入關係代名詞也是正確的，但這次請嘗試加入關係代名詞。）

1. 他拍的照片很美。
   The picture _____ was beautiful.

2. 我昨天讀的書很無聊。
   The book _____
   was boring.
   　　無聊的

3. 這是我每天使用的桌子。
   This is the desk _____.

4. 我做的咖哩怎麼樣？
   How was the curry _____?
   　　　　　　　　　　　　　　　　　　做：make

5. 這是我昨天寫的信。
   This is the letter _____.

6. 這是我叔叔給我的相機。
   This is the camera _____.
   　　　　　　　　　　　　　　　　　　叔叔：uncle

7. 給我看你上星期買的包包。
   Show me the bag _____.

8. 他正在找弄丟的鑰匙。
   He is looking for the keys _____.

Lesson 111 關係代名詞的總整理

關係代名詞的注意事項 / *Relative Pronouns (Review)*

到目前為止學過的關係代名詞有 who, which, that 三個種類，依照修飾的名詞是「人」還是「物」，而有不同的使用方式。

- 「人」的情況…使用 who。（也可以用 that。）
- 「物」的情況…使用 that 或者是 which。

這裡讓我們把關係代名詞「使用或不使用都可以的情況」，以及「一定需要的情況」做個統整。（要區分有點困難，如果不知道該怎麼辦，也可以選擇「都用」。不過在實務上，可以不使用的時候，大多不會使用。）

可以不使用關係代名詞的情況，是在 P.270 學過的修飾方式，內容如下。被修飾**名詞的後面緊接〈主詞＋動詞〉**。

★可以不使用關係代名詞的情況（要用也可以）
　…名詞後面緊接〈**主詞＋動詞**〉的時候

「我昨天買的書」	○ the book **I bought** yesterday
	○ the book that [which] **I bought** yesterday
「他拍的照片」	○ the picture **he took**
	○ the picture that [which] **he took**

一定要使用關係代名詞的情況，是在 P.274～277 學過的修飾方式，內容如下。由於**名詞的後面緊接動詞或助動詞**，會看不出來有「從後面修飾」名詞，所以必須使用關係代名詞。

★一定要使用關係代名詞（不可以不使用）
　…名詞後面緊接的不是主詞，而是動詞或助動詞的時候。

|「會說法文的朋友」| ✕ a friend **can** speak French　←錯誤！|

↑無法讓對方知道畫底線的部分有「從後面修飾」名詞

　　　　　　　　　○ a friend **who can** speak French

|「製作玩具的公司」| ✕ a company **makes** toys　←錯誤！|

↑無法讓對方知道畫底線的部分有「從後面修飾」名詞

　　　　　　　　　○ a company **that [which] makes** toys

●補充說明　先行詞為人的時候，有時也會使用受格關係代名詞 whom，但這是較為生硬的說法，會話幾乎用不到。因為 whom 是受格，常會被省略，而且也可以用關係代名詞 that 或 who 代替。

Exercise

🔊 解答在答案本 P.19
對完答案後，請跟著語音朗讀英文句子。

✏️ 如果畫底線的部分是對的就在（ ）內填入○，如果是錯的就填入╳。答案為錯誤（╳）時，請寫下正確的形式。

（範例）我有一位會說法文的朋友。

I have a friend can speak French.（╳）

who can speak French

1 這是我昨天買的書。

This ia a book I bought yesterday.（　）

2 我有一位擅長打網球的朋友。

I have a friend is very good at tennis.（　）

3 我想要見到寫這本書的作者。

I want to meet the author wrote this book.（　）
作者

4 我在那裡看到的女人在看雜誌。

The woman I saw there was reading a magazine.（　）
雜誌

5 這是我爺爺給我的書。

This is a book that my grandfather gave me.（　）

6 這是讓她變有名的書。

This is the book made her famous.（　）

複習時間

Chapter 20　關係代名詞

1　請重新排列（　　）內的詞語，完成英文句子。

① 你昨天看的電影怎麼樣？
（the movie / you / how / was / saw）

_____ yesterday?

② 這是一部會讓你快樂的電影。
（a movie / you / happy / will / that / make）
This is _____.

③ 贏得這場比賽的男孩才 6 歲。
（the game / the boy / who / won / was）

_____ only six years old.

won：win（獲勝）的過去式

④ 這是我到目前為止看過最棒的電影。
（movie / I've / that / the best / ever seen）
This is _____.

ever：到目前為止

⑤ 你最想見到的演員是誰？
（you / the actor / want / meet / to）
Who is _____ the most?

the actor：演員　　meet：遇見

2 請將以下的中文句子翻譯成英文。

① 我有一位朋友會說 3 種語言。

I have _____.

朋友：a friend　3 種語言：three languages

② 這是讓他變有名的書。

This is _____.

書：the book　有名的：famous

③ 有任何會說日語的人嗎？

Is there _____?

（在疑問句裡）任何人：anyone

④ 她是畫這幅畫的藝術家。

She is the artist _____.

（使用畫具）繪畫：paint　畫：picture

⑤ 你記得我上星期給你看的照片嗎？

Do you remember _____?

照片：the picture

⑥ 他是我在派對上遇到的男人。

He is _____.

遇見：meet　在派對上：at the party

Coffee Break　從後方修飾的方式統整

在中文裡，要修飾名詞的時候，大多是從前面修飾。可是在英文裡，當使用 2 個單字以上的片語修飾名詞時，基本上都是從後面修飾。讓我們來確認前面學過的方式吧。

- to ＋動詞的原形　…homework to do（需要做的作業）
- 介係詞～　…the book on the desk（桌上的書）
- ing 形式～　…the girl playing the piano（正在彈鋼琴的女孩）
- 過去分詞～　…a picture taken last year（去年拍的照片）
- 主詞＋動詞　…the book I read yesterday（我昨天讀的書）
- 關係代名詞　…a friend who lives in Tokyo（住在東京的朋友）
　　　　　　…a company that[which] makes toys（製作玩具的公司）

Lesson 112 句子中的疑問句

間接問句 / Indirect Questions

用 what 等疑問詞開頭的疑問句，如果放進別的句子裡，形式會變得不一樣。例如「我不知道這是什麼」，英文說法是 I don't know what this is.。

原本的疑問句 What is this?

放進別的句子中，語序會改變！

I don't know what this is.
我不知道這是什麼　　主詞＋動詞

完全搞不懂……　嘿嘿

× I don't know what is this.
是錯的！

不能說 I don't know what is this.（×），疑問詞的後面會變成 this is 這種〈主詞＋動詞〉的語序。

使用 do, does, did 等的疑問句也一樣，如果放進別的句子中，疑問詞的後面會變成〈主詞＋動詞〉的語序。（不使用 do, does, did）。

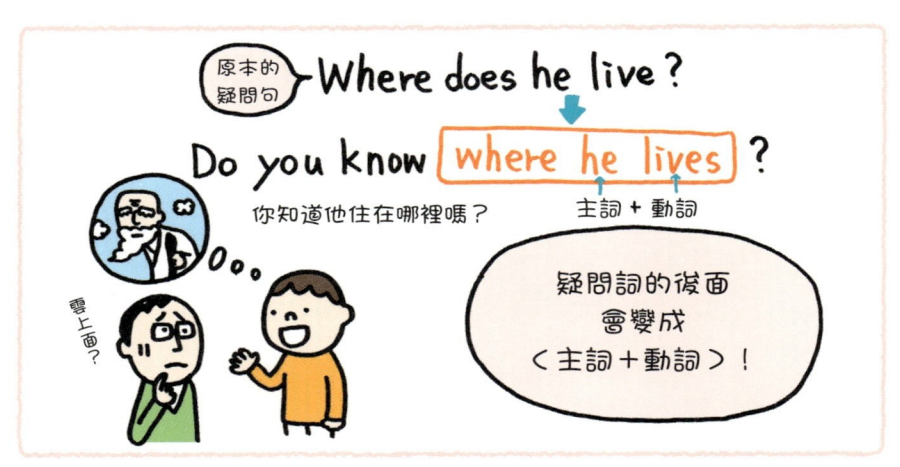

原本的疑問句 Where does he live?

Do you know where he lives?
你知道他住在哪裡嗎？　主詞＋動詞

雲上面？

疑問詞的後面會變成〈主詞＋動詞〉！

• 文法用語　用疑問詞開頭的疑問句，變成其他句子的一部分時，稱為「間接問句」。I don't know what this is. 中畫底線的部分發揮了名詞的功能，稱為「名詞子句」，是前面的動詞 know 的受詞。

284

Exercise

解答在答案本 P.20
對完答案後，請跟著語音朗讀英文句子。

請將以下的句子翻譯成英文。

1. 你知道這是什麼嗎？
   Do you know   ?
   （參考）這是什麼？：What is this?

2. 你知道她在哪裡嗎？
   Do you know   ?
   （參考）她在哪裡？：Where is she?

3. 我不知道他為什麼生氣。
   I don't know   .
   （參考）他為什麼生氣？：Why is he angry?

4. 我不知道諾亞（Noah）住在哪裡。
   I don't know   .
   （參考）諾亞住在哪裡？：Where does Noah live?

5. 我不知道她喜歡什麼顏色。
   I don't know   .
   （參考）她喜歡什麼顏色？：What color does she like?

6. 他不知道愛麗絲（Alice）在哪裡工作。
   He doesn't know   .
   （參考）愛麗絲在哪裡工作？：Where does Alice work?

7. 你知道他什麼時候會來嗎？
   Do you know   ?
   （參考）他什麼時候會來？：When is he going to come?

快速開口說！　請用英文表達對話框中的內容。

請你禮貌地詢問對方來自哪裡。

可以請教你來自哪裡嗎？

請用 May I ask（可以請教你……嗎）開頭。

Chapter 21　間接問句、假設語氣

285

Lesson 113 「假設語氣」是什麼？

假設語氣表達的意思 / What is "Subjunctive"?

從這一課開始，我們要學習假設語氣。

所謂的假設語氣，是在表達**與現實不符的事**的句型。與現實不符的願望，或者是在現實中不可能實現的假設，**即使是現在的事情，也會用過去式**表達，這就是假設語氣。

> I wish I **could** fly.
> ↑
> 這個過去式是假設語氣！
>
> 要是我可以在天上飛就好了
> （※ 可是在現實中不會飛）
>
> 唉，真敢說

假設語氣藉由改成過去式，讓對方知道說出的話是以「在現實中不可能實現」、「與現實不符」為前提。

以使用 if（如果……）的句子為例，雖然有「假設」的意思，但並非全部都是假設語氣。刻意用**過去式**來說現在的事情，表示與現實相反的句型才是假設語氣。

單純是 if… 的句子	假設語氣的句子
If I **have** money, I'll buy it. （現在式） 如果我有錢，就可以買了。 （※ 單純在講條件。） 我看看喔，現在有錢嗎？	If I **had** money, I would buy it. （過去式） 如果我有錢，就可以買了。 （※ 可是現實中沒有錢。） 好想要～

詳細的使用方法會在下一課學到。

• **文法用語** 像這樣用過去式來說現在的事的假設語氣，稱為「假設語氣過去式」，象徵在說與現實相反的事情。有時也會使用像 P.288 那樣沒有 if 的句子。

Exercise

解答在答案本 P.20
對完答案後,請跟著語音朗讀英文句子。

請從 A, B 中選出符合下列英文句子意思的選項,並用◯圈起來。

1. If I have time, I'll call you.
   A. 如果有時間,我會打電話給你(可能會有時間,也可能沒有)。
   B. 如果有時間,我就會打給你了(可是現實中沒有時間,所以無法打電話)。

2. If I had time, I would call you.
   A. 如果有時間,我會打電話給你(可能會有時間,也可能沒有)。
   B. 如果有時間,我就會打給你了(可是現實中沒有時間,所以無法打電話)。

3. I hope I can see you soon.
   A. 真希望我很快可以見到你(可能可以見面,也可能沒辦法)。
   B. 真希望我很快可以見到你(可是現實中沒辦法見面)。

4. I wish I could see you soon.
   A. 真希望我很快可以見到你(可能可以見面,也可能沒辦法)。
   B. 真希望我很快可以見到你(可是現實中沒辦法見面)。

Lesson 114 「要是……就好了」

假設語氣 / Subjunctive "I wish..."

假設語氣是透過使用過去式，講述與眼下現實狀況不同的事情。

在 I wish（**我希望**）的後面使用假設語氣，可以表達「**要是……就好了**」的願望。接在 I wish 後面的動詞或助動詞要改成過去式。

因為是假設語氣，所以是在傳達「**可是現在的現實狀況不是那樣**」。

I wish I <u>had</u> a lot of money.
這個過去式是假設語氣！

要是我有很多錢就好了
（※ 可是現實中沒有很多錢。）

有時 I wish 的後面會接 be 動詞，但大多數的時候不使用 was，而是使用 <u>were</u>。這項是假設語氣獨有的特殊規則。

I wish I <u>were</u> a cat.
這個過去式是假設語氣！

真希望我是一隻貓
（※ 可是在現實中不是貓。）

補充說明 在假設語氣中，正式用法是不使用 was，而使用 were，不過在日常對話中有時也會使用 was，例如 I wish I was rich.（要是我很有錢就好了。）

Exercise

解答在答案本 P.20
對完答案後，請跟著語音朗讀英文句子。

請將以下的句子翻譯成英文，並使用表達「不符合事實」的句型。

(範例) 要是我有很多錢就好了。

(I have a lot of money.)

→ I wish I had a lot of money.

1. 要是我住在這就好了。

    (I live here.)

    →

2. 要是我擁有私人飛機就好了。

    (I have a private jet.)

    →

3. 真希望我能和我的狗說話。

    (I can talk with my dog.)

    →

4. 要是我是一隻鳥就好了。

    (I am a bird.)

    →

5. 真希望我現在人在美國。

    (I am in the U.S. now.)

    →

Lesson 115 「如果我是你……」

假設語氣 / *Subjunctive* "If I were you, I would..."

　　假設語氣是透過使用過去式，講述與眼下現實狀況不同的願望，或是在現實中不可能實現的事情。

> I wish I <u>were</u> a genius.
> 這個過去式是假設語氣！

我要是天才就好了
（※ 可是在現實中不是天才。）

快速呀
完全看不懂！
距離考試還有 1 天

　　假設語氣在大多數的時候不使用 was，而是使用 were。這項是假設語氣獨有的特殊規則。

　　If I were you, ... 的意思是「**如果我是你……**」，由於假設的是現實中不可能實現的事，所以會使用假設語氣（過去式）。

> **If I were you**, I would go to bed.

如果我是你，我會去睡覺

如果是我，我會去睡。
啊哈哈
我不行了……

　　If I were you 後面「（如果是我）會做……」的部分，使用 will 的過去式 would，用 I would... 的句型表達。

・英文會話　在會話中，有時會省略 If I were you 的部分，直接說 I wouldn't do that.（我不會那麼做）。用於站在對方的立場，給予委婉建議的時候。

Exercise

解答在答案本 P.20
對完答案後，請跟著語音朗讀英文句子。

請將以下的句子翻譯成英文。

1. 如果我是你，我會搭計程車。

   搭計程車：take a taxi

2. 如果我是你，我會去造訪京都。

3. 如果我是你，我會尋求幫助。

   尋求幫助：ask for help

4. 如果我是你，我不會獨自去那裡。

   獨自：alone

5. 如果我是你，我不會相信他。

   相信：trust

Lesson 116 「如果我……我會……」

假設語氣 / Subjunctive "If I had ..., I would..."

　　假設語氣是透過使用過去式，講述與眼下的現實狀況不同，或者是不可能實現的事情。例如要表達「如果我是你……」，只要說 If I were you, ... 即可。

If I **were** you, I would go to many countries.

↑ 這個過去式是假設語氣！

如果我是你，
我就會去很多國家。
（※ 與現實相反的假設）

　　If I were you 的 were，可以換成各種**動詞的過去式**，藉此表示各式各樣的假設。

If I **had** a plane, I would travel around the world.

↑ 這個過去式是假設語氣！

如果我有一架飛機，
我就會去世界各地旅行。
（※ 與現實相反的假設）

　　If 的後面使用助動詞時，要把助動詞改成過去式，例如 If I could play the piano, ...（如果我會彈鋼琴……）。

•補充說明　假設語氣的句子後半不只會使用 would，也會使用其他助動詞的過去式（could, might 等）。（範例）If I had a plane, I could ...（如果我有一架飛機，我就可以……）。

Exercise

→ 解答在答案本 P.20
對完答案後，請跟著語音朗讀英文句子。

✎ **下方的句子都在假設與現實不符的事情，請將它們翻譯成英文。**

1 如果今天天氣晴朗，我就會去釣魚。

天氣晴朗：sunny　去釣魚：go fishing

2 如果我有更多錢，我就會再買一個。

再買一個：buy one more

3 如果我有時間，我就會去了。

時間：time

4 如果我住在夏威夷，我就會每天去海邊。

夏威夷：Hawaii　海邊：the beach

5 恭喜！你學完本書了。

Congratulations! You have finished this book.

現在你已經掌握了英文的基礎。

Now you have mastered the basics of English.
　　　　　　　　　掌握　　　　　　基礎

你可以和世界各地的人們交談。

You can talk with people all over the world.

如果你可以去任何地方，你會去哪裡？

If you could go anywhere, _____?
　　　　　　　任何地方

複習時間

Chapter 21 間接問句、假設語氣

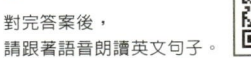

1 請重新排列（　　）內的詞語，完成英文句子。

① 我們不知道這是什麼。
（know / this / what / we / don't / is）
_____

② 我不知道她住在哪裡。
（know / she / where / I / lives / don't）
_____

③ 你知道他來自哪裡嗎？
（where / you / he / is / know / from / do）
_____

④ 真希望我有一支智慧型手機。
（I / I / smartphone / a / had / wish）
_____

⑤ 要是我會開車就好了。
（I / I / drive / car / wish / a / could）
_____

⑥ 真希望我可以待在這裡。
（I / I / could / stay / here / wish）
_____

⑦ 要是我很擅長游泳就好了。
（I / I / wish / swimming / were / at / good）
_____

⑧ 如果我是一隻鳥，我就可以飛去那裡了。
（I / a / bird / if / were）
_____, I could fly there.

2 請使用假設語氣,將以下的中文句子翻譯成英文。

① 要是我會說中文就好了。

中文:Chinese

② 要是我很有錢就好了。

有錢的:rich

③ 如果我有食物,我會給你。

食物:some food

④ 如果我是你,我會快一點。

快一點:hurry

⑤ 如果我是你,我不會那麼做。

那麼做:do that

Coffee Break 學完本書後的英語學習法

當你學完本書,等於學完了所有國中範圍的文法。不論是多長的文章,還是成人之間的對話,幾乎全都是用在國中學的文法構成。這些是你一生都能活用的英文基礎,請你對自己有信心。

接下來,請你善用市售的單字書等各式各樣的資源,增加自己的字彙量吧。在背單字的時候,聲音特別重要,請你務必要在想著「使用」它的同時,確認發音和語調,並把單字唸出來。

只要透過這個方式增加字彙量,你用英文聽說讀寫的能力將會漸漸提升。如果有遇到不懂的內容,隨時都可以拿起這本書,不用擔心。請你未來也要繼續快樂地學習英語。

打好基礎後，更進一步

😊 好用的「附加問句」
Tag Question

尋求對方的認同，或者是向對方進行確認，例如「……對吧？」，使用的就是附加問句。

附加問句是在句子的最後加上兩個單字的疑問句，也就是在逗號（,）的後面加上〈否定的縮寫＋主詞？〉。附加問句的主詞一律使用代名詞。

● be 動詞句子的情況…使用 be 動詞的否定句

　　Ann is a nice girl, <u>isn't she?</u>　（安是個好女孩，是吧？）
　　You're tired, <u>aren't you?</u>　（你很累了，對吧？）
　　It was a very exciting game, <u>wasn't it?</u>
　　（這真是場令人興奮的比賽，對吧？）

● 一般動詞句子的情況…使用 do / does / did 的否定句

　　Kenta looks happy, <u>doesn't he?</u>　（健太看起來很高興，對吧？）
　　You want to go home, <u>don't you?</u>　（你想回家了，對吧？）
　　She went to the bank, <u>didn't she?</u>　（她去銀行了，是嗎？）

● 助動詞句子的情況…使用助動詞的否定句

　　Bob can speak Spanish, <u>can't he?</u>　（鮑伯會說西班牙文，對吧？）
　　Ann will be back soon, <u>won't she?</u>　（安很快就會回來了，是嗎？）

● 現在完成式句子的情況…使用 have / has 的否定句

　　You've already finished your homework, <u>haven't you?</u>
　　（你已經做完作業了，對嗎？）

前面的句子為否定句的時候，附加問句會使用肯定句。
　　Ann won't be back, <u>will she?</u>　（安不會回來了，對吧？）

😊 學會簡單的「感嘆句」

Exclamations

感嘆句是用來表達感激、喜悅、驚訝等情緒的句型,例如「真是……啊!」,句尾會加上驚嘆號(!)(exclamation mark)。

● How 的感嘆句

用〈How +形容詞+主詞+動詞!〉表達。
How beautiful this picture is!(這幅畫真是太美了!)
How lucky you are!(你是多麼幸運啊!)

如果知道是在談論什麼主題,常會省略最後的〈主詞+動詞〉。
How beautiful!(真美啊!)
How lucky!(多麼幸運啊!)

有時不是使用形容詞,而是使用副詞。
How beautifully she sings!(她唱得真是美妙!)

● What 的感嘆句

用〈What(a[an])+形容詞+名詞+主詞+動詞!〉表達。
What a beautiful picture this is!(這真是一幅美麗的畫!)
What a smart boy he is!(他真是個聰明的男孩!)

最後的〈主詞+動詞〉常會被省略。
What a beautiful picture!(真是一幅美麗的畫!)
What a smart boy!(真是個聰明的男孩!)

數字的說法

基數
表示「1個、2個……」的數目

1	one
2	two
3	three
4	four
5	five
6	six
7	seven
8	eight
9	nine
10	ten
11	eleven
12	twelve
13	thirteen
14	fourteen
15	fifteen
16	sixteen
17	seventeen
18	eighteen
19	nineteen
20	twenty
21	twenty-one
30	thirty
40	forty
50	fifty
60	sixty
70	seventy
80	eighty
90	ninety
100	one hundred
1,000	one thousand

序數
表示「第1、第2……」的順序

第1個	first
第2個	second
第3個	third
第4個	fourth
第5個	fifth
第6個	sixth
第7個	seventh
第8個	eighth
第9個	ninth
第10個	tenth
第11個	eleventh
第12個	twelfth
第13個	thirteenth
第14個	fourteenth
第15個	fifteenth
第16個	sixteenth
第17個	seventeenth
第18個	eighteenth
第19個	nineteenth
第20個	twentieth
第21個	twenty-first
第30個	thirtieth
第40個	fortieth
第50個	fiftieth
第60個	sixtieth
第70個	seventieth
第80個	eightieth
第90個	ninetieth
第100個	one hundredth
第1000個	one thousandth

- 21 以後，是把十位數的數字（twenty～ninety）和個位數的數字（one～nine）用連字號（-）連在一起表示。
    - 21 → twenty-one
    - 22 → twenty-two
    - 23 → twenty-three
    - 24 → twenty-four
    - 25 → twenty-five
    - 31 → thirty-one
    - 45 → forty-five
    - 99 → ninety-nine

- 百位數用 hundred 表示。（hundred 後面有沒有 and 都可以。）
    - 101 → one hundred (and) one
    - 115 → one hundred (and) fifteen
    - 120 → one hundred (and) twenty
    - 198 → one hundred (and) ninety-eight
    - 250 → two hundred (and) fifty
    - 543 → five hundred (and) forty-three

- 千位數使用 thousand 表示。
    - 1000 → one thousand
    - 1200 → one thousand two hundred
    - 2000 → two thousand
    - 2012 → two thousand twelve
    - 2940 → two thousand nine hundred (and) forty
    - 10000 → ten thousand
    - 20000 → twenty thousand
    - 100000 → one hundred thousand

星期的說法

星期日	Sunday
星期一	Monday
星期二	Tuesday
星期三	Wednesday
星期四	Thursday
星期五	Friday
星期六	Saturday

月份的說法

一月	January
二月	February
三月	March
四月	April
五月	May
六月	June
七月	July
八月	August
九月	September
十月	October
十一月	November
十二月	December

- 星期和月份的第一個字母一律大寫。
- 「○月○日」通常寫成 May 1（5月1日），日期雖然寫成 1，但還是要像 first 一樣，採用序數的讀法。（有時日期的序數前面會加上 the。）
    - 1月15日 → January 15（讀法是 January fifteenth）
    - 6月23日 → June 23（讀法是 June twenty-third）
    - 10月5日 → October 5（讀法是 October fifth）

動詞型態變化一覽表

請確認重要動詞的意思和變化型態。

- ★是不規則動詞，不規格的變化型態會用紅字表示。
- 在規則變化中，需要特別注意拼法的變化型態會用**粗體字**表示。

> 語音檔只收錄了不規則動詞（★符號）的發音，**請確認不規則動詞的過去式、過去分詞的發音。**（朗讀順序是原形—過去式—過去分詞。）
>
> 🎧 2-68

原形	意思	三單現 (基本的變化 ↓加s)	過去式 (↓加ed 結尾是e的單字只加d)	過去分詞	ing形式 (↓加ing 以e結尾的單字，去e加ing)
agree	同意	agrees	agreed	agreed	**agreeing** 不去e直接加ing
answer	回答	answers	answered	answered	answering
arrive	抵達	arrives	arrived	arrived	arriving
ask	詢問	asks	asked	asked	asking
★ be	（be動詞）	**am, are, is**	**was, were**	**been**	being
★ become	成為……	becomes	**became**	**become**	becoming
★ begin	開始	begins	**began**	**begun**	**beginning** 重複n
borrow	借	borrows	borrowed	borrowed	borrowing
★ break	打破	breaks	**broke**	**broken**	breaking
★ bring	帶來	brings	**brought**	**brought**	bringing
★ build	建造	builds	**built**	**built**	building
★ buy	買	buys	**bought**	**bought**	buying
call	呼叫、打電話	calls	called	called	calling
carry	搬運	**carries** y改成i，加es	**carried** y改成i，加ed	**carried**	carrying
★ catch	抓住	**catches** 加es	**caught**	**caught**	catching
change	改變	changes	changed	changed	changing
★ choose	選擇	chooses	**chose**	**chosen**	choosing
clean	清理	cleans	cleaned	cleaned	cleaning
close	關閉	closes	closed	closed	closing
★ come	來	comes	**came**	**come**	coming
cook	烹煮	cooks	cooked	cooked	cooking
cry	哭泣、喊叫	**cries** y改成i，加es	**cried** y改成i，加ed	**cried**	crying
★ cut	切	cuts	**cut**	**cut**	**cutting** 重複t
decide	決定	decides	decided	decided	deciding
die	死亡	dies	died	died	**dying** ie改成y，加ing
★ do	做	**does** 加es	**did**	**done**	doing

原形	意思	三單現	過去式	過去分詞	ing 形式
★ draw	畫（圖片）	draws	drew	drawn	drawing
★ drink	喝	drinks	drank	drunk	drinking
★ drive	駕駛	drives	drove	driven	driving
★ eat	吃	eats	ate	eaten	eating
enjoy	享受	enjoys	enjoyed	enjoyed	enjoying
explain	說明	explains	explained	explained	explaining
★ fall	落下	falls	fell	fallen	falling
★ feel	感覺	feels	felt	felt	feeling
★ find	找到	finds	found	found	finding
finish	完成	finishes (加es)	finished	finished	finishing
★ fly	飛翔	flies (y改成i，加es)	flew	flown	flying
★ forget	忘記	forgets	forgot	forgotten	forgetting (重複t)
★ get	得到	gets	got	gotten	getting (重複t)
★ give	給予	gives	gave	given	giving
★ go	去	goes (加es)	went	gone	going
★ grow	成長	grows	grew	grown	growing
happen	發生	happens	happened	happened	happening
★ have	擁有	has	had	had	having
★ hear	聽見	hears	heard	heard	hearing
help	幫助	helps	helped	helped	helping
★ hit	打	hits	hit	hit	hitting (重複t)
★ hold	握、舉辦	holds	held	held	holding
hope	希望	hopes	hoped	hoped	hoping
hurry	加快	hurries (y改成i，加es)	hurried (y改成i，加ed)	hurried	hurrying
introduce	介紹	introduces	introduced	introduced	introducing
invent	發明	invents	invented	invented	inventing
invite	邀請	invites	invited	invited	inviting
join	參加	joins	joined	joined	joining
★ keep	保持	keeps	kept	kept	keeping
kill	殺	kills	killed	killed	killing
★ know	知道	knows	knew	known	knowing
learn	學習、學會	learns	learned	learned	learning
★ leave	離開、出發	leaves	left	left	leaving
★ lend	借出	lends	lent	lent	lending

301

原形	意思	三單現	過去式	過去分詞	ing 形式
like	喜歡	likes	liked	liked	liking
listen	聽	listens	listened	listened	listening
live	居住	lives	lived	lived	living
look	看到、看起來……	looks	looked	looked	looking
★ lose	失去、輸	loses	**lost**	**lost**	losing
love	愛	loves	loved	loved	loving
★ make	做	makes	**made**	**made**	making
★ mean	意思是……	means	**meant**	**meant**	meaning
★ meet	遇見	meets	**met**	**met**	meeting
miss	錯過	miss**es** (加es)	missed	missed	missing
move	移動	moves	moved	moved	moving
name	命名	names	named	named	naming
need	需要	needs	needed	needed	needing
open	打開	opens	opened	opened	opening
paint	（用畫具）畫	paints	painted	painted	painting
plan	計畫	plans	pla**nn**ed (重複n)	pla**nn**ed (重複n)	pla**nn**ing (重複n)
play	從事（運動）	plays	played	played	playing
practice	練習	practices	practiced	practiced	practicing
★ put	放置	puts	**put**	**put**	pu**tt**ing (重複t)
★ read	讀	reads	**read**	**read**	reading
receive	收到	receives	received	received	receiving
remember	記得	remembers	remembered	remembered	remembering
return	返回	returns	returned	returned	returning
★ ride	騎乘	rides	**rode**	**ridden**	riding
★ run	跑	runs	**ran**	**run**	ru**nn**ing (重複n)
save	拯救	saves	saved	saved	saving
★ say	說	says	**said**	**said**	saying
★ see	看見	sees	**saw**	**seen**	seeing
★ sell	賣	sells	**sold**	**sold**	selling
★ send	傳送	sends	**sent**	**sent**	sending
★ show	展示	shows	showed	**shown**	showing
★ sing	唱	sings	**sang**	**sung**	singing
★ sit	坐	sits	**sat**	**sat**	si**tt**ing (重複t)
★ sleep	睡覺	sleeps	**slept**	**slept**	sleeping

原形	意思	三單現	過去式	過去分詞	ing 形式
smell	聞起來……	smells	smelled	smelled	smelling
sound	聽起來……	sounds	sounded	sounded	sounding
★ speak	講	speaks	**spoke**	**spoken**	speaking
★ spend	花費	spends	**spent**	**spent**	spending
★ stand	站	stands	**stood**	**stood**	standing
start	開始	starts	started	started	starting
stay	停留	stays	stayed	stayed	staying
stop	停止	stops	sto**pp**ed (重複p)	sto**pp**ed	sto**pp**ing (重複p)
study	學習	stud**ies** (y改成i，加es)	stud**ied** (y改成i，加ed)	stud**ied**	studying
★ swim	游泳	swims	**swam**	**swum**	swi**mm**ing (重複m)
★ take	拿	takes	**took**	**taken**	taking
talk	說	talks	talked	talked	talking
taste	嚐起來……	tastes	tasted	tasted	tasting
★ teach	教導	teach**es** (加es)	**taught**	**taught**	teaching
★ tell	告訴、說	tells	**told**	**told**	telling
★ think	想、思考	thinks	**thought**	**thought**	thinking
touch	碰觸	touch**es** (加es)	touched	touched	touching
try	嘗試	tr**ies** (y改成i，加es)	tr**ied** (y改成i，加ed)	tr**ied**	trying
turn	轉彎	turns	turned	turned	turning
★ understand	理解	understands	**understood**	**understood**	understanding
use	使用	uses	used	used	using
visit	拜訪	visits	visited	visited	visiting
wait	等待	waits	waited	waited	waiting
walk	走	walks	walked	walked	walking
want	想要	wants	wanted	wanted	wanting
wash	清洗	wash**es** (加es)	washed	washed	washing
watch	觀看	watch**es** (加es)	watched	watched	watching
★ wear	穿	wears	**wore**	**worn**	wearing
★ win	獲勝	wins	**won**	**won**	wi**nn**ing (重複n)
work	工作	works	worked	worked	working
worry	擔心	worr**ies** (y改成i，加es)	worr**ied** (y改成i，加ed)	worr**ied**	worrying
★ write	寫	writes	**wrote**	**written**	writing

用語索引

★數字是頁數。「下」的意思是請閱讀該頁底下的「文法用語」、「補充說明」。

依英文字母順序 ABCDE

a
  a 和 an ……………… 90
  a 和 the 的用法 ………… 105
a few ……………………… 104
ago ……………………… 116
a little …………………… 104
a lot of... ………………… 104
am ………………………… 18
am, are, is 的總整理 ……… 24
am, are, is 的用法 …… 18, 20
any other... …………… 218 下
are ……………………… 18, 22
aren't …………………… 56
Are you...? ……………… 66
對於 Are you...? 的回答 …… 68
as...as... ………………… 216
ask 人 to... ……………… 258
at ………………………… 134
稱呼 A 為 B ……………… 200
使 A 變成 B ……………… 200
be 動詞
  be 動詞是什麼 …………… 16
  be 動詞的過去式 ……… 126
  be 動詞的祈使句 ……… 103
be going to ……………… 136
because ………………… 188
become（SVC 的句子）… 196
better, best ………… 212, 221
by（被動式）………… 222 下
C（受詞）……………… 206
call（SVOC 的句子）…… 200
can ……………………… 148
  can 的否定句 ………… 148
  can 的疑問句 ………… 150

Can I...? ………………… 152
Can you...?（請求）… 152
complement …………… 206
Could you...?（請求）… 154
didn't …………………… 120
Do you...? ………………… 70
Does...? ………………… 72
doesn't ………………… 60
don't …………………… 58
Don't .... ………………… 98
don't have to …………… 162
加上 ed 的方法 ………… 118
er, est …………………… 212
ever（現在完成式）…… 240

FGHIJ

give（SVOO 的句子）…… 198
gonna …………………… 138 下
have been to... ………… 238
have to ………………… 160
  have to 的否定句、疑問句 162
  have to 與 must 的差異 164 下
have 的各種意思 ………… 41
he ………………………… 42
help（原形不定詞的句子）260
her（她的，所有格）…… 44
her（她，受格）………… 100
hers ……………………… 89
he's ……………………… 20
him ……………………… 100
his（他的，所有格）…… 44
his（他的東西，所有格代名詞）
………………………… 89
how ……………………… 86
  How long...? …………… 94
  How many...? …………… 94

How many times...? …… 249
How much...? …………… 94
How old...? ……………… 94
How tall...? ……………… 94
how to... ……………… 252
How 的感嘆句 ………… 297
I ………………………… 42
I'd like.... ……………… 178
If ………………… 188, 286
I'm ……………………… 18
in ……………………… 134
ing 形式
  現在進行式 ……… 106, 108
  動名詞 ………………… 176
  修飾名詞的現在分詞 …… 266
Is ………………………… 20
Is...? …………………… 66
isn't …………………… 56
it ………………………… 42
its ……………………… 44 下
It is...to... ……………… 250

KLMNO

last ……………………… 116
let（原形不定詞的句子）…260
let's .... ………………… 98
like...better …………… 221
like...the best ………… 221
look（SVC 的句子）…… 196
make（SVOC 的句子）… 200
make（原形不定詞的句子）260
many …………………… 104
May I...? ……………… 156
me ……………………… 100
might …………………… 147
mine …………………… 89

304

more, most ……………214	the（a 和 the 的用法）……105	would
much ………………104	their ………………… 44	would like ……………178
must ………………164	theirs ……………… 89	Would you …? ……156
my ………………… 44	them ………………100	Would you like …? ……180
name（SVOC 的句子）……200	There is.... …………192	yet（現在完成式）……242
never（現在完成式）……240	There is.... 的疑問句 ……194	you ………………… 42
not as...as... ……………216	they ……………… 42	your ……………… 44
not to... …………258 下		you're ……………… 18
O（受詞）……………206	## UVWXYZ	yours ……………… 89
object ………………206	us …………………100	## 依中文發音順序
on …………………134	V（動詞）……………206	
our ……………… 44	want 人 to... ……………256	被動式 ………………222
ours ……………… 89	was, were …………126	被動式的否定句 …………226
	we ……………… 42	被動式的疑問句 …………226
## PQRST	what	被動式的句子和一般的句子
please（祈使句）………… 96	What is …? ……… 78	…………………228
's ………………… 44	What do …? ……… 82	被動語態 ………………222
Shall I[we] …? ………158	What did …? ………124	比較級 ………………208
she ……………… 42	What day …? ……… 80	than any other... …… 218 下
she's ……………… 20	What time …? ……… 80	表達頻率的副詞 ……… 48
should ………………167	What kind of …? ……82 下	表達請求 ………………178
show（SVOO 的句子）……198	what to... …………254	補語 ……………16 下, 206
show 人 that... …………202	What 的感嘆句 ………297	不定冠詞 ………………105
some ………………104	when	不定詞 ………………168
subject ………………206	疑問詞（什麼時候）……… 84	ask 人 to... ……………258
S（主詞）……………206	連接詞（……的時候）……186	how to... ……………252
SV 的句子 ……………206	when to... …………254	It is...to..... …………250
SVC 的句子 ……… 16 下, 206	where ……………… 84	tell 人 to... ……………258
SVO 的句子 ……… 28 下, 207	where to... …………254	want 人 to... ……………256
SVOC 的句子 …… 200 下, 207	which	what to... ……………254
SVOO 的句子 …… 198 下, 207	疑問詞（哪個）………… 84	形容詞的用法 …………174
take（花時間）……………263	關係代名詞 ……… 276, 278	副詞的用法 …………170
tell 人 that... ………………202	who	不定詞與動名詞 …………183
tell 人 to... ……………258	疑問詞（誰）………… 84	名詞的用法 …………172
than ………………208	關係代名詞 ……………274	不規則動詞 ……………118
than any other... …… 218 下	whom ………………280 下	動詞的型態變化 …………300
that	whose ……………… 89	不可數名詞 …………104
指示代名詞（那個）…… 20	will …………………142	不及物動詞 ……………206
連接詞 ………………184	will 的否定句、疑問句 ……144	撇號 ……………… 18
關係代名詞 …… 276, 278	Will you …? （請求）……156	片語
that's ……………… 20	won't …………………144	形容詞片語 ………… 264 下

305

介係詞片語 ……………264	年紀的說法 ………………27	及物動詞 ………………207
名詞 …………………42, 54	理由（連接詞 because）…188	假設語氣 ………………286
名詞的用法（不定詞）…172	連接詞 ……………………55	假設語氣過去式 ……286下
母音 ………………………90	because ……………188	結果（現在完成式）…244下
否定句	if ……………………188	介係詞
be 動詞（現在）的否定句 …56	that …………………184	介係詞是什麼 ……50, 55
一般動詞的否定句 …58, 60	when ………………186	各式各樣的介係詞 …134
be 動詞和一般動詞的統整 …62	格的變化 …………100下	介係詞片語 …………264
can 的否定句 …………148	感嘆的標點符號 ………297	間接受詞 ………………198
didn't …………………120	感嘆句 …………………297	間接問句（句子）……284
doesn't …………………60	感嘆詞 ……………………55	進行式
don't …………………58	過去	現在進行式 …………106
have to 的否定句 ……162	過去式（一般動詞）116, 118	不能改成進行式的動詞 …108
will 的否定句 …………144	過去式（be 動詞）…126	過去進行式 …………128
被動式的否定句 ………226	過去進行式 …………128	現在完成進行式 …234下
附加問句 ………………296	過去式的否定句（一般動詞）	經驗（現在完成式）…238
副詞 …………………48, 55	………………………120	句號 ………………………13
副詞的用法（不定詞）…170	過去式的疑問句（一般動詞）	句型
複數的主詞 …………22, 36	………………………122	第一種句型 …………206
複數形 ………………90, 92	過去式句子的總整理 …130	第二種句型 …………206
大寫 ………………………12	表示過去的詞語 ……116	第三種句型 …………206
代名詞	過去分詞（被動式）……224	第四種句型 …………206
代名詞是什麼 ………42, 54	過去分詞（形容詞用法）…268	第五種句型 …………206
主格 …………………42下	過去進行式 ……………128	祈使句 ……………………96
所有格 …………………44	規則動詞	be 動詞的祈使句 ……103
受格 …………………100	規則動詞的過去式 …118	否定的祈使句 …………98
代動詞 …………………70下	規則動詞的過去分詞 …224	請求的表達方式 152, 154, 156
逗號 ………………………13	關係代名詞	請求同意的表達方式 152, 156
單數的主詞 ………………22	主格的 who …………274	小寫 ………………………12
單數形 ……………………90	主格 that, which ……276	修飾
單字的寫法 ………………13	受格 that, which ……278	形容詞 …………………46
第三人稱 …………………30	關係代名詞的統整 …280	副詞 ……………………48
第三人稱單數 ………32, 34	關係代名詞的省略 …278下	介係詞片語 ………50, 264
第二人稱 …………………30	whom ………………280下	後置修飾 …………264下
第一人稱 …………………30	關係代名詞子句 ……274下	先行詞 …………………274下
定冠詞 …………………105	冠詞 ………………………55	限定用法…………………46下
動名詞 …………………176	a 和 the 的用法 ………105	現在
動詞 ……………………14, 54	可數名詞 ………………104	be 動詞的現在式 ……16
各式各樣的動詞 …65, 77	可以計算數量的名詞 …104	一般動詞的現在式 ……28
動詞的型態變化 ………300	肯定句 …………………56下	現在進行式 …………106
條件（連接詞 if）………188	後置修飾 ……………264下	現在分詞
同等比較（as...as...）…216	基數 ……………………298	進行式 ……………106下

306

現在分詞的形容詞用法 …266	will …………………………142	have to 的疑問句 …………162
現在進行式 ………………106	would ………………………156	There is.... 的疑問句 ……194
現在進行式的否定句、疑問句	專有名詞 …………………104	被動式的疑問句 …………226
……………………………110	持續（現在完成式）………234	疑問形容詞 ……………84 下
現在完成進行式 …………246	出身地的說法 …………… 27	疑問詞 ………………78, 84
現在完成式	時態 ……………………130 下	英文的寫法 ……………… 13
現在完成式是什麼 ……232	時態一致（我以為……）…191	無法計算數量的名詞 … 92, 104
完成 ……………………242	時間的問法 ……………… 80	五種句型 …………………206
經驗 ……………………238	受格	物質名詞 …………………104
持續 ……………………234	受格的人稱代名詞 ………100	未來
結果 …………………244 下	受格的關係代名詞 ………278	be going to ……………136
現在完成式的統整 ……244	受詞 ………………………206	will ………………………142
星期的說法 ………………299	省略關代的子句 ………270 下	完成（現在完成式）………242
星期的問法 ……………… 80	數字的說法 ………………298	問號 ……………………13, 66
形式主詞 ………………250 下	日期的問法 ……………80 下	月份的說法 ………………299
形容詞 …………………46, 55	人稱 ……………………… 30	原形 ……………………… 60
各式各樣的形容詞 ……… 53	人稱代名詞 ……………42 下	原形不定詞 ………………260
形容詞片語 ……………264 下	子句 ……………………270 下	
形容詞子句 ……………270 下	關係子句 ………………274 下	
形容詞的用法（不定詞）…174	形容詞子句 ……………270 下	
虛主詞 …………………250 下	字母 ……………………… 12	
序數 ………………………298	自我介紹 ………………… 27	
敘述句 …………………56 下	最高級 ……………………210	
敘述用法 ………………46 下	詞性 ……………………… 54	
詢問需求 …………………180	三單現 …………………32, 34	
詢問數字的句子 ………… 94	三單現的 s ……………32, 34	
直接受詞 ………………198 下	所有格 …………………… 44	
指示代名詞 ……………42 下	所有格代名詞（……的東西）89	
真主詞 …………………250 下	一般動詞	
主動語態 ………………226 下	一般動詞是什麼 ……… 28	
主格	一般動詞的過去式 ………116	
人稱代名詞 ……………… 42	疑問副詞…………………84 下	
關係代名詞 ………274, 276	疑問代名詞 ……………84 下	
主詞 ……………………… 14	疑問句	
助動詞 …………………… 55	be 動詞（現在）的疑問句 66	
can ………………………148	一般動詞（現在）的疑問句	
could ……………………154	……………………… 70, 72	
may ………………………156	be 動詞和一般動詞的統整 74	
might ……………………147	一般動詞（過去）的疑問句	
must ……………………164	………………………122	
shall ……………………158	will 的疑問句 …………144	
should …………………167	can 的疑問句 …………150	

307

www.booklife.com.tw　　　　　　　　　　　reader@mail.eurasian.com.tw

Happy Languages　170

重新打好英語根基：
1000多萬人都受用【附測試題＋口說音檔】

作　　者／山田暢彥
譯　　者／陳靖涵
發 行 人／簡志忠
出 版 者／如何出版社有限公司
地　　址／臺北市南京東路四段50號6樓之1
電　　話／（02）2579-6600・2579-8800・2570-3939
傳　　真／（02）2579-0338・2577-3220・2570-3636
副 社 長／陳秋月
副總編輯／賴良珠
責任編輯／柳怡如
校　　對／柳怡如・張雅慧・黃淑雲
美術編輯／林韋伶
行銷企畫／陳禹伶・鄭曉薇
印務統籌／劉鳳剛・高榮祥
監　　印／高榮祥
排　　版／杜易蓉
經 銷 商／叩應股份有限公司
郵撥帳號／ 18707239
法律顧問／圓神出版事業機構法律顧問　蕭雄淋律師
印　　刷／國碩有限公司

2025年9月 初版首刷

中学英語をもう一度ひとつひとつわかりやすく。改訂版
@Gakken
First published in Japan 2022 by Gakken Plus., Ltd., Tokyo
Traditional Chinese translation rights arranged with Gakken Inc.
Through Future View Technology Ltd.
Traditional Chinese translation copyright @ 2025 by
Solutions Publishing(An imprint of Eurasian Publishing Group)
All rights reserved.

定價490元　　　ISBN 978-986-136-743-9　　　版權所有・翻印必究

◎本書如有缺頁、破損、裝訂錯誤，請寄回本公司調換　　Printed in Taiwan

我在這本書中最重視的事情，就是「希望讓人變得有辦法實際運用英文」。說出自己想說的話的快樂，以及傳達時的喜悅。靠自己變得會使用英文後，與過去以背誦和閱讀理解為主的學習方式相比，英文帶來的樂趣將會大幅增加。這種「興奮感」才是學習外語本來的美妙之處。

——《重新打好英語根基》

◆ **很喜歡這本書，很想要分享**

圓神書活網線上提供團購優惠，
或洽讀者服務部 02-2579-6600。

◆ **美好生活的提案家，期待為您服務**

圓神書活網 www.Booklife.com.tw
非會員歡迎體驗優惠，會員獨享累計福利！

國家圖書館出版品預行編目資料

重新打好英語根基：1000多萬人都受用／山田暢彥 著；
陳靖涵 譯 . -- 初版 -- 臺北市：如何出版社有限公司，2025.9
320 面；14.8×20.8 公分 --（Happy Languages；170）
　ISBN 978-986-136-743-9（平裝）

1.CST：英語　2.CST：語法

805.16　　　　　　　　　　　　　　　　114009874